KB192699

《17일》은 혁명에 대해 낭만적으로 이야기하거나 무장한 여성을 이상화하지 않으면서, 비판의식과 저항정신을 일깨운다. 이 작품의 선구적 인물인 진 네베바는 자신의 젊은 조수에게 '단순한 이야기를 조심하라'고 말하며, 해석을 뒤엎고 관계를 흐트러뜨리고 퍼트리샤의 변호인과 대중을 도발한다. 롤라 라퐁은 이 작품에서 '단순한 이야기를 조심하라'는 네베바의 충고를 직접 실천에 옮긴다.

—《리브르 엡도Livre Hebdo》

한때 무용수였던 롤라 라퐁은 공간을 밀도 있게 채우는 방법, 고통과 아름다움의 관계를 이해한다. 소설 창작에서도 불확실성과 거대한 가능성 사이의 긴장을 탐구하며 대화와 대립이라는 연출 장치에 공을 들인다. 《17일》은 혁명적인 결정을 내리는 젊은 여성들의 이야기이다. 롤라 라퐁은 여성의 결단이 갖는 힘을 포착하고, 그 힘의 변화와 전승 과정을 그린다.

—〈르 몽드Le Monde〉

롤라 라퐁은 인간의 모호함과 이념의 절대성에 관심을 두고, 흐릿하고 비밀스러운 회색 지대를 파헤친다. 퍼트리샤 허스트는 어디에도 존재하지 않는 꿈과 현실의 만남이다. 롤라 라퐁은 메스 같은 예리함으로 꿈과 현실 사이를 교묘하게 파고든다.

—《르 주르날 뒤 디망슈JDD》

올해 반드시 읽어야 할 작품은 두말할 것 없이 《17일》이다. 모든 것이 갖추어진 탄탄대로를 거부하고 자신의 의지로 샛길을 선택한 여성들을 다루는 보석 같은 소설이자 다큐멘터리.

—〈레코L'Echo〉

머시, 메리, 패티 혹은 어느 날 문득 다른 삶이 가능함을 알게 된 강하거나 혹은 무력한 세 여성. 이 섬세하고 페미니즘적이고 정치적인 소설에서 롤라 라퐁은 '납치Ravissement'라는 단어의 양면성을 철저히 탐색한다. 납치는 강탈인 동시에 도취이다.

—《르 누벨 옵세르바퇴르L'Obs》

억압 상태에서 탈주했던 여성들의 외침에 다시 귀 기울이며 자신의 삶을 결정할 수 있는 자유를 찬양한다.

—《렉스프레스L'Express》

《17일》은 단순히 소설화된 실화가 아니다. 퍼트리샤 허스트 납치사건을 현대적인 관점으로 새롭게 읽어낸다. 미국에서 일어난 한 범죄 사건을 넘어, 정치적 의식, 지식의 전수, 여성의 상황, 신화에 의한 개인들의 흡혈귀화에 대해 질문을 던지며 생각거리를 제공한다.

—《리르Lire》

롤라 라퐁은 이 작품에서 여성을 복권하려는 것이 아니라 여성에게 내려지는 가부장적 판단을('그 불쌍한 아이' 혹은 '귀신에게 사로잡힌 아이'는 조종당한 게 틀림없어), 즉 사상의 전파에 대한 불안을 분석한다.

—〈르 카냐르 앙세네Le Canard enchaîné〉

롤라 라퐁은 어느 운명의 날, 그들의 판에 박힌 일상에, 심지어 그들의 최초 정체성에 등을 돌린 여성들을 한데 모은다. 이 숨 막히는 작품에 등장하는 여성은 모두 불안정하게 살고 있지만, 귀를 막은 가족 앞에서 자신들의 자유를 소리 높여 외친다.

—《텔레라마Télérama》

롤라 라퐁은 독창적이고 파괴적인 서사를 그려내는 방법을 알고 있다. 그녀는 마녀다. 그녀의 눈을 조심하라.

—《트랑스퓨즈Transfuge》

대단히 흥미롭고 탁월한 작품. 문학적 기교를 발휘하여
다시 한번 독자에게 큰 감동을 선사한다.

—《베르시옹 페미나Version Femina》

정치적 급진주의와 시선의 사회를 다룬 이 작품은 자기 자신을 해방
하는 여성들을 겨냥한다.

—《레쟁록Les inrocks》

온갖 역경에 맞서며 자기 자신이 되려는 열망을 그린 로
큰롤 같은 소설.

—《코스모폴리탕Cosmopolitan》

여러 목소리와 시간성, 정체성을 동시에 다룬, 중독성 있는 작품.

—《앙트르 레 리느Entre les lignes》

독자들은 퍼트리샤 허스트뿐만 아니라 두 여성, 네베바
와 비올렌에게도 매료될 것이다.

—〈유럽 1Europe 1〉

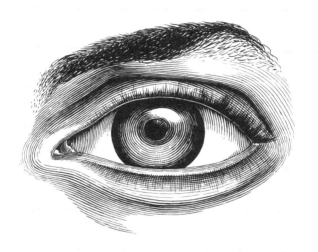

17일

롤라 라퐁

이재형 옮김

❀문예출판사

자네는 분노하지 않는 이 세계에 더는 머무를 수 없어.
이 세계는 모든 것이 준비되어 오직 돈만이 오고 가지.
하지만 이 세계의 마음은 나뉘어 있어.

—

폴 니장,《음모 *La Conspiration*》(1938)

차례

일러두기

본문의 주는 옮긴이의 것이다.

당신은 사라져버린 젊은 여성들에 관해 글을 쓰지요. 어른을 향한 마음의 문을 닫아버린 채 어느 날 먼 바다를 향해 떠나듯 그렇게 모든 걸 버려두고 소리 소문 없이 모습을 감추어버린 여성들에 관한 글을요. 당신은 그들이 이성을 되찾길 바라는 우리의 격렬한 바람에 대해 질문합니다. 당신은 어릴 때부터 지내온 방에서 매일 밤 성공적인 탈출을 꿈꾸는 젊은 여성들의 적나라한 욕망에 대해 씁니다. 그들은 덜컹거리는 버스와 기차, 낯선 이들의 자동차를 타고 모험을 찾아 먼 길을 떠나지요.

당신이 1977년 미국에서 펴낸 《머시 메리 패티》는 그런 여성들을 다룬 작품인데, 얼마 전에 당신이 쓴 서문과 짤막한 편집자 주를 덧붙여 재출간되었지요. 프랑스에서는 아직 번역되지 않았습니다. 이 작품의 맨 끝부분에는 당신이 미국 문학과 역사학, 사회학 학위를 취득하고 나서 1973년에 시카고대학교, 1974년에서 1975년까지 프랑스의 된학교, 1982년 볼로냐대학교, 그리고 마지막으로 매사추세츠주 노샘프턴에 있는 스미스칼리지 등에서 근무했던 경력과 감사의 말이 수록되어 있습니다. 최근 수개월 동안 대학 언론에 실린 기사들은 당신이 진행 중인 연구가 얼마나 중요한지를 강조하고, 여러 잡지에서는 이른바 당신의 "영광스러운 복귀"에 대해 의문을 제기합니다. 《뉴요커》는 "논란을 불러일으키는 이론: 진 네베바, 그리고 1690년의 머시 쇼트부터 1974년의 퍼트리샤 허스트까지, 동요하는 젊은 여성들"이라는 제목의 2단 기사를 실었지요.

당신이 쓴 책을 갈색 봉투에 집어넣던 노샘프턴 서점 주인은 그 책을 고른 게 이해가 잘 안 간다는 듯 호기심 어린 표정을 지으며 말하더군요. "허스트 사건은 이미 오래전에 일어난 일인데…… 손님, 유럽에서 오셨지요, 맞지요? 손님도 뭐에 한번 빠지면 쉽게 헤어나지를 못하는 성격인가 봅니다. 요즘 젊은 여성들은 꼭 잘생긴 남자 배우에 열광하듯이 그렇게 우상을 숭배하더군요. 하기야 우상이나 마르크스가 시대의 문제이긴 하지요……." 그는 잠시 침묵을 지키다가 다시 말을 이어갔습니다. "스미스칼리지 학생이신 것 같은데…… 혹시 작가를 만나시려는 거라면 전화번호가 교수 인명부에 나와 있을 겁니다."

하지만 저는 굳이 당신을 찾아가려고 애쓰지 않았지요. 매일 아침 당신이 일하는 사무실 앞을 지나다녔지만 그건 중요하지 않았습니다. 제게는 당신을 찾아갈 생각이 없었으니까요. 서점 주인에게 제가 왜 이 도시에 왔는지 그 이유를 설명하면서 당신 이름을 말했답니다. 꼭 당신이 옆에서 그렇게 하라고 강요라도 한 것처럼 마담 네베바라고 발음했지요. 당신을 존경하는 당신의 프랑스인 제자들(저는 당신 제자가 아닙니다)처럼 말이죠. 1974년 1월 프랑스 남서부의 한 작은 도시에 도착한 젊은 진 네베바 선생은 1975년 가을에 다음과 같은 내용의 광고 한 장을 써서 이 도시에 있는 빵집 두 곳에 재빨리 붙여두었습니다. '매우 유창하게 영어를 쓰고 말할 수 있으며 2주일 동안 풀타임으로 일할 수 있는 여학생을 급히 구합니다. 학생이 아닌 분은 사절합니다.'

1975년 10월

광고를 보고 지원한 세 학생은 당신의 좁은 사무실에서 당신을 마주 보고 앉아 있었습니다. 당신은 그들에게 땅콩과 캐슈너트가 들어 있는 비닐봉지를 내밀었지요. 당신의 무릎이 책상에 부딪혔습니다. 셰틀랜드 천으로 된 어두운 남색 스웨터는 팔꿈치 부분이 꿰매져 있었고, 여기저기 찢어진 청바지 아래로 발목의 복숭아뼈가 드러나 보였습니다. 당신이 그들에게 말했지요. "안녕하세요. 진 네베바라고 해요. 진 켈리나 진 티어니처럼 '진'이라고 발음해주면 좋겠어요. '제나'나 '제니'라고 이상하게 발음하면 안 됩니다."

작은 책상 앞 긴 적자색 의자에 자리를 좁혀 앉은 세 학생은 당신 마음을 사로잡기 위해 각자 자신의 경력에 대해 상세하게 이야기했지요. 한 명은 대학에서 영문학을 공부했고, 또 한 명은 비즈니스 분야에서 일을 하려면 영어를 유창하게 구사하는 게 중요하다고 생각해서 이미 두 번이나 미국을 방문한 적이 있다고 했지요. 세 번째 학생은 자기 차례가 되자 6월에 대학입학자격시험을 보고 난 뒤에 돈을 좀 벌어야 해서 1년 동안 안식년을 갖기로 했다고 말했고요. 세 학생이 이미 알고 있었다시피 당신은 객원교수였지요. 당신은 고등교육을 받는 것이 금지되어 있던 젊은 여성들을 위해 1875년에 설립된 스미스칼리지에서 교육을 받았습니다. 실비아 플라스도 여기 학생이었죠. 그런데 세 학생은 실비아 플라스라는 이름을 처음 들어본 모양이었습니다. 그러자 당신은 믿을 수 없다는 표정으로 잠시 침묵했지요. "그럼 《바람과 함께 사라지다》를 쓴 마거릿 미첼은 다들 알지요?" 학생들이 이번에는 입을 모아 일제히 큰 소리로 대답하며 열광하자 당신은 《바람과 함께 사라지다》가 논란의 여지가 많은 작품이라고 말하면서 그들을 진정시켰지요. 그리고 이렇게 덧붙였습니다. "스미스칼리지는 특히 1900년에 최초로 아프리카계 미국인 졸업생 오틸리아 크롬웰을 배출한 자랑스러운 역사를 가지고 있답니다."

당신이 된학교에서 했던 '미국의 생활양식과 문화'라는 강의는 매우 다양한 주제로 이루어져 있었습니다. 부임하자마자 당신은 앞으로 여기서 무엇을 가르칠 계획인지 하나하나 열거했지요. 매사추세츠주의 주택들이 보여주는 특별한 건축적 특성, F. 스콧 피츠제럴드가 딸에게 보낸 편지, 샌프란시스코에 있는 헤이트 애시베리* 동네의 연대기적 설명, 영화 〈혹성 탈출〉이 성공을 거둔 이유, 유령처럼 자동차에 무임 편승했다가 홀연 사라지는 여성 히치하이커의 도시 전설, 아폴로 16호의 모험, 마지막으로 아르파넷의 발명과 그것이 정보통신에 미친 영향…….

이건 정말이지 굉장한 프로그램이었습니다. 왜냐하면 당신은 이 학교에 큰 기대를 걸고 있었거든요. 그 학교의 교육적 혁신에 관한 세 쪽짜리 팸플릿을 읽어보세요. 하지만 현실은 그것과는 전혀 달랐지요. 이 교육기관은 사실 대학입학자격시험만 생각하며 확실한 목표도 없이 방황하는 평범한 젊은 여성들이 다니는 고만고만한 사립학교 중 하나이자, 그들의 어머니보다 더 히피풍인 미래의 가정주부들을, 유통기한이 지나기 전에 소비하려고 키우는 귀여운 반려동물들을 만들어내는 공장에 불과했습니다. 그러니 학생들에게 나눠준 팸플릿의 내용을 당신이 이해할 리가 만무했던 거지요.

젊은 지원자들은 입을 다문 채 저게 도대체 자기네들이랑 무슨 상관이 있는 걸까, 골똘히 생각하며 얌전히 기다리고 있었습니다. 어쩌면 그들은 당신이 그들에게 말한 "소비

---

* 1960년대 히피와 마약 문화의 중심지였다.

하려고 키우는"이라는 문장의 성적 의미를 이해하지 못했을지도 모릅니다. 어쨌든 그들은 당신이 아직 단 한마디도 언급하지 않은 이 일을 하려면 오직 당신의 판단에 따라야만 한다는 사실에 겁을 집어먹고 있는 게 분명해 보였어요. 그들은 한 명씩 〈뉴욕타임스〉의 기사를 큰 소리로 읽고 나서 그 요지를 프랑스어로 번역했지요. 당신은 그들에게 어떤 책을 읽었는지, 어떤 음악적 취향을 가지고 있는지 물었습니다. 그러면서 상대가 당신에게 프랑스어로 대답을 하면 못 알아듣는 척하곤 했지요. "미안해요. 뭐라고 그랬어요?"

당신은 세 번째 지원자에게 물었습니다. "그런 영어는 어디서 배웠나요?" 당신이 이렇게 묻자 그 지원자는 즉시 얼굴을 붉히며 미국 노래의 가사를 베껴 쓰는 걸 좋아한다고 대답했지요. 그녀가 롤링 스톤스의 '시간은 그 누구도 기다려주지 않네Time Waits for No One'와 데이비드 보위의 '젊은 미국인들Young Americans' 가사를 암송하자 당신은 짓궂은 표정을 지으며 이의를 제기했습니다. "롤링 스톤스와 데이비드 보위는 영국 사람인데?" 그 지원자는 좋아하는 영화를 열거했지요. 2번 채널에서 영화를 일주일에 한 편씩 원어 버전으로 방영하는데, 꽤 늦은 시간인 밤 11시까지 기다려야 하지만 단 한 번도 놓쳐본 적은 없다는 것이었습니다. 당신이 "미국광이네요"라고 말하자 그녀는 좋은 의미로 그렇게 말한 건지 아니면 안 좋은 의미로 그렇게 말한 건지 몰라서 더듬거렸지요.

세 사람은 당신이 듣기 거북할 정도로 콧소리를 내가며 학부모들을 상대로 연례연설을 하는 뒨학교 여자 학장 흉내를 내는 걸 보고는 놀란 표정을 짓더군요. "오오, 아녜요, 아녜요! 중요한 건 우리 학교에서 남학생들을 받지 않는 게 아니라 여학생들에게 매우 특별한 관심을 기울이는 거랍니다! 여학생들을 그들 자신의 두려움에서 해방시켜야 합니다!" 당신은 지원자들이 이 연설에 대해 어떻게 생각하는지 알고 싶어 했지요. 그들은 정신분석학 개론과 영화의 역사, 바로크 음악 입문, 유도 입문, 현대무용 입문 등 수많은 강의를 들을 수 있는 뒨학교의 학생이 되고 싶은 것일까요? 세 번째 지원자는 뒨학교의 등록금이 너무 비싸다고 대답했습니다. 당신은 그녀의 대답을 듣자 꼭 새로운 과학적 사실이라도 발견한 것처럼 열광했지요. "그래요! 맞는 말이에요! 두려움에서 해방될 수 있을 만한 경제적 능력을 가진 학생들만 받겠다는 이 학교의 원칙이야말로 큰 모순인 거죠. 요컨대 이 학교는 얼간이들의 집합소에 불과해요!"

이렇게 말하고 난 당신은 별안간 투명한 합성수지로 만든 의자 위로 올라갔지요. 당신은 책꽂이 맨 위쪽에 놓여 있던 종이 서류함을 내려 책상에 올려놓았어요. 그리고 종이 서류함을 가리키며 말했습니다. "자, 이건데요." 똑같이 생긴 초록색 우표가 다닥다닥 붙어 있는 걸로 보아 미국에서 온 소포 같았어요. "채용되는 사람이 하게 될 일이 이 안에 전부 들어 있어요." 당신은 신문 스크랩이 삐져나와 있는 서류 홀더를 보여주더니 젊은 여성들이 라디오를 들으면서 좋아하는 노래를 녹음하는 소형 카세트와 똑같이 생긴 카세트로 가득 찬 비닐봉지를 열었습니다. 그리고 종이 서류함을 가리키며 말했지요. "여러분은 보고서를 써야 해요. 이 모든 걸 다 읽어볼 시간은 없을 거예요. 그러나 이 엄청난 양의 기사들을 종합할 수 있어야 하죠!" 당신은 주어진 기간 안에 반드시 이 일을 마쳐야 하지만, 그 기간이 최대 2주일밖에 안 된다는 사실을 강조했습니다.

그들이 층계참에 서 있을 때 당신이 방금 생각났다는 듯 물었습니다. "그런데 다들 퍼트리샤 허스트가 누군지는 아나요?" 그러자 지원자 중 한 명이 서둘러 대답하더군요. "미국에서 휴가를 보낼 때 퍼트리샤 허스트를 텔레비전에서 본 적이 있어요. 엄청난 부자인데 납치를 당해서……." 그때 경쟁자가 그녀의 말을 잘랐습니다. "맞아요. 프랑스에서도 사람들이 퍼트리샤 허스트 이야기를 많이 했어요. 총격전이 벌어지고 불이 나서 퍼트리샤 허스트가 죽었다고요." 그 순간 당신이 끼어들어 잘못된 부분을 바로잡아주었지요. "아니, 그렇지 않아요. 퍼트리샤 허스트는 살아 있어요. 경찰이 퍼트리샤 허스트를 다시 찾아냈지요. 죽은 건 납치범들이에요." 그래서 온갖 충격적인 사건을 겪고 난 퍼트리샤 허스트의 심리 상태를 감정하고, 그것을 설명하는 일이 당신에게 맡겨진 것입니다. 경의를 표하는 의미의 침묵이 이어졌습니다. 세 명의 지원자 중 그 누구도 당신에게 도움을 청한 이 미스터리한 '인물'이 도대체 누구인지, 그리고 왜 역사와 문학을 전공한 당신을 선택했는지는 묻지 않더군요. 당신은 성인이고, 교직자이고, 또한 모험과 납치, 상속자, 해피엔드를 연상시키는 외국인입니다. 그걸로 충분한 거지요.

수준 높은 영어를 구사한다며 당신에게서 칭찬받았던 지원자는 지금까지 잘 해오다가 마지막 단계에서 실패했다는 사실에 상심한 듯 입을 꼭 다물고 있더군요. 왜냐하면 그녀는 퍼트리샤 허스트라는 이름을 생전 들어본 적이 없었거든요. 바로 그날 저녁, 그녀의 어머니가 수화기를 손에 들고 그녀의 방문을 열었습니다. "전화 왔다. 발음이 이상한 걸 보니 그 미국인 선생인가 보다."

당신은 이제 조수가 된 그 학생에게 물었습니다. "여기서는 보통 학생이 교수 연구실에서 일을 하지만, 내 연구실이 좁으니까 우리 집에서 일을 하는 게 훨씬 나을 거 같은데, 어때? 보수는 내일 아침에 만나서 상의하도록 하고. 그런데 진짜 열여덟 살인가? 내 눈에는 열다섯 살 정도로밖에 안 보이는데……" 당신은 전화를 끊기 전에 이렇게 덧붙였습니다. "퍼트리샤 허스트에 대해서 알든 모르든 그건 전혀 중요하지 않아."

좀 이상한 (쇼를 하는 것 같은) 분위기에서 진행된 면접 때 당신은 퍼트리샤 사건의 어느 부분에 대해서는 언급하지 않았습니다. 그건 신성불가침의 영역이었으니까요. 당신은 세 프랑스인 여성에게 무슨 일을 해야 하는지 더 자세히 말했다가 혹시 너무 어려 보이는 그들이 당황스러워할까 봐 불안하기도 했고, 학생들의 부모들이 이런 일을 하는 걸 알면 걱정할까 봐 망설여지기도 했지요. 왜냐하면 당신은 주민 수가 5,000명 정도인 이곳에서 1년 반 전부터 살며 분명히 어떤 한계 같은 걸 느꼈거든요. 이곳에서는 모든 것이 알려지고, 이야기되고, 평가됩니다. 이 일이 얼마나 복잡한지를 학생들에게 설명하려면 시간이 필요할 텐데, 당신에게는 그럴 만한 시간적 여유가 없었습니다. 이 젊은 미국인 여성에게 일어난 일에 어떤 관점으로 접근해야 하고, 어떤 사건을 출발점으로 봐야 하는지를 그들에게 설명할 시간 말입니다.

1974년 2월 4일, 그동안 거의 알려지지 않았던 SLA[*]라는 극좌파 무장혁명단체에 의해 퍼트리샤가 납치된 사건에서 출발해야 하는 것일까? 아니면 이 상속자가 납치되고 나서 2월 12일에 처음으로 남긴 메시지에서 출발해야 하는 것일까? 납치범들이 전국에 방송되는 라디오의 방송국 입구에 놓아두고 간 카세트테이프에서 그녀는 들릴락 말락한 목소리로 이렇게 중얼거렸지요. *엄마, 아빠, 전 잘 있어요.* FBI의 주장에 따라, 납치당한 이 젊은 여성이 두 달이 채 안 되어 자신을 납치한 자들이 주장하는 마르크스주의 신조에 동조해 범죄자가 되었다는 사실, 심지어는 4월 15일 M1 소총으로 무장하고 납치범들과 함께 샌프란시스코의 한 은행을 터는 장면이 감시카메라에 찍혔다는 사실을 도대체 어떻게 아르바이트를 하러 온 이 프랑스인 학생들에게 설명할 수 있을까요? 그러니 당신이 신중하게 지원자들이 이미 알고 있는 것만을 물은 뒤 퍼트리샤 허스트의 전향에 대해서는 일절 언급하지 않고 그냥 넘어간 건 충분히 이해할 만한 일입니다.

　　당신은 당신이 맡은 일, 즉 퍼트리샤 허스트의 '심리 상태'를 감정하는 일에 관해 잘못된 이야기를 한 적이 없습니다. 하지만 여기서도 역시 무슨 일을 해야 하는지에 대해서

---

[*]　'Symbionese Liberation Army'의 약자로 공생해방군을 뜻한다. 1970년대에 미국에서 활동한 극좌파 단체다.

는 최대한 짧게 언급했고, 당신에게 일을 의뢰한 퍼트리샤 허스트의 변호인에 대해서는 아예 이야기하지 않았지요. 당신은 재판일이 가까워지면서 미국 언론의 집중적인 조명을 받고 있는 이 젊은 여성에게 무죄가 선고되도록, 2주일 안에 복사물들이 삐져나와 있는 종이 서류함에서 감정서를 쓸 수 있는 자료를 찾아내야만 했습니다. 퍼트리샤 허스트가 누구인지, 즉 마르크스주의를 추종하는 테러리스트인지, 아니면 목표를 잃고 방황하는 대학생인지, 아니면 진정한 혁명가인지, 아니면 엄청난 재산을 상속받겠지만 삶의 의미를 못 찾고 되는 대로 살아가는 불쌍한 여성인지, 아니면 극좌파의 신념을 신봉하게 된 평범하다 못해 어딘가 좀 모자란 인물인지, 그것도 아니면 조종당한 좀비인지, 혹은 분노하여 미국이라는 나라를 공격하는 젊은 여성인지를 2주일 안에 밝혀내야 했던 것입니다.

베이지색 바탕에 밤색 얼룩무늬가 있는 대형견이 좀 지나치
다 싶을 정도로 반가워하며 문지방에서 당신의 새로운 조수
를 맞았지요. 당신은 개를 붙들려고 몸을 숙이다가 개가 자
신의 얼굴을 향해 달려들자 눈을 찡긋하더니 "어머, 애가 나
한테 프렌치 키스를 하려고 하네"라고 말하며 신발 한 켤레
를 던져 멀리 쫓아냈습니다. 당신은 진주 설탕을 입힌 비스
킷을 접시에 수북하게 담아 내놓은 다음, 부엌의 작업대 위
여기저기 놓여 있는 살짝 녹슨 10여 개의 양철통을 가리키
며 재스민차도 있고 박하차도 있고 유자차도 있으니 고르라
고 권했지요. 학생은 자기 집에서는 특별히 어떤 차를 정해
놓고 마시지는 않고 차는 오직 몸이 아플 때만 마신다는 말
을 당신에게 할 엄두를 내지 못하고 눈에 들어오는 대로 아
무거나 가리켰습니다. 방에 딱 하나 있는 의자에는 스웨터
가 꼭 형체 없는 무더기처럼 아무렇게나 놓여 있었는데, 당

신이 그녀에게 앉으라고 권하지 않았기 때문에 그녀는 찻잔을 손에 든 채 서서 당신 이야기를 듣고 있었지요.

"이 많은 신문 기사를 전부 다 요약하려면 힘들겠지만 세세한 부분에 집중해야 해."

당신은 부엌 식탁에 놓여 있는 종이 서류함의 찢겨나간 가장자리를 어루만지며 이렇게 말했습니다. 이 젊은 프랑스인 여성은 당신의 생각에 동의하며 고개를 끄덕였지요. 그리고 당신을 꼼꼼히 살펴보며 생각했습니다. '결혼은 했을 거고, 향수는 안 뿌린 것 같고, 콧방울이 빨개진 걸 보니 화장도 안 했나 보다. 머리는 끌어모아 포니테일 스타일로 묶었고, 꼭 남자아이들처럼 짧은 손톱은 담배를 하도 많이 피워대서 그런가 누렇게 변했네.' 당신은 아무 말 없이 입속에 비스킷을 가득 집어넣더니 우물우물 씹으며 웃었습니다. 광택 없는 보석들이 달린 엉클어진 목걸이가 반쯤 열린 서랍에서 비죽 튀어나와 있었고, 니나 시몬이나 패티 스미스의 것으로 보이는 음반 케이스가 벽에 압정으로 박혀 있었지요. 당신은 샌프란시스코에 살고 있다는 '절친'에 대해 두 차례나 언급했어요. '절친'이라는 표현을 쓰는 걸 보니 당신은 아직도 사춘기 소녀인가 봅니다. 비올렌은 당신의 나이가 궁금해졌습니다. 조금 전에 본 큰 개가 당신을 부엌이며 욕실로 계속 졸졸 따라다녔지요. 당신은 화장실에 들어가서도 조수에게 이런저런 이야기를 하다가 전화벨이 울리자 받아보라고 소리쳤습니다. 그러자 이 젊은 여성은 깜짝 놀라서 대답했지요. "진 네베바 씨는 지금 전화를 받을 수가 없습니다."

당신은 비올렌이 생전 처음으로 만난 미국인이었습니다. 그녀는 이 영어라는 언어를 허구의 작품이나 영화배우들과 결합하여 구사했지요. 그런데 점점 더 이상해지는 자신의 목소리를 듣다 보니 지금 자기네 두 사람이 역할극을 한다는 생각이 들어 기분이 묘해졌지요. 당신이 비스킷에 바르고 있는 땅콩잼, 카펫 위로 떨어지는 노란색 비스킷 부스러기, 환한 대낮에도 빛 가림막이 창에 드리워진 침실, 당신의 침대 밑에 차곡차곡 쌓인 책들, 당신이 그녀에게 제목별로 분류해달라고 부탁한 《타임》, 《뉴스위크》, 〈뉴욕타임스〉, 〈샌프란시스코 크로니클〉 등 모든 것이 무대장치였고 기묘한 경이로움 속으로의 기항奇港이었습니다. 당신은 납치라든가 FBI, 납치범 같은 단어를 아무렇지도 않게 입에 올렸지요. 그리고 날이 어두워지기 시작하자 방바닥에 책상다리를 하고 앉아 가볍게 숨을 내쉬며 마치 잠이 부족한 어린아이처럼 비벼대던 눈을 반쯤 감은 채 상체를 살짝 꼬았어요. 원기를 되찾은 당신은 이 젊은 여성이 하드커버 서류철을 미리 준비해 오고 가장자리가 하늘색인 네모난 흰색 표찰을 필통에서 꺼내는 걸 보고 감탄했습니다.

"준비성이 철저하네. 맘에 들어, 비올레트. 시키는 일만 하는 사람은 아닌 것 같네."

그러자 이 젊은 여성이 서둘러 대답했지요. "제 이름은 비올레트가 아니고 비올렌입니다." 당신이 책상 밑에서 다리를 뻗으며 입을 동그랗게 벌리자 동그란 담배 연기가 뿜어져 나오더니 천장으로 흩어져 사라졌습니다.

"이름이란 건 아주 중요하지. 하나의 존재가 새로 태어나는 걸 의미하니까. 비올렌이라. 미국 사람이 발음하기는 쉽지 않은 이름이지만, 괜찮아. 비-올-렌. 만일 내가 다시 미국으로 돌아가면 이 이름 역시 쉽게 잊지 못할 것 같군."

강풍을 동반하는 뇌우. 산. 바닷가에서 바라보이는 산이 안개 너머로 윤곽을 뚜렷하게 드러내며 대서양을 감싸 안으면 그것은 그다음 날 날씨가 좋을 거라는 징조지요. 당신의 조수는 이 지역에 사는 노인들이나 할 법한 이야기를 열심히 읊조리고 있는 당신을 재미있다는 표정으로 쳐다보고 있었습니다.

"대조大潮도 쉽게 잊지 못할 거야. 지난주에는 글쎄, 대서양이 모래언덕 가장자리까지 올라왔었다니까! 랑드 지방 길도 안 잊혀질 것 같아. 길이 다 비슷비슷해 보이는 데다가 기준점이 아예 없다니까. 그래서 그 소나무가 그 소나무 같고, 또 다른 소나무도 그 소나무 같아. 소나무인가 해서 가까이 가 보면 고사리고, 조금 더 가서 고사리인가 보다 하고 보면 모래밭이고……." 당신은 한숨을 한 번 내쉬고 나서 말을 이어갔습니다. "모래가 숲의 흙과 섞이면 비가 내리자마자 바로 진흙탕이 되어버려. 집에 돌아와서 보면 그 비단처럼 부드러운 베이지색 모래가 배낭에서도 나오고 수첩의 가느다란 홈에서도 나오고 침대 바닥에서도 나오고 양말에서도 나와. 심지어는 종아리 근육에도 달라붙어 있다니까, 글쎄."

방금 비올렌이라는 이름으로 불린 여성은 꼭 다큐멘터리 작가처럼 초연하게 일기장에 이렇게 써넣었습니다. '네베바 씨는 모래를 잊지 못할 것이다.'

당신은 거의 매일같이 테니스화를 벗어서 땅바닥에 탁탁 치며 짜증 섞인 채로 말할 겁니다. "아, 이런! 또 모래가 쌓였네."

첫날, 당신은 방금 비올렌이라는 이름으로 불린 여성에게 계약서를 쓰면 좋겠다고 말했지요. 당신이 사용한 이 계약이라는 단어가 좀 거창하게 느껴져서 비올렌은 괜히 주눅이 들었습니다. 왜냐하면 이 단어를 통해 비올렌은 당신과 대등한 존재가 되었거든요.

당신이 말했지요. "기사를 시간순으로 읽는 게 좋겠어. 예를 들어 1975년 기록물에 포함된 잡지를 먼저 읽어서는 안 된다는 거야." 그러고 나서 당신은 고무줄로 느슨하게 묶어 '1974년 2월'이라는 꼬리표를 붙여놓은 푸른색 서류들을 종이 서류함에서 끄집어내면서 말을 맺었지요. "우선 이거부터 읽어야 해." 그해 가을, 당신은 겨우 서른네 살에 불과했지요. 하지만, 당신에게서는 뭔가 확실히 위엄이 풍겼습니다. 왜냐하면 당신의 이 지시에 비올렌은 결코 이의를 제기할 수 없기 때문입니다. 당신의 지시는 비올렌의 역할에 한층 더 큰 중요성을 부여했습니다. 비올렌은 1974년 2월부터 그다음 해 마지막 달인 1975년 10월까지 자료들을 순서대로 정리하는 일을 책임지게 되었지요. 이렇게 해서 당신은 허스트 시대의 1막, 2막, 3막과 그 결말에 대해 알고 있는 유일한 인물이 되었습니다.

1일째

일간지 아홉 개와 높은 발행부수를 자랑하는 잡지 열세 개, 텔레비전 방송국 네 개, 라디오 방송국 한 개를 거느리며 언론 제국을 이끌어가던 부유하고 교양 있는 가문의 상속자 퍼트리샤 허스트가 1974년 2월 4일, 신원이 알려지지 않은 3인조에게 납치당했다. 이들은 퍼트리샤가 약혼자와 함께 있던 버클리대학교 캠퍼스 내의 한 아파트에 침입했다. 막 잠자리에 누우려던 순간이었기 때문에 퍼트리샤는 잠옷과 실내복만 입고 있었다. 예술사를 공부하는 대학 2학년 학생인 그녀는 방이 무려 스물두 개나 되는 저택에서 자랐고, 자신의 말을 가지고 있었으며, 열네 살이 될 때까지 가톨릭 계열의 사립학교에서 교육을 받고 난 뒤 정상적인 생활을 하고 있었다. 그녀의 약혼자인 스티븐은 이렇게 증언했다. "문을 두드리는 소리가 나더군요. 늦은 시간이었지만 자동차 사고가 나서 전화를 좀 썼으면 좋겠다고 그러기에 문을 열어주었지요. 문을 열자마자 그들은 들고 있던 총의 개머리로 내 얼굴을 후려치더니 단 몇 초 만에 퍼트리샤를 결박하고 붕대로 눈을 가렸습니다. 정말 조직적으로 훈련된 군인들 같았습니다." SLA라는 단체는 각 언론사에 성명서를 보내 자기네들이 허스트를 납치했다고 알렸지만, 몸값을 요구하지는 않았다.

당신은 비올렌이 작성한 이 요약문을 주의 깊게 읽었지요.

"그들이 몸값을 달라고 하진 않았지만 한 가지 요구는 했는데, 그게 빠졌네…… . 그 이야기는 나중에 다시 하기로 하고. 허스트 가문이 교양을 갖춘 가문이라고? 이건 100퍼센트 잘못된 말이지! 이 가문이 펴낸 신문과 잡지는 쓰레기 그 자체야. 소문과 가십거리를 그럴싸하게 포장해서 뉴스라고 보도했지. 그들이 내세우는 유일한 규칙은 충격적인 사진이었어. 그들이 발행하는 신문과 잡지에 실리는 사진은 거의 대부분이 훔쳐 온 것인 데다가 하나같이 추하고 선정적이야. 허스트 가문은 엘비스와 프리실라의 이혼같이 대수롭지 않은 사건을 찍은 사진을 베트남전쟁에서 불붙은 옷을 벗고 도로를 질주하는 소녀의 사진과 나란히 실을 만큼 양심이라곤 눈곱만큼도 없는 사람들이었어. 이 아이 피부 좀 봐. 네이팜탄을 맞아서 이렇게 된 거야. 네이팜탄이 뭔지 알지? 이 하수구 같은 언론을 만들어낸 건 퍼트리샤의 할아버지야. 그에 관해서는 근거 있는 일화가 지금도 회자되지. 19세기 말에 그 사람이 당시 스페인과 미국 사이에서 격렬한 분쟁에 휩쓸렸던 쿠바의 아바나로 기자를 파견했어. 기자가 아바나에 가서 전보를 쳤지. '이곳엔 아무 일 없습니다 / 전쟁은 안 일어날 겁니다 / 돌아가겠습니다.' 그러자 퍼트리샤의 할아버지는 '나에게 사진을 보내주게 / 그럼 내가 전쟁을 일으켜줄 테니'라고 다시 답장을 보낸 거야. 지금은 퍼트리샤의 아버지가 같은 일을 하고 있지. 비올렌은 중립의 문제에 대해, 예를 들면 일간지의 중립에 대해 철학 수업 시간에 토론해본 적 있지?"

비올렌이 미처 대답을 하기도 전에 당신은 벌써 소형 카세트가 가득 들어 있는 비닐봉지에 손을 집어넣더니 그중 몇 개를 꺼내서 '메시지: 도널드 디프리즈(별명 신케). 1974년 2월'이라는 라벨이 붙은 카세트를 찾아냈지요. *빨리 감기, 정지!* 당신은 SLA의 리더이자, 애미스태드에서 반란을 이끌었던 아프리카 노예를 기리는 뜻에서 신케라는 별명이 붙은 도널드 디프리즈가 발언하는 부분을 정확히 찾아내느라 테이프를 앞뒤로 열심히 돌렸어요. *재생.*

굵고 힘 있는 목소리가 망치질을 하듯 단어 하나하나 힘주어 발음해, 자음들이 화살처럼 공기 중에 박혔습니다.

"허스트 제국이 가장 중요하게 생각하는 것은 미국인들이 현실을 보지 못하도록 선전 활동을 통해 현실세계를 흐릿하게 만드는 일입니다!"

그러자 당신이 혼잣말하듯 중얼거렸지요. "어떤 신문기자가 최근에 허스트 가문이 일하는 방식을 폭로했는데, 그 어떤 언론 재벌도 직업윤리가 이 정도로까지 무너진 적은 없어. 그런 의미에서 신케가 허스트 그룹에 대해 내린 '현실세계를 흐릿하게 만든다'라는 정의는 정확하지." 비올렌은 동의한다는 듯 머리를 끄덕였지요. 하지만 사실은 자신이 당신의 기대에 못 미치는 것 같아 내심 불안해하고 있었습니다. 비올렌은 이 신케라는 남자가 무슨 말을 하는지 정확히 알아듣지 못했고, 이 메시지가 퍼트리샤와 어떤 관련이 있는지도 전혀 이해하지 못했습니다. 게다가 당신의 그무사태평한 태도도 비올렌을 불편하게 만들었지요. 그러면서 '저 남자는 열아홉 살짜리 여자를 납치해놓고 도대체 왜저러는 것일까'라고 생각했죠.

당신은 큰 판지에 붙이라며 사진을 여러 장 비올렌에게 내밀었습니다. 당신은 사진이 붙어 있는 판지를 하나씩 벽에 압정으로 고정시켰어요. 그 사진 한 장 한 장에는 퍼트리샤의 짧은 삶이 기록되어 있었습니다. 그 사진들에 찍힌 그녀의 어린 시절은 평범해 보였습니다. 작은 성의 분홍색 탑과 말, 베이지색 앞치마를 입은 흑인 하녀들 같은 배경만 제외하면 말이지요.

　유칼리나무가 줄지어 서 있는 직사각형의 수영장 가장자리에서 손에 공을 들고 앉아 있는 어린 퍼트리샤의 사진. 사진으로 고정된 그녀의 행복한 모습에 부족한 건 딱 하나, 그녀의 치아뿐입니다. 꽃봉오리로 만든 화관으로 고정한 얇은 흰색 망사 베일이 아이론으로 컬을 만든 그녀의 머리를 뒤덮고 있어서 꼭 장난기 있는 어린 신부처럼 보입니다. 사춘기에 접어든 그녀의 미소에서는 살짝 무미건조해 보이는 부드러움이 풍겨 나옵니다. 하지만 이 긴 밤색 머리 소녀에게서는 수수한 아름다움이 느껴지지요. 그녀는 히피의 유행을 따르지만, 여전히 나팔바지와 버클 달린 밤색 혁대, 옷깃을 V자 모양으로 깊게 튼 티셔츠 등 대학생의 유니폼이라 할 만한 복장을 하고 있습니다. 가장 최근에 찍은 건 자선공연이 열리는 날 정원 테이블 옆에서 모두 똑같이 호박단으로 만든 드레스를 입은 자매들에게 둘러싸여 찍은 사진과 그녀의 약혼식 사진이지요. 이 사진에서는 안경을 쓰고 콧수염을 길렀으며 퍼트리샤보다 나이가 많아 보이는 키 큰 남자가 의기양양하게 한쪽 팔을 그녀의 어깨 위에 올려놓은 채 카메라를 응시하고 있고, 그녀는 허공을 보며 얌전하게 웃고 있습니다.

　비올렌은 사진에서 눈을 떼지 않은 채 할 말을 찾고 있었지요. "저, 퍼트리샤에게 깊은 인상을 받았어요. 내일은 요약을 더 잘 할 수 있을 것 같아요." 그러자 당신은 다급하게 고개를 저어 그녀의 말을 가로막았지요. 당신은 비올렌이 앞으로 읽게 될 글에 대해 객관적인 태도를 취하기를 바랐습니다. 예를 들면, 이 사진들은 틀림없이 허스트가 고른 것이다, 퍼트리샤는 세례도 받았고 대학생이고 치어리더이고 약혼도 했다, 그러니 곧 우리의 딸이나 여동생, 혹은 그 누군가의 여자 친구가 될 수도 있을 것이다, 그런 퍼트리샤를 납치한다는 건 용서 못 할 폭력이다, 라는 식으로요.

당신은 방금 《뉴스위크》에서 뭔가 재미있는 걸 발견했습니다. "퍼트리샤는 열여섯 살 때 유럽으로 여행을 갔지. 그런데 향수병에 걸린 데다가 베네치아에 악취가 풍긴다며 예정보다 빨리 미국으로 돌아온 적이 있었어. 그녀는 친한 친구에게 편지를 보내 이렇게 말했단다. '하루 종일 페니스 달린 조각상이나 보고 있으려니 너무나 지겨워서 도저히 더 이상은 참을 수가 없었어.' 그리고 이렇게 끝을 맺었지. '내 꿈은 내년에 결혼해서 애들을 두 명쯤 낳는 거야. 그리고 개를 한 마리 키우면서 소형 밴을 몰고 다니는 거지.'" 이렇게 말하고 난 당신은 미소를 지으며 결론짓듯 말했지요. "이 아이, 굉장하지 않아? 놀라워."

이렇게 해서 비올렌은 아무것도 모르는 상태에서 마치

더듬거리며 어둠 속을 헤쳐나가듯 퍼트리샤 허스트 납치사건에 관한 1차 조사를 마쳤습니다. 숲 가장자리에 위치한 당신의 아파트에서 나온 비올렌은 당신이 무척이나 좋아하는 가공 치즈 샌드위치 냄새가 머리칼에 배어든 채로 벌써 불이 꺼진 마을을 가로질러 갔지요. 그러다가 결국 밤은 정적과 추위에 잠겼습니다. 비올렌은 수첩에 '현실세계를 흐릿하게 만든다'라고 써넣은 다음 청록색 펜으로 밑줄을 그어 강조했습니다. 그리고 다시 '선전 활동'이라고 쓰고 물음표를 그렸지요.

2일째

"공생해방군L'Armée symbionaise de libération?" 비올렌은 사전에서 이 단어를 찾아보았으나 아무것도 발견할 수 없었습니다. "심비오네즈Symbionais는 아프리카에 있는 한 작은 나라의 주민들을 가리키는 것 같은데요?" '공생해방군'이라는 단어를 보는 순간 비올렌은 전쟁을 생각했습니다. "그런데 무엇으로부터 해방된다는 건가요? 이건 다른 시대에 쓰이던 단어들 같은데요!" 당신은 한숨을 내쉬면서 말했습니다. "'공생Symbiose'이라는 단어는 그리스어 sun(함께)과 bios(살다)에서 유래한 거야. 우리의 나이와 성별, 인종에 상관없이 함께 살자는 것이 공생해방군의 신조지. 먼지투성이 깃발과 함께 등장하는 '해방liberation'이라는 단어로 말하자면, 겨우 7년밖에 안 지난 1968년 봄이 이 나라에서 벌써 잊혀져

버렸다니 정말 서글픈 일이지." 비올렌은 1968년 봄에 대해 전혀 아무 기억이 없는 것일까요? 불시에 허를 찔린 그녀는 자신의 것이 아닌 기억을, 텔레비전 뉴스와 가족 식사의 이런저런 일화들이 뒤섞인 기억을 당신에게 이야기했지요. 그녀는 1968년에 열두 살이었습니다. 아버지가 일하는 지역인 닥스의 길거리에서는 사방에서 고무 타는 냄새가 풍겼어요. 자동차 타이어가 불에 타는 냄새였죠. 학교 버스는 파업 중이라 다니지 않았고요. 파리에서 대학을 다닌다는 친구의 언니는 최루탄 가스를 마셔 목구멍이 아프다고 호소했고, 상점들은 시위대가 지나가자 일제히 셔터를 내렸습니다……

"음, 이런 말을 해서 미안한데…… 내가 생각하기에 네 해석은 좀 편협한 것 같아. 너는 실제 결과에 대해서만 이야기하고 있어. 이 사건들이 왜 일어났을까라는 생각은 안 해보았니?"

비올렌은 그 말을 듣고 살짝 기분이 나빠졌지요. 하지만 그 같은 무질서는 다른 사람들, 즉 싸움에 단련된 보안 기동대원들과의 무력 대결을 통해 욕망(비올렌은 이 욕망에 관심이 없었습니다)을 충족시키는 자들에 의해 조성되는 것이라고, 그건 사실 말 많고 경박하고 권태에 찌든 사내들 간의 문제일 뿐이라고 대답할 엄두는 내지 못했습니다. 그래서 그냥 자기는 폭력에 동의하지 않는다고 당신에게 반박했지요. 어른들이 그런 식으로 대답하는 걸 자주 봤거든요.

당신이 찻잔을 테이블 위에 쾅 소리 나게 내려놓자 반려견 레니와 비올렌은 화들짝 놀랐습니다. "비올렌, 지금 정확히 무슨 이야기를 하는 거지? 무슨 폭력을 말하는 거야? 진열창 깨지는 소리를 말하는 거야? 폭력이란 게 과연 무엇일까? 자, 내가 1970년 5월 4일 월요일에 무슨 일이 일어났는지 말해줄게." 자기가 이제 정신적으로 원숙해졌다는 사실을 증명해 보였다고 생각했다가 전혀 생뚱맞은 말을 듣고 기가 꺾여버린 비올렌에게 당신은 느닷없이 제안했습니다. "우리, 열넷까지 한번 세어볼까?" 당신이 이 유치한 놀이를 하자고 제안하자 그녀는 깜짝 놀라서 입을 다물었습니다. 그 모습을 본 당신이 어깨를 으쓱하며 말했지요. "자, 세어보자니까." 그리고 당신이 숫자를 하나씩 또박또박 세나갔습니다. "하나, 둘, 셋, 넷, 다섯, 여섯, 일곱……" 비올렌은 자존심이 상했는지 얼굴을 붉혔지만, 그래도 당신이 시키는지라 어쩔 수 없이 더듬거리며 숫자를 셌지요. "……열, 열하나, 열둘, 열셋, 열넷. 됐어. 근데 14초가 꽤 길지?" 당신은 몸을 일으키더니 레니 옆에 무릎을 꿇고 레니의 목에 코를 파묻었습니다.

그날 오후, 당신은 1970년 5월 4일 월요일에 시위를 했던 오하이오주 켄트주립대학교 학생들을 처음에는 '그들'로 지칭했다가 다시 '사람들'로 바꿔 불렀지요. 사람들은 강의를 듣다 말고 일제히 밖으로 뛰쳐나왔어요. 닉슨 대통령이 텔레비전에서 "'불가피하게 캄보디아를 침공'했지만, '깨끗한' 폭탄을 투하했기 때문에 지상 시설물을 파괴하지는 않을 것이다"라고 발표했다는 사실을 알게 되었거든요. 사람들은 몇 년 전부터 그 빌어먹을 깨끗한 폭탄, 지진 폭탄, 소이탄 같은 단어를 귀가 닳도록 들었지요. 모든 사람이 평화의 표시로 두 팔을 들어 올리고 '우리는 전쟁을 하러 가지 않을 거야, 아무도 안 갈 거야'라는 노래를 목청이 터지도록 불렀어요. 당신은 캠퍼스 잔디밭에서 따온 데이지꽃을 군인들에게 선물한 사람들을 흉내 내서 비올렌에게 손을 내밀며 마치 무슨 특혜를 베풀 듯이 말했지요. "비올렌, 다시 한번 열넷까지 세봐." 그러자 비올렌은 고개를 숙인 채 방바닥만 뚫어지게 내려다보고 있는 당신 대신 숫자를 세기 시작했습니다. 14초는 주립 방위군이 예순여섯 차례 발포하는 데 걸린 시간이었어요. 처음 총소리가 울렸을 때 학생들은 그게 불꽃놀이를 하거나 폭죽을 터뜨릴 때 나는 소리인 줄 알았다고 당신은 말했습니다. 그러면서 사람들의 모습을 그렸지요. 꼭 기도하는 것처럼 무릎을 꿇고 앉아 자기가 지금 머리에 총을 맞고 죽어간다는 사실에 망연해 있는 젊은 여성의 모습. 캠퍼스에 주차된 자신의 분홍색 폭스바겐 자동차 뒤에서 죽은 채로 발견된 남학생의 모습. 그가 흘린 핏자국이 학교 정문에 다닥다닥 붙어 있는 스티커에 얼룩덜룩 묻어 있었지요. 당신은 잔디밭을 뒤덮고 있는 뼈와 살의 잔해 사이에 신발들이 버려져 있었다고 말했지요. 해변용 샌들, 나막신, 테니스화. 도와달라며 손을 내미는 산 자들의 신음 소리. 1차 응급처치밖에 할 수 없는 구급상자를 들고 망연 자실하여 이리저리 다급하게 뛰어다니는 교수들. 입고 있던 외투로 대학생들의 시신을 덮어놓은 이 교수들은 그들 곁을 떠나기를 거부하고 밤까지 그곳에 머물러 있었지요. 교수들은 제프리, 앨리슨, 윌리엄, 샌드라의 침묵을 밤새도록 지켜 보았습니다.

"철야를 하던 사학과 학생들은 항의의 표시로 미국 헌법을 땅에 파묻었지. 그건 이해가 잘 안 갈 수도 있지만 잘 생각해보면 큰 의미가 있는 상징적 행동이었어. 내가 왜 켄트주립대학교 사건에 대해 이야기하는지 이제 이해가 될까, 비올렌? 그래, 맞아. 네가 대학생들의 시위를 폭력이라고 부르면서 비난했기 때문이지."

당신은 가방을 뒤져 찌그러진 담뱃갑에서 담배를 한 개비 꺼냈습니다. 당신은 총에 맞아 죽은 네 명의 젊은이들을 생각하며 웃음을 거두었고, 당신의 조수는 아무 말 없이 빈 종이에 뭔가를 끄적거리고 있었지요. 분위기가 가라앉으면서 서서히 침묵이 자리 잡았습니다.

3일째

비올렌은 당신 집 부엌에 있는 포마이카 식탁 앞에 앉아 무릎에 사전을 올려놓은 채 몇 시간째 자료를 읽고 있습니다. 지난 사건들이 기록된 글을 읽고 있는 것이지요. 그 사건들이 이후에 다른 국면을 맞았을지도 모르는데 말입니다. 당신이 그녀에게 내민 기사들은 시간순으로 정리되어 있었습니다. 만약 더 최근에 발행된 잡지가 끼어 있으면 당신은 그걸 비올렌의 손에서 재빨리 낚아챘지요.

비올렌은 자신과 마찬가지로 1974년 2월 당시 그 일을 흔한 납치사건으로 믿었던 사람들의 길을 다시 걷고 있었습니다. 허스트가는 미국에서 가장 부유한 가문 중 하나였으니까요. 비올렌은 FBI가 베트남전쟁에 반대하는 운동에 뛰어든 젊은이들의 명단을 작성했다는 기사를 읽었습니다. 한 금발머리 치어리더가 부모를 향해 "현 체제가 유지되도록 돕는다"며 비난하는 편지 한 통을 남기고 샌프란시스코에 있는 집에서 사라졌지요. 그녀는 FBI가 U2 정찰기로 주변의 산악지대 상공을 비행하면서까지 눈에 불을 켜고 찾아다니던 그 SLA에 합류하러 떠난 것일까요?

비올렌은 전 세계에서 몰려온 기자들이 허스트가 소유의 잔디밭과 테니스코트로 이어지는 길, 저택의 문 앞에 자동차를 주차시켰다는 기사를 읽었습니다. 그들은 며칠 전부터 자동차 곁을 떠나지 않고 퍼트리샤 아버지의 발표만 기다리고 있었습니다. 자동차 보닛 위에 드러누워 축 늘어진 채 샌드위치의 포장지를 뜯고 맥주병 뚜껑을 하나씩 따면서 말이지요.

주요 일간지들은 급히 직통 전화선을 설치했지요. 수화기는 나뭇가지 중에서 잎이 가장 무성한 가지에 매달려 있었습니다. 이따금 서로를 불러 "어이, 샌프란시스코 크로니클, 자네 나무에서 벨이 울리는데?"라고 말해주었지요. 바비큐 틀에서 구워지는 소시지와 돼지갈비에서 자욱한 연기가 솟아올랐고, 허스트가의 여자 요리사는 바닷가재 살을 발라 위에 올린 케이크를 원하는 사람을 단 한 명이라도 빠뜨릴까 봐 신경을 곤두세우며 은빛 쟁반을 손에 들고 정원을 성큼성큼 걸어갔습니다. 술에 취한 기자들은 음향기술자들이 깔아놓은 케이블을 밟고 비틀거리며 SLA 스타일을 흉내 내어 소리쳤지요. "어이, 넌 파시스트 버러지 기자야! 암, 그렇고말고, 히히!" 기자들이 퍼트리샤의 생일을 축하하는 내용의 굵은 빨간색 글자가 쓰인 플래카드를 테니스코트를 따라 내걸었지요. 2월 20일에 그녀는 스무 살이 되었습니다.

저택 안에서는 긴 튜닉을 입은 허기진 얼굴의 실루엣들이 눈을 감은 채 손으로 벽을 어루만지며 미끄러지듯 응접실에서 침실로 들어가 퍼트리샤의 블라우스와 스웨터에 코를 갖다 대고 킁킁거리며 냄새를 맡았습니다. 허스트가에서 고용한 이 샌프란시스코 영매들은 자기들이 퍼트리샤가 입고 있던 옷을 영적으로 해방시키면 그녀를 금방 찾아낼 수 있을 것이라고 큰소리쳤지요. 품질이 안 좋아 보이는 회색 양복 차림의 FBI 요원들은 계속해서 저택을 들락거렸습니다. 그들은 혼란에 가까운 이 쉴 새 없는 움직임을 굳이 감추려고 애쓰지도 않았지요. 6만 장이나 되는 수배 전단을 뿌리고 샌프란시스코 전역에서 5,000명이나 되는 사람을 심문했지만 아무 소득도 거두지 못했습니다. 단서를 단한 가지도 잡지 못했거든요. 그들은 신원 미상의 이 납치범들이 어디 숨어 있는지 짐작조차 하지 못했습니다. SLA라는 세 글자가 이 이야기를 주도해나갔지요.

비올렌은 퍼트리샤를 납치했다고 주장하는 이들의 성명서를 힘들게 읽어 내려갔지요. 이 성명서는 버클리라디오방송국KPFA 우체통에서 발견되었어요. '인민들의 피를 빨아

먹고 사는 파시스트 버러지들을 죽이자!'라는 문구가 쓰인 일곱 쪽짜리 성명서가 퍼트리샤의 메시지가 녹음된 카세트 테이프와 함께 우체통 안에 들어 있었습니다. *전 정말 잘 있어요.* 퍼트리샤는 수면제나 환각제를 복용한 듯 느릿느릿한 목소리로 이렇게 반복했습니다.

비올렌은 당신의 경솔함에 충격을 받았습니다. '아니, 어떻게 잠옷만 입은 채 억류돼 강제로 환각제를 복용해야만 했던 퍼트리샤가 잘 있다고 단언할 수 있는 거지?' 비올렌에게는 모든 게 다 따분하게 느껴졌습니다. 그녀가 보기에 SLA의 계획은 '감옥과 인종차별주의, 성차별주의, 자본주의, 파시즘, 개인주의, 경쟁심을 없애자!' 따위의 텅 빈 구호로 가득했지요. 이런 것들이 퍼트리샤 허스트와 무슨 관계가 있으며, 원래 계획했던 대로 이 미국 여성의 심리 상태에 대해서는 도대체 언제 살펴보려고 하는 것일까? 만일 정치와 관련된 일을 하게 된다는 사실을 미리 알았더라면 비올렌은 아예 처음부터 지원하지 않았을 것입니다.

오후 6시가 가까워져가고 있었습니다. 참고 자료는 그만 읽고 같이 저녁을 먹자고 당신이 제안했지만 비올렌은 괜찮다고 대답했지요. 그러자 당신은 노란색 케이크 한 조각과 옥수수빵 하나를 그녀에게 내밀면서 말했지요. "이거 먹고 기운 내." 그러고 나서 당신은 왕성한 식욕을 보이며 아무 말 없이 옥수수빵을 씹었지요. 비올렌은 퍼트리샤가 은신처에서 자기네들의 방송을 듣고 있으리라 확신하고, 샘 앤드 데이브의 '조금만 기다려, 내가 가고 있어Hold on, I'm Coming'라든가 포인터 시스터스의 '그래, 우린 할 수 있어 Yes We Can', 시카고의 '날이 가면 갈수록 더 강하게 느낀다네 Feeling Stronger Everyday' 등 그녀의 사기를 북돋아줄 만한 낙관적인 곡들을 선곡한 KPFA 방송 진행자들의 연대 의식에 감탄했습니다.

당신은 그걸 보며 귀엽다고 생각했지요. 사실 재니스 조플린의 '쇠사슬과 철구Ball and Chain'는 납치당해 어딘가에 갇혀 있는 여성에게는 그다지 위로가 되지 않는 노래였습니다. 당신이 내온 차에서는 치과 치료를 할 때 나는 냄새가 났는데, 어쩌면 정향 봉오리였는지도 모르겠습니다. 인공박하(당신이 씹고 있던 껌) 냄새와 담배 냄새가 섞여 당신 집 응접실에 배어들었지요. 당신은 전등 불빛을 누그러뜨리기 위해 실크 스카프를 여러 장 그 위에 올려놓았습니다. 어둠이 내리고 있었습니다.

에밀리, 낸시, 앤절라, 커밀라. 비올렛은 망연스레 1974년 2월 14일 자 일간지 1면에 대문짝만하게 실린 이 네 개의 이름을 베껴 썼지요. FBI가 신원을 확인한 공생해방군 단원들은 나이가 스물세 살에서 스물아홉 살 사이였습니다. 신문사 논설위원들은 아연실색하여 이렇게 썼지요.

이 여성들은 디즈니가 만든 만화영화를 텔레비전으로 보며 자라난 세대다. 이들은 우리 딸이자 우리 여동생이며 우리 친구이다. 부족함 없이 귀하게 자라나 장래가 보장되어 있던 이들이 도대체 왜 그랬단 말인가? 이들은 인문학과 심리학, 예술, 연극을 공부했고, 지난해 여름에는 아르바이트로 비서와 서빙 종업원, 우체국 직원, 단역배우 일을 했다. 그중 두 명은 대학에서 연극을 했고, 다른 한 명은 시와 조각에 심취해 있었다. 이들은 백인이고, 가톨릭 가정 출신이거나 개신교 가정 출신이거나 비종교 가정 출신이며, 해체되거나 결합된 가정 출신이다. 한마디로 미국 중산층의 모자이크인 것이다. 이들 중 어느 누구도 체포된 적이 없으며, 심지어는 도로교통법도 위반한 적 없다. 이들은 단 한 번도 시위에 참여한 적이 없다. 집단 청원문에 서명한 적은 두세 번 있지만 그것은 전 세계의 기아나 동물들이 겪는 고통 등 합의에 의한 대의를 지지하기 위해서였다. 최근 몇 주 사이에 집에서 사라졌던 이 젊은 여성들의 이름이 FBI의 '국가 안보를 해치려고 기도하는 테러리스트들' 파일에서 발견되었으며, 이들은 자기 나이 또래의 상속자를 납치했다는 혐의를 받고 있다.

당신은 미간을 찌푸린 채 비올렌이 써놓은 것을 훑어보고 있었지요. 그녀는 수줍게 자신을 변호했습니다. "전 정치에 대해 아무것도 몰라요. 정치가 어려운 거라고 생각했거든요. 하지만 선생님만 괜찮으시다면 퍼트리샤에 대해 더 깊이 알아보고 싶습니다." 당신의 개가 한숨을 내쉬어 침묵을 깨뜨렸습니다. 그 한숨이야말로 당신이 내리는 판결이라고 볼 수 있었죠.

왜 비올렌은 SLA 멤버 대부분이 여성이라는 사실에 놀라워하는 것일까요?

"어떻게 여자들이 자기 나이 또래의 여자를 납치할 수 있었을까요?" 비올렌이 더듬거리며 물었지요.

"어떻게 베트남전쟁에 반대하는 사람들이 자기네들은 전투복 차림의 리더 신케는 '통합연방군 총사령관'이고 앤절라는 '젤리나 장군'으로 불리는 군대라고 주장할 수 있었을까? 그런데 왜 여자들은 안 된다는 거지? 여자들은 폭력을 행사할 수 없다는 건가?" 당신이 대답했습니다.

분명 비올렌은 SLA의 멤버 두 명이 흑인으로서는 처음으로 캘리포니아주에서 고등학교 교장이 된 마커스 포스터를 '백인들에게 매수당한 유다'라고 부르며 살해한 혐의로 수감되었다는 기사를 읽었을 겁니다. 그렇다면…… 도대체 어떻게 반인종차별주의적인 SLA 멤버들이 흑인을 살해할 수 있었을까요?

당신으로서는 유감스러운 일이지만, 이 기사 요약본은 전혀 도움이 안 됐습니다. 비올렌이 SLA가 처음으로 보낸 메시지에 등장하는 상세한 요구사항의 핵심을 놓쳤으니까요. 그들은 몸값을 요구하지는 않았지만 새로운 인질을 잡은 것입니다. 새로운 인질이란 바로 허스트가 소유의 일간지 독자들이었지요. SLA는 이 일간지들이 1면에 그들의 성명서를 싣지 않을 수 없게 만들어 자기들의 주장을 널리 퍼뜨릴 수 있었습니다. 그들의 선전 활동과 허스트가의 기사가 동등하게 균형을 이룬 것입니다. 그리하여 일간지 독자들은 SLA의 전단과 일간지 기사를 구분할 수 없게 되었지요. 왜냐하면 SLA는 모든 걸 미리 예측하고 전단과 기사에 똑같은 활자체를 사용하라고 요구했거든요. 당신은 재미있는 계산을 해봤지요. "만일 SLA가 광고를 하려고 이 지면을 샀다면 최소 1만 6,000달러는 줘야 했을 거야. 1만 6,000달러면 할리우드에서 영화를 한 편 만들 수 있는 돈인데."

한편 허스트 씨도 자기 딸이 납치되었다는 기사 하나만으로 이렇게 많은 신문을 팔아본 적이 없었습니다. 비올렌이 더 이상 아무것도 기록하지 않는 걸 본 당신은 학생들이 아무것도 기록하지 않게 된 뒨학교를 생각했습니다. 그건 정말 짜증 나는 일이지요.

당신은 비올렌을 집에 데려다주었습니다. 앞장선 레니가 장애물을 요리조리 피해가며 코를 미친 듯 킁킁거리자 당신은 혹시 있을지도 모를 뱀을 쫓아내는 데 몰두하는 여자아이처럼 신중하게 낡은 지팡이로 있는 힘껏 덤불숲을 내

려치곤 했지요. 서류가 가득 들어 있는 종이상자에서 멀어
지자 당신은 왠지 모르게 기분이 가벼워진 듯 수다스럽게
이야기했습니다. 당신은 이날 오후에 자식이 마르크스주의
에 물들까 봐 불안해하는 부모들을 위해 급진화의 징후를
정리해놓은 FBI의 우스꽝스러운 공식 성명서를 읽었지요.

　　만일 자녀가 앤절라 데이비스●의 글을 몇 시간씩 읽는
다거나, 더 이상 화장을 하지 않는다거나, 자기 방의 벽에서
로버트 레드퍼드의 포스터를 떼어낸다거나, 지나칠 정도로
신중하게 행동한다거나, 자신의 미니스커트를 불태우면 지
체하지 말고 FBI에 연락해야 한다는 것이었습니다. 당신은
조수를 유심히 살펴보았지요. 비올렌은 목까지 단추가 채워
진 카디건을 입고 있었지요. 당신은 혹시 그게 그녀가 무장
투쟁에 합류하려 한다는 걸 보여주는 징후가 아닐까 생각했
습니다.

●　아프리카계 미국인 학자, 교육가, 작가, 영화배우. 페미니스트, 반체제 활
　동가.

4일째

그날은 목요일이었고 오후 9시에 가까워지고 있어서 잠시 후에는 응접실 탁자에 쌓여 있는 신문들을 정돈해야 했지요. 하지만 당신은 그다지 서두르는 기색도 없이 미국에서 큰 성공을 거두어 당신을 깜짝 놀라게 만든 영화 한 편에 대해 언급했지요. 당신은 학생들과 함께 〈엑소시스트〉를 면밀하게 분석할 계획이었습니다. 우리는 한 시대에 큰 성공을 거둔 영화를 토대로 그 시대를 분석할 수 있지요. 그러자 비올렌은 우리가 대중적 반계몽주의가 지배하는 시대에 살고 있다고 판단합니다. 여주인공은 열다섯 살인데 이상한 증세를 보입니다. 귀엽고 사랑스러웠던 아이가 이제는 알아들을 수 없는 목소리로 어머니에게 욕을 하고, 큰 소리로 음란한 말을 늘어놓는 것입니다. 그 아이는 고통으로 인해 온

몸을 비틀어 꼬지만 병이 난 것은 아닙니다. 그녀를 찾아온 신부는 그녀가 귀신에 들렸다고 말하지요. 비올렌은 당혹스러워하며 침묵하더군요. "고등학교 3학년 때 같은 반이었던 아나이스라는 친구가 있었는데, 많은 의사들이 나섰지만 그녀를 치료할 수가 없었어요. 그런데 아나이스의 어머니는 한 신부에 대해 이야기했고, 이 신부가 아마도……."

1975년 가을, 비올렌과 그녀의 친구들은 한 치과에서 《파리 마치》를 열심히 뒤적거리다가 '심령외과'를 신봉하는 필리핀 치료사들을 다룬 르포 기사를 시간을 들여 꼼꼼하게 읽었습니다. 이 치료사들은 마취를 시키지 않은 환자 허리에 손가락을 쑤셔 넣는데, 피가 흐르지 않아요. 옆구리에 구멍이 났는데도 환자들은 카메라 렌즈를 보며 환하게 웃는다니까요. 이건 기적입니다.

1975년 가을, 신께서는 프랑스에서 여러 가지 사업을 벌입니다. 땡그랑땡그랑 울리는 크리슈나의 작은 방울들은 마을 길거리에서도 들릴 정도로 단조롭게 주문을 읊조립니다. 아나이스는 매주 토요일 히치하이킹으로 보르도까지 가서 새 친구들을 사귀었지요. 그녀가 비올렌에게 귀띔해준 바에 따르면 그들은 현대적인, 심지어는 혁명적이기까지 한 젊은 신자들이었다고 합니다. 아나이스는 그들과 함께 지나가는 사람들에게 그들 단체의 이름으로 만든 소책자 《신의 후예들》을 나눠줬지요. 아나이스와 함께 만화책을 보는 동안 비올렌은 발기한 남성의 성기를 보고 충격을 받았으면서도 안 그런 척했습니다. 흰색 티셔츠 아래로 가슴을 훤히 드러낸 한 젊은 여성의 입술에 정액 한 방울이 묻어 있었지요. 이 여성은 값싸고 조잡한 조각상처럼 허벅지가 거추장스러울 정도로 크고 라이언 오닐과 똑 닮은 남자 위에 걸터앉아 있었습니다. 아나이스는 꿈꾸는 듯한 표정으로 말했어요. "그는 신이야. 신을 향한 사랑은 무한하단다. 신은 섹스를 좋아해. 왜냐하면 섹스는 사랑이니까!" 비올렌은 아나이스와 함께 이 단체의 다음 모임에 가기로 했습니다. 아나이스는 그들이 벌이는 토론이 정말 흥미로워서 더 이상 자기가 혼자라는 느낌이 안 든다고 말했지요. 그래서 그 뒤로 사랑에 토대를 둔 더 나은 세계를 건설하겠다는 목표를 갖게 되었습니다. 아나이스는 꼭 어떤 종교운동단체에 합류한 것이 아니라 어느 기업에 입사하기라도 한 것처럼 정중하게 '보스'에 대해 언급하고, 보스를 단 한 번도 본 적이 없지만 아마 곧 만나게 될 것이라고 덧붙였지요. 그분은 대의에 가장 헌신적인 사람은 꼭 만나 친히 치하해주신다면서요. 하지만 '신의 후예들'의 일원이 된다는 건 쉽지 않은 일이었습니다. 아나이스는 한숨을 내쉬면서 비올렌에게 말했지요. "물론 나는 운 좋게 선택받았지만, 디스코텍에서 밤을 보내는 건 정말 힘든 일이었어. 나이 든 부자들을 찾아내서 그들이 우리 단체에 기부할 수표에 서명하도록 설득해야만 했거든."

어느 날 아침, 아나이스의 어머니가 시장에서 비올렌의 어머니를 만나 하소연했습니다. "아, 글쎄, 우리 아나이스가 일주일 내내 침대에 누워 있었답니다. 온몸을 바들바들 떨면서 담즙을 토해내고 뭘 당최 먹으려고 하질 않아요. 그러다가 밤중에 악몽이라도 꾸면 온 집안사람들이 자다가 놀라서 깨어난다니까요. 병원에 가서 검사란 검사는 다 해봤지만 아무 이상 없대요. 그래서 신부님이 도와주겠다고 제안하셨지요." 참을성 있게 귀를 기울이던 당신은 비올렌이 마지막으로 한 이야기를 듣고 아연실색했습니다. "그 아나이스라는 친구가 귀신에 들렸다고?" 하지만 비올렌은 그 말을 믿지 않았지요. 그녀의 친구는 그 혐오스러운 가짜 종교단체가 자신에게 행한 성폭력에 대해 토악질한 게 분명했으니까요. 비올렌은 미국의 시골 노동자들과는 달리 귀신의 존재를 믿지 않았습니다. 1693년의 미국 청교도들은 구마식 驅魔式을 하면 귀신에 들렸던 여자들이 자리를 털고 일어날 수 있다고 확신했지만, 디드로의 나라인 프랑스에서는 그건 말도 안 되는 이야기라고 생각했지요.

비올렌이 외쳤습니다. "더 나은 세계를 만든다고요? 정말요? 무슨 세계를요? 이 소기업 사장이 지배하는 세계를요? 신을 믿는다고 주장하는 그 사기꾼들은 도대체 어떻게 그들을 신봉하는 여성들의 몸을 이용하고 그걸 정당화할 수 있는 거죠? 그리고 이 여성들이 아무 말 없이 그런 일을 수

행했다고 한들 어떻게 이걸 스스로 선택한 일이라고 주장할 수 있는 것일까요? 더 나은 세계를 만드는 데 헌신하는 사람들에게 희생을 요구하는 신조가 과연 변화를 불러일으킬 수 있을까요?" 비올렌은 당신이 레니의 목끈을 꼭 움켜잡은 채 문간에 서서 자신에게 뭔가를 물었을 때, 스스로 어떻게 성장했다고 느꼈는지 오랫동안 기억할 것입니다. 당신은 비올렌이 이미 모래사장으로 가는 길의 어슴푸레한 빛 속에 들어갔을 때 그녀를 큰 소리로 불렀지요. "이봐, 비 – 올 – 렌! 아까 그거 잘 생각해봐!" 당신과 함께 일을 시작한 지 나흘째 되던 날, 저녁 식사에 늦지 않으려고 서둘러 당신 집에서 나와 차가운 바깥바람을 맞아 볼이 빨개진 채 뛰어갔다는 사실을 비올렌은 기억해냅니다. 저녁 식사 시간에 그녀의 부모는 여의치 않은 생활 형편 때문인지 무거운 분위기에서 활기 없는 대화를 나누었지요. 하지만 그녀는 금요일에 다시 당신을 찾아올 것입니다.

5일째

당신은 비올렌이 버린 신문 스크랩은 물론 심지어는 쓰레기통에 있는 신문 스크랩까지 보자고 요구했습니다. 손바닥으로 그것들을 하나씩 편 다음 책상 위에 늘어놓자 바랜 회색 종이들이 원 모양을 이루었지요. 비올렌은 자기가 부주의했다는 생각이 들어 뺨이 화끈거렸습니다. 당신 조수는 당신집 응접실에서 수업을 받는 것 같다는 생각을 했습니다. 당신은 수업에 열중했지요. 레니가 들릴락 말락 가볍게 떨리는 가느다란 목소리로 끙끙거리며 빨리 나가자고 보채고 있었거든요. "'몸값'이라는 단어는 정확하지 않아. SLA는 물론 퍼트리샤의 아버지에게 엄청난 액수의 돈을 요구하기는 했지만, 그 돈을 자기들이 쓰려고 남겨두지는 않았으니까."

퍼트리샤의 아버지는 자기 딸을 구하려고 하지만, 우리는 모든 아이를 구하려고 한다! 그래서 우리는 다음과 같이 할 것이다. 즉 은퇴자 카드나 실업자 카드, 퇴역 군인 카드, 장애인 카드, 전 재소자 카드를 가지고 있는 사람들은 질 좋은 육류와 채소, 유제품을 1인당 70달러어치씩 받게 될 것이다. 만일 당신이 받아야 할 식량을 못 받게 될 경우 우리가 알 수 있게 길거리와 버스정류장, 영화관에서 불만을 토로하라.

아마도 당신의 빈정거리는 듯한 표정 때문에 비올렌이 실수하게 됐을 것입니다. 비올렌은 식량을 이 지역 빈민들에게 나눠주라며 퍼트리샤의 아버지에게 요구하는 사람들을 당신이 이상하게 여긴다고 확신하고, 자신이 생각하는 당신의 견해에 동조하려고 했던 것일까요? 비올렌은 완강했습니다. "SLA 멤버들은 미국 어디서 가난한 사람들을 찾아내려고 했던 거예요? 거긴 소련이 아니고 미국인데? 캘리포니아에는 온통 히피들과 뮤지션들, 그리고……"

당신은 후다닥 자리에서 일어나며 생각했습니다. '음, SLA가 좋은 일을 최소한 한 가지는 했군. 이 젊은 프랑스인 여성에게 지금 현재 미국에 기아로 죽을지 모르는 사람들이 있다는 사실을 가르쳐줬으니 말이야.' 강의를 중단한 당신은 방바닥에 놓여 있던 오렌지색 스웨터를 주워든 다음 주머니에서 10프랑을 꺼내 비올렌 앞의 책상에 올려놓으며 말했습니다. "미안해, 비올렌. 레니가 기다려주지를 않네. 정해진 시간은 칼같이 지키는 애거든. 자, 내일 아침 8시에 보자고." 언제까지나 그녀의 손을 잡고 일일이 다 가르쳐줄 수는 없는 노릇이었지요. 이제는 혼자 일하는 법을 배울 수 있도록 내버려두어야 할 때가 된 것입니다.

비올렌은 어안이 벙벙한 상태로 잠시 당신 집 응접실에 앉아 있었지요. 문을 꼭 닫고 가야 하는 것일까, 아니면 살짝 열어놓고 가야 하는 것일까? 이 신문 스크랩들을 보관해야 하는 것일까, 아니면 쓰레기통에 버려야 하는 것일까? 가장자리가 지저분한 갈색 찻잔들을 씻어야 하는 것일까? 그리고 모래알투성이인 카펫에 잔뜩 널린 종이 부스러기들을 치워야 하는 것일까? 도대체 누구한테 이런 말을 해야 하는 거지? 같은 반 친구들은 그해 가을 다들 바빴습니다. 어떤 아이들은 보르도나 몽드마르상에서 일을 했고, 또 어떤 아이들은 대학에 다녔지요. 그리고 도대체 무슨 이야기를 한단 말인가요? 곁에서 당신을 돕게 된 게 행운이라고 이야기할까요? 그런데 당신은 어느 편인가요?

상황에 맞게 얼굴 표정을 짓는 건 무척이나 쉬운 일이지요. 살짝 부자연스러워 보이기는 하지만 말입니다. 비올렌이 한결같은 목소리로 "저 왔어요!"라고 알리자 그녀의 부모는 꼭 무대를 세우듯 식탁을 차렸습니다. 질서 정연한 몸짓의 원무는 매일 밤 뭔가 부딪치는 소리로 끝이 났고, 자물쇠가 제대로 잘 채워졌는지 확인한 다음 다들 잠을 자러 갔습니다. 비올렌은 방으로 가서 침대 위에 길게 드러누웠습니다. 어슴푸레한 빛과 정적 속에 누워 있으니 당신이 대수롭지 않게 생각하는 퍼트리샤가 머릿속에 떠올랐지요. 타의에 의해 특권적인 삶을 박탈당한 퍼트리샤가 생각난 것이었어요. 퍼트리샤는 아버지가 지불한 돈이 어디에 쓰일지를 알게 되면서 자신에게 주어진 시련을 더 잘 견뎌냈습니다. 퍼트리샤 역시 당신처럼 그것이 공정한 대의라고 생각했지요. 퍼트리샤는 자기 덕분에 가난한 사람들이 먹고살 수 있으리라는 사실에 대해 상당한 자부심을 느꼈지요. 당신의 조수가 펼치는 밤의 공상 속에서 납치범들은 여전히 이 이야기의 조연으로 머물러 있었습니다. 젊고 무익하고 타협적인 조연들로. 퍼트리샤 허스트의 납치는 모험 같기도 하고 탈주 같기도 합니다.

비올렌에 대해 말하려면 부재로부터 시작해야 할 겁니다. 비올렌이라는 한 사람의 초상을 그리는 데 그녀의 부모의 직업이라든가 그녀가 다음 해에 하게 될 공부, 그녀가 도서관에서 빌린 책을 색깔 있는 비닐봉지에 집어넣는 방법, 그녀가 밤늦은 시간에 응접실의 베이지색 카펫에 책상다리를 하고 앉아 원어 버전으로 보는 미국 영화들, 그녀가 카세트 라디오의 재생 버튼에 손가락을 올려놓은 채 유럽 1채널의 '모지크' 음악방송 진행자가 곡의 도입부에서 드디어 말을 멈추는 그 순간을 기다리며 보낸 토요일 밤 등 모든 것은 한 무더기의 정보에 불과할 뿐이지요. 사실 비올렌은 공동空洞과 결핍으로 이루어져 있는데 말입니다.

정원에는 이 지역에서는 좀처럼 보기 힘든 진달래꽃이 여기저기 피어 있습니다. 유리창으로 이 정원이 내다보이는 베란다를 최근에 증축한 이 2층짜리 집에서는 식구들이 서로 스치지 않고 이동합니다. 그리고 서로들 자기 말만 하고 대답은 하지 않습니다. 서로 맞서는 일은 결코 일어나지 않아요. 불화 같은 건 표출되기 전에 종식시키지요. 유명한 클래식곡이나 스탠더드 재즈곡 같이 신중한 음악을 들을 때의 볼륨처럼 어조는 항상 절도를 갖추고 있습니다. 가족들은 '시대의 첨단'을 걷는 사람이 되고 싶어 하지요. 새로 나온 열을 발하는 욕실 수건걸이라든가 2주일 만에 이탈리아어를 배우는 방법, 혹은 다이어트 등이 발휘하는 효율성에 만족스러워합니다. 다른 나라 사람들은 프랑스 사람들이 원기가 부족하다며 성토하지요. 하지만 다행스럽게도 대통령으로 선출된 지스카르 데스탱이 프랑스에 활력을 불어넣을 테니 다들 소매를 걷어붙여야 한다고 소리칩니다. 사람들은 망설이고 의심하는 건 괜히 시간만 버리는 거라며 싫어하지요. 서재에는 책들이 알파벳순으로 분류되어 있는데, 대부분 역사 전기물입니다. 비올렌의 아버지는 엉덩이를 의자에 붙이고 앉아 있는 동안에는 뭔가 배울 수 있으니 이런 책이라도 열심히 읽으라며 그녀를 부추겼지요.

그녀의 부모는 만족스러운 표정을 지으며 비올렌이 더 이상 바랄 게 없을 정도로 잘하고 있다는 말을 되풀이하곤 했습니다. "내 딸은 한눈팔지 않는답니다. 술도 안 마시고 마약도 안 해요. 어떻게 보면 우리는 운이 좋은 사람들이죠." 그들은 딸이 지나치게 신중하다고 농담처럼 말하면서 바닷가에서 긴 타월로 몸을 감추고 옷을 벗을 때는 긴장을 좀 풀라고 충고했지요.

그렇지만 비올렌은 이제 곧 세상 물정을 알아야만 합니다. 이제는 주말에 어린아이처럼 자전거를 타고 혼자 숲속으로 산책을 하러 가지 않습니다. 어머니는 비올렌을 산부인과에 데려갔고, 의사는 만일의 경우에 대비해서 피임약을 처방해주었습니다. 이제 비올렌이 사람들의 이목을 조금만 더 끌어주면 됩니다. 아침에 눈뜨자마자 욕실로 달려가 화장을 하는 어머니처럼 말이죠. 그녀의 어머니는 항상 정결했고, 그녀의 아버지는 아내의 엄격한 생활 태도를 자랑스러워했어요. 비올렌은 어머니와는 좀 달랐습니다. 어쨌든 그녀는 고등학교 3학년 때 성적이 좀 엉망이긴 했지만 그래도 보통보다 나은 성적으로 대학입학자격시험을 통과했어요. 내년 가을에 그녀는 영어 실력을 좀 더 키워서 2개 국어를 구사하는 비서양성학교에 응시할 생각이고, 이 학교를 마치면 좀 더 큰 계획을 세워 국제상업학교에 지원하거나 광고회사의 문을 두드려볼 생각입니다. 사람이 뜻만 있으면 못할 게 뭐 있겠습니까.

비올렌은 가족들 사이에 억지로 끼어든 것 같은 존재였어요. 퍼트리샤가 기름진 고기가 넘쳐나는 허스트가의 식탁에 대해 언급할 때 살짝 목소리를 떨면서 눈물을 흘렸다는

사실을, 그리고 노골적으로 혐오를 표하며 가족에 대해 온
갖 감정을 토로했다는 사실을 당신에게 알려주고 싶었지만
그럴 엄두를 내지 못했지요.

6일째

당신은 비올렌을 꾸짖어서 쫓아낸 적이 결코 없다는 듯, 그녀를 다시 만나자 살갑게 굴며 서로에 대해 더 잘 아는 법을 배우기 위한 게임을 하자고 제안했지요. "우리, 비밀을 한가지씩 털어놓기로 할까? 말하기 좀 거북스러운 비밀, 하지만 너무 거북스럽지는 않은 비밀 말이야. 우리가 정신분석치료가 필요할 정도로 훌쩍거리며 넋두리나 늘어놓는 그런 여자들은 아니니까. 자, 그럼 레니부터 시작해볼까?" 당신이 레니를 앉힌 다음 당신의 두 다리로 꽉 옥죄어 꼼짝 못하게 하자 레니는 놀랐는지 눈이 휘둥그레져서 고개를 들고 당신을 올려다보았지요.

"음…… 레니는 매우 우수한 순혈 종처럼 보이지만 사실은 떠돌이야. 레니의 전 주인들이 레니를 쓰레기통에 버리는 바람에 고구마 껍질, 양파 껍질을 온몸에 뒤집어쓰고 있는 걸 내가 발견했지."

그 말을 들은 비올렌이 분개하자 당신은 웃음을 터뜨렸지요. 사실 레니는 노샘프턴 스미스칼리지 캠퍼스 근처에 있는 호숫가를 따라 떠돌아다니다가 당신 뒤를 슬금슬금 따라오더니 그 뒤로는 당신 곁을 떠나지 않게 된 것이었습니다. 비올렌이 말했지요. "여기서는 포인터를 묶어둔답니다. 사냥개라서 사냥감 냄새를 맡자마자 바로 달아나버리거든요."

그러자 당신은 레니의 주둥아리를 손으로 꽉 움켜잡으면서 말했지요.

"만일 달아나면 가만 안 둘 거야, 레니. 자, 이제 비올렌 차례야."

비올렌이 머뭇거리며 대답했습니다. "전 성모마리아예요." 그러자 당신이 웃음을 터뜨렸지요. 비올렌과 함께 일을 하는 동안 그녀가 좀 거만한 표정으로 이렇게 말한 것을 떠올릴 때마다 당신은 그녀와 박장대소할 것입니다. 아침에 기분이 좋으면 당신은 집 문 앞에 무릎을 꿇은 채 그녀를 맞이하며 소리치곤 했지요. 동그랗게 뜬 눈을 이리저리 굴리면서 말이지요. "성모마리아시여, 이렇게 나타나주셔서 감사드립니다." 비올렌은 첫 영성체의 증거인 가느다란 목걸이가 고등학교 때 성모마리아라는 별명으로 불리게 된 유일한 이유는 아니라고 당신에게 털어놓았지요. 그녀에게 이런 별명이 붙게 된 것은 바로 노트에 끼워 가지고 다니던 한 장의 사진 때문이었습니다. 그것은 긴 흰색 드레스를 입고, 틀어 올린 머리카락을 고리 모양으로 둥글게 말아서 조화로 만든 화관으로 꽉 쥔 머리를 한 사촌 언니의 사진이었죠. 비올렌은 그녀가 신고 있는 에나멜가죽 구두와 손에 낀 흰 장갑을 손으로 가리키며 신랑은 어디 있느냐고 묻는 반 친구들에게 사촌 언니는 신부가 아니고 장미화관 처녀라고 설명해야만 했습니다. 그러자 당신이 비올렌에게 물었지요. "장미화관 처녀?" "네. 이곳 시장과 여성 심사위원단이 사촌 언니를 1년 동안 장미화관 처녀로 임명한 거죠. 자비롭고 순결하며, 아이들 숙제하는 것도 도와주고 나이 든 사람들을 집으로 찾아가 보살펴주기도 하면서 모범을 보였다는 게 장미화관 처녀로 선발된 이유였어요."

"순결하다고? 그럼 사촌 언니가 처녀성 검사를 받고 처녀막이 아직 온전하게 남아 있다며 축하라도 받았다는 거야? 프랑스에서? 1975년에? 그러니까 사촌 언니는 '미스 처녀막' 같은 사람이었나 보네? 그게 아이들 숙제랑 무슨 관계가 있어? 그리고 이 사진 한 장 때문에 성모마리아라는 별명이 생긴 거야?"

그러자 비올렌은 사촌 언니의 처녀막 때문에 분노한 당신의 표정을 살짝 피하며 대답했지요.

"그런 별명이 붙은 건, 제가 토요일에 학교에서 바닷가로 가는 버스를 절대 안 타서이기도 해요. 전 걷는 것도 좋아하고 비 맞는 것도 좋아한답니다. 술은 안 마셔요. 말하자면 꼭 할머니처럼 사는 거죠. 아니면 가톨릭신자 같아 보일 수도 있고요."

당신은 찻잔을 들어 올리더니 비올렌의 찻잔과 부딪치며 소리쳤습니다. "술 안 마시는 뚜벅이 할머니들을 위하여!" 당신 역시 비가 오든 눈이 오든 아랑곳하지 않고 걷는 걸 좋아했지요.

비올렌은 오후가 끝나갈 무렵 당신을 바닷가로 데려갔습니다. 그녀는 그곳으로 가는 길을 손바닥 들여다보듯 훤히 알고 있어서 절대 길을 잃는 일이 없었지요. 그녀는 보라색 엉겅퀴가 당신의 종아리를 할퀴지 않도록 한 손으로 엉겅퀴를 떼어놓으면서 걸어갔습니다. 가느다란 사초沙草 줄기가 죽을힘을 다해 모래밭에 뿌리를 박고 있었지요. 모래 언덕 꼭대기에 올라서자 바다에서 밀려온 파도가 거품을 일으키며 온 세상이 초록빛이 도는 혼돈 상태로 변했습니다. 당신은 전속력으로 모래사장 위를 달렸고, 레니가 그 뒤를 따라갔지요. 해초와 불투명한 노란색 석유통, 반쯤 지워진 '솔레르'라는 푸른색 라벨이 붙은 작은 병, 포동포동한 주황색 인형의 팔 등 배에서 버린 쓰레기로 뒤덮여 단단해진 모래에 당신의 발뒤꿈치가 부딪치곤 했지요. 당신은 어안이 벙벙한 표정을 지은 채 인형 팔을 주위 올리며 혼잣말을 했습니다. "아니, 선원들이 인형놀이를 하며 시간을 보낸 거야, 아니면 여자들을 납치해서 배 안에 가둬놓았던 거야?"

　그날 월요일, 당신과 비올렌 모두 신이 나서 서로에게 거짓말을 늘어놓았지요. 말하자면 임시로 이야기를 지어낸 것이었습니다. 비올렌이 불안한 표정으로 퍼트리샤가 오늘은 어떤 상황에 있는지 알고 싶어 하자 당신은 "우리, 좀 쉬었다 할까?"라고 말하며 얼버무렸지요. 당신은 당신의 조수에게 장차 어떤 계획을 가지고 있는지 물었고, 당신의 관심 어린 질문은 그 전전날의 무거웠던 분위기를 순식간에 누그러뜨렸습니다. 비올렌은 천천히 여유를 갖고 장차 무슨 공부를 할지 생각해보고 싶다고 대답했지요. 하지만 고등학교 3학년 때 병원에 다니느라 공부를 제대로 하지 못했다는 말은 하지 않았습니다. 의사는 그녀의 증상에 대해 신경성 식욕부진증이라는 진단을 내리고 부모에게 알렸지요. 의사가 하는 말을 들은 그들은 별일 아니라는 듯 어깨를 한 차례 으쓱거리더니 너무 심각하게 생각하지 않아도 될 것 같다고 대답했습니다. 그녀가 꼭 다이어트를 하는 모델처럼 참새 모이만큼밖에 안 먹었기 때문에 비타민을 처방하자 모든 것이 정상으로 돌아갔지요. 비올렌은 또, 반 친구들이 처음에는 지나칠 정도로 호들갑을 떨며 칭찬을 늘어놓더니('넌 정말 의지가 굳은 거 같아! 어떻게 그렇게 안 먹고 버틸 수가 있니?')

나중에는 성모마리아가 남자랑 잠자리를 하면 강박관념에서 벗어날 수 있을 테니 차라리 그렇게 하는 편이 나을 거라며 조롱하더라는 말도 하지 않았습니다. 비올렌은 또 신경성 식욕부진증(그녀는 신경성 식욕부진증을 병으로 생각하지 않았습니다)이 사실 자신에게는 혼란하고 탐욕스러운 세계로부터 거리를 유지하는 한 가지 방법이자 하나의 도피처였다는 말도 하지 않았습니다. 비올렌은 물론 아프지 않았습니다. 그렇다고 해서 경계를 게을리하지는 않았지요. 그 어느 것에도, 심지어는 생리적 욕구에도 굴복하지 않았습니다. 음식물로 채워지지 않은 텅 빈 위는, 금세 단맛을 내는 설탕과 고기로 만들어진 어른들의 그 무기력 상태로부터 거리를 유지할 수 있도록 보장해주었거든요. 비올렌은 꼭 폭풍우를 기다리는 사람처럼 배가 고파지기를 기다렸지요. 그녀는 습관적으로 정해진 식사 시간을 지나 훨씬 더 심한 시장기가 느껴지기를 바란 것이었습니다. 그녀는 속이 비어 있는 이 허한 상태를 만들어낸 다음 허기에 맞서기 위해 이상태에 집착했지요. 그것이야말로 그녀가 매일 안락한 포기로 만족하는 삶을 살고 있지 않다는 사실을 보여주는 증거였습니다.

비올렌이 머뭇거리며 당신에게 물었습니다. "미국에 약혼자가 있으세요?" "도대체 내가 워터게이트 사건에 대해 어떻게 생각하는지 묻지 않고 왜 내 질과 자궁 상태에 대해 묻는 거지? 참 이상하네. 내가 앞으로 아기를 낳을 것인지, 낳으면 몇 명이나 낳을 것인지 궁금해하던 우리 학교 학생들처럼 말이야." 그러자 비올렌은 화가 나는지 얼굴을 붉히며 화제를 스미스칼리지로 돌렸지요. 그녀는 이 학교의 입학 자격이 어떻게 되는지 물었습니다. 그녀는 당신이 쓴 논문에 대해서도 궁금해했지요. "몇 페이지나 쓰셨어요? 주제는 뭐였나요? 그리고…… 제 된학교 동기 중 한 친구는 선생님이 미국에서 꽤 유명하신 분이라고 그러던데, 그게 사실인가요?" 당신은 그 말을 듣고 그냥 웃고 맙니다. 그게 사실이라면 이런 시골에서 영어 강사 노릇이나 하고 있지는 않을 테니까요. 논문은 이제 겨우 절반밖에 못 썼습니다. 노샘프턴에 인접해 있는 디어필드라는 마을에서 연구를 더 해야 합니다. 주말이면 많은 여학생들이 이 마을에서 산보를 하지요. 길이 하나뿐이라서 길을 잃고 헤맬 염려는 없습니다. 이곳에는 여러 채의 목조 주택이 18세기부터 원형 그대로 보존되어 있고 구경도 할 수 있는데, 안으로 들어가서 보면 거기 있는 사람들이 과연 개척자들의 생활을 재현해 보여주고 돈을 받는 배우들인지, 아니면 처음 보는 사람이 불쑥 자기 집에 들어오는 걸 보고 두려움에 사로잡힌 집주인들인지 알 수 없습니다.

　　당신은 바로 이 마을에서 1704년 아메리카 원주민들이 기습적으로 공격해 인질로 잡은 마을 사람들의 흔적을 발견했지요. 당신은 그들에 관해 언급한 현판을 읽고 이것저것 의문을 품게 되었습니다. 그 후 스미스칼리지 고문서보관실에서 대부분의 사람들은 더 이상 관심을 보이지 않는 문서들을 찾아냈지요.

당신은 박학하다고 해도 될 만큼 많은 걸 알고 있었지만, 유식한 척하지 않고 아주 쉽게 여성 인질들이 맞게 된 서로 다른 운명에 대해 비올렌에게 설명해주었지요. 사람들이 구하러 오기를 끈질기게 기다린 인질들은 집으로 돌아가서 삶의 매 순간을 통제받아야만 했지요. 겨우 위험을 피했는데 다시 나쁜 일을 당하면 안 될 테니까요. 그래서 외출은 일주일에 딱 한 번, 미사를 드리러 갈 때뿐이었고 여자 형제나 여자 사촌에 대한 우애도 제한적으로 표현해야만 했습니다. 그들은 또다시 인질이 된 것입니다. 이번에는 자기 집에 인질로 잡힌 거지요.

탈출에 성공한 여성들은 용기 있게 행동했다며 영웅 대접을 받기는커녕 주변 사람들이 던지는 의혹의 눈길을 견뎌내야만 했습니다. '저 여자들, 혹시 원주민들에게 몸을 허락한 대가로 풀려난 게 아닐까? 과연 저 여자들을 믿어도 되는 것일까?' 그리고 오랜 협상 끝에 풀려날 수 있었지만 그걸 거부한 여성 인질들이 있지요. "제발 부탁이니 우리를 집으로 데려가지 마세요." 그들은 이렇게 애원했습니다. 그들은 인질이 아니었던 것입니다. 후손들은 이 여성 인질들의 선택이 가문의 명예를 더럽혔다고 생각해 그들의 흔적을 지우려고 애썼지요. 당신은 바로 그들을 연구하는 거고요.

당신은 그들을 아주 잘 알고 있는 듯 성이 아니라 이름으로 불렀습니다. 머시, 유니스, 메리, 켈리…… 이 10대 소녀들은 자기들이 누리는 자유의 공간이 역설적으로 인질 상태에서 더 확대되어가는 걸 보았지요. 왜냐하면 원주민들은 이 여성들에게 일을 시키고, 숲에서 나무를 줍게 하고, 불을 피우도록 했거든요. 그들은 이제 가정과 성경에만 얽매여 살고 아무도 의견을 묻지 않는, 다소 창백하고 말이 없는 그런 피조물들이 더 이상 아니었으니까요. 그들은 야영지에서 불침번 서는 법을, 총에 총알 장전하는 법을, 그들이 식민화해야 할 미개인들과 다를 바 없는 무리로 여겼던 사람들의 이름과 특징을 기억하는 법을, 그들의 두려움을 이해하는 법을, 그들이 어떤 기분인지 알아내는 법을 배웠습니다. 그들은 일상을 함께했던 사람들이 모욕당하는 것을, 미국 병사들이 약탈을 저지르는 것을, 원주민들의 성스러운 장소가 유린당하는 것을 목격했지요. '문명화된' 세계의 모습은 이 세계가 저지르는 폭력을 통해 드러났습니다.

그날 당신이 비올렌에게 들려준 이야기는 그녀의 일기장에 초록색 빅Vic 볼펜으로 휘갈겨 쓴 짤막한 메모들로, 뒤섞인 날짜와 이름(머시, 메리), 그리고 마지막으로 '왜 네베바 선생님은 자기가 (조금) 유명하다는 사실을 인정하려 하지 않는 것일까?'라는 문장으로 남게 되었습니다.

당신을 수전 서랜던이라든가 수전 손택, 조앤 디디온 등 '유
망한' 여성 50인 중 43위로 꼽은《미즈》라는 잡지에서 잘라
낸 사진 때문에 당신이 학생들 사이에서 유명한 사람이라는
소문이 돌았지만, 사실 당신은 그렇게까지 유명하지는 않았
지요.

　　그러나 얼마 전부터 당신의 연구가 북미의 대학 세계를
벗어나면서 당신이 박학다식할 뿐만 아니라 괴짜고 독설가
라는 소문이 널리 퍼져나갔고, 당신은 라디오 방송에 게스
트로 초대받았지요. 방송이 원하는 건 바로 이런 스타일의
인물이니까요. 그리고 이렇게 소개되었습니다. "진 네베바
교수는 디어필드의 인질들에 관해 연구하시는 분입니다. 주
근깨가 여기저기 나 있는 얼굴, 긴 밤색 머리칼, 무성한 눈
썹의 진 네베바 교수는 근육이 잘 발달한 위압적인 팔뚝을
자랑스럽게 내보이며 스케이트보드를 타고 스미스칼리지

교정을 돌아다닌답니다. 자, 교수님은 1970년 베트남전쟁 반전시위에 참가했다는 이유로 두 차례 체포된 적이 있는데, 시선을 사로잡는 아우라가 교수님을 둘러싸고 있는 건 많은 부분 이 같은 이유 때문인 게 분명해 보입니다." 허스트가의 변호사는 다음과 같이 시작되는 기사를 읽고 교수님에 대해 알게 되었지요. '진 네베바는 스미스칼리지에서 최초로 학위를 받았으나, 몇 달 뒤 1969년에 정치적 선전 활동을 했다는 이유로 학위를 박탈당했다.'

어마어마한 허스트 변호인단에서 가장 나이가 적은 이 변호사의 상상력에 감사를 표해야 할 것입니다. 그는 선배 변호사들을 설득하여 퍼트리샤에게 유리한 증언을 해줄 전문가들을 선정할 수 있는 전권을 자신에게 위임하도록 하는 데 성공했지요. 미국에서는 정신과 의사라든가 필적감정가, 혹은 심리학자 등이 법정에 소환되는 일이 흔히 벌어집니다. 하지만 그는 쉽게 만날 수 없는 증인들을 접촉하느라 무진 애를 써야만 했지요. 그는 우선 어느 평판 좋은 언어학자에게 도움을 청했습니다. 그러고 나서 최근에 규율이 엄격하기로 소문난 가톨릭 교파로 개종한 한 젊은 여성에게 연락했는데, 이미 수녀가 되고 난 뒤였지요. 또 다양한 종파의 구성원 및 젊은 여성들의 호르몬 변화와 그 결과를 다룬 책을 200권 이상 읽은 유럽의 한 정신분석학자에게도 도움을 청했습니다. 그리고 진 네베바, 당신의 미국 자택에는 9월에, 프랑스에는 3주일 뒤에 도착한 편지를 통해 도움을 청했지요. "교수님, 교수님의 이력을 검토해본 결과, 저희는 교수님이 허스트 사건을 새로운 관점에서 조명해 결정적인 도움을 줄 충분한 능력을 갖추셨다고 확신하게 되었습니다."

그가 학술지에 실린 여성 인질들에 관한 당신의 논문을 꼼꼼하게 읽어보지도 않았고, 몇 번 인터뷰에서 말하기도 했던 당신의 세미나에 참석하지도 않았을 거라는 건 분명한 사실이었지요. 하지만 당신 이력의 또 다른 측면이 그의 관심을 끌었던 건 확실합니다. 그 변호사가 주목한 것은 당신이 1960년대 말에 극좌파 그룹과 밀접한 관계였다는 사실보다는 1974년에 《롤링스톤》이라는 월간지에 발표한 〈좌파의 성차별주의는 우파의 성차별주의와 유사하다〉라는 제목의 논문이었습니다. 혁명을 주장하는 집단과 여성에게 주어진 위치에 대한 당신의 신랄한 묘사는 미국의 좌파를 뒤흔들어놓았지요. 그리하여 당신은 당신이 비난한 사람들로부터 속물근성의 배신자로 낙인찍혔고, 당신이 옹호하는 페미니스트들에게 잠시 멘토로 추앙받다가 금세 적이 되어버렸습니다. 당신이 어떤 집회에서 남성우월적 언사로 페미니스트들을 모욕하고, 활동가들이 '남근주의자'라 부르던 웨더멘*의 측근과 동거했다는 이유에서였지요. 당신은 균형

---

* 1969년 시카고에서 설립된 반제국주의, 반인종차별주의를 내세우는 급진좌파 운동단체.

잡힌 입장을 유지했던 것으로 보입니다. 그러므로 당신이 허스트가처럼 극히 반동적인 집안을 위해 일해달라는 제안을 수락한 것은 그다지 놀랄 일이 아니지요. "한쪽 발은 호의를 표시하며 적들 쪽으로 내밀고, 다른 쪽 발로는 그들의 엉덩이를 걷어찰 준비를 하고 있어야 한다." 당신은 《롤링 스톤》에 실린 그 유명한 논문에 이렇게 썼지요. 아마도 당신은 변호사의 제안에 귀가 솔깃하기도 했을 것입니다. 논쟁을 즐기는 당신에게는 하나의 도전이 될 수도 있고 언론을 탈 수도 있었기 때문에 당신은 이 재판에 관심이 갔지요. 어쩌면 당신이 프랑스에 있었기 때문에 허스트 사건이 더 단순해 보였을지도 모르겠습니다. 10대의 여성 상속자가 자신의 의지로, 그것도 두 달이 채 안 되는 기간에 혁명가로 변신한다는 건 불가능하다는 게 당신의 생각이었죠. 허스트 부부는 딸을 감옥에서 나오게 할 수만 있다면 무슨 일이든지 다 할 각오가 되어 있었어요. 그러니 '퍼트리샤는 자신을 납치한 자들의 입장에 동조한 것이 아니라 세뇌당한 것이다. 그렇기 때문에 그들과 함께 무장강도행위를 한 것에 대해서도, FBI가 '테러리즘'이라고 규정한 납치범들의 주장에 동조한 것에 대해서도 책임이 있다고 간주할 수 없다'는 변호인단의 논리를 뒷받침해주고, 그 대가로 1,000달러 정도를 받는 것은 정말 아무 일도 아니었습니다.

7일째

비올렌은 SLA가 시작한 식량 배급을 언급한 1974년 3월 일간지 1면 기사의 굵은 활자 부분을 조심스럽게 오려냈습니다. **혼란! 참담! 위급상황!** 그녀는 혹시 따뜻한 식사를 해볼 수 있을까 해서 새벽부터 엄청나게 몰려와 식량 트럭들 앞에 줄을 선 가난한 사람들을 보고 망연자실해 있는 자원봉사자들, 먹을 것을 달라고 애원하며 내민 사람들의 손을 찍은 사진들을 분류했지요. 당신과 함께 일하기 시작한 지 7일째가 되는 날, 비올렌은 몹시 힘들어하고 있었습니다.

　너무나 많은 숫자들이 기사들 속에서 서로 얽혀 뒤죽박죽이 되었고, 비올렌은 당신의 속도를 따라가기 위해 그 기사들을 점점 더 빠르게 요약해야만 했지요. 또 주간지에는 너무나 많은 질문과 토론 주제가 실려 있었습니다. 자비를 베풀기 위해 인질의 몸값을 받아들여야 하는가? SLA는 뒤집힌 세계를 보여줌으로써 좌파와 우파 모두에게 충격을 안겨주었지요. 즉 백만장자인 허스트 부부는 자신의 딸을 구하기 위해 선한 사마리아인이 되었고, 빈민구호협회들은 한 무장투쟁단체의 주도적 행동에 쌍수를 들어 환호하고 있는 것입니다. 또 한편으로 생각해보면, 사람들은 퍼트리샤 허스트에 대해 이러쿵저러쿵 이야기하지만 실제로 그녀를 본 적도 없고, 그녀가 뭐라고 말을 해도 귀를 기울이지 않았습니다. 그녀의 부재는 아메리칸드림을 무너뜨렸고, 분열된 나라 미국이 거짓말을 밥 먹듯 한다는 것을 보여주었습니다. 캘리포니아주에서 아무것도 먹지 못하는 사람들은 무려 470만 명이나 되지만 허스트가가 내놓은 돈은 1인당 1달러도 안 된다는 것을 말입니다.

리버티 블라우스 자락이 소매 없는 녹황색 스웨터 밖으로 삐져나와 구겨진 채 적자색 벨벳 바지 위로 흘러내렸습니다. 당신은 비올렌이 요약해놓은 내용이 적힌 종이를 흔들어대고 있었지요. 보라색 잉크에서 증발한 알코올 성분이 순식간에 공기를 가득 메우며 머리가 어질어질해지자 당신은 독백을 계속하면서 레니에게 목 없는 토끼 봉제 인형을 던졌습니다. 비올렌이 맡은 단순한 조수의 역할은 당신이 그녀에게 퍼붓는 격한 단어의 무더기에 깔려 흔들리고 있었지요. 당신은 신문 기사를 스크랩하라고 그녀를 고용한 것이 아니라 여러 가지 관점을 '종합sunthesis'하라고 고용한 것이었습니다. 당신은 이 마을에서는 '정치적'이라는 단어를 입 밖에 내서는 안 되지만, 비올렌은 이 단어의 의미를 제대로 파악해서 오직 어떤 자원봉사자가 못된 빈민들로부터 부상을 당했다는 둥 흉악한 흑인들이 할머니들을 밀치고 햄을 빼앗아갔다는 둥 중요하지도 않은 사건을 시시콜콜 늘어놓는 기사와 선정적인 사진만을 선택했다는 사실을 알고 있었습니다. 당신이 소리쳤습니다. "왜 언론은 이처럼 사소한 사건에 열을 내는 걸까? 반면에 오클랜드 교회에서 주관한 무료 급식 행사에서 일어난 혼란은 이 신문기자들의 관심을 전혀 끌지 않았지. 이상하지 않아? 그리고…… 칠면조 고기 한번 먹어보겠다고 서로 치고받고 싸우다가 죽이기도 하는 이 나라는 도대체 뭐지? 아니, 우리가 지금 쿠바나 소련 같은 공산주의 나라에 살고 있는 건가, 비올렌? 뭐라고? 우리 캘리포니아주에는 굶어 죽는 사람이 없을 거라고? 그럼 이제 겨우 스무 살밖에 안 됐는데 이가 다 빠져버린 그 더러운 전투복 차림의 거지들은, 행인들이 용감하게 싸웠다며 칭찬해주고 지나가는 그 초점 없는 눈의 젊은 상이군인들은, 썩은 바나나가 가득 들어 있는 무거운 상자를 들고 비틀거리며 걸어가는 그 히스패닉 가족들은, 비닐봉지를 수십 개씩 들고 나타나 퍼트리샤 허스트에 대해 묻는 그 흑인 여성들은 도대체 뭐지? 이 흑인 여성들은 퍼트리샤 허스트가 불쌍하다며 가슴 아파했어. 하지만 그들에게는 먹여 살려야 할 아이가 다섯 명이나 있지. 아! 로널드 레이건 주지사는 해결책을 갖고 있었어. 허스트 가문의 절친한 친구인 레이건은 경축연 때 보툴리누스 전염병을 널리 퍼뜨려 빈민들을 싹 쓸어버리면 이 아름다운 나라를 정화할 수 있을 텐데 그렇게 할 수 없어서 유감이라고 떠벌렸어. 비올렌, 지금도 미국이 좋아?" 당신은 레니 옆에 무릎을 꿇고 앉더니 꼭 루빅 큐브를 맞추듯 레니 앞발의 패드를 만지작거렸지요. 그러자 레니는 귀찮다는 듯 몸을 일으켜 그 자리를 떠났습니다.

'칠면조 고기 한번 먹어보겠다고 서로 치고받고 싸우다가 죽이기도 하는 이 나라는 도대체 뭐지?' 그날 밤 비올렌은 공책에 이렇게 썼습니다. 그녀의 공책에는 그날의 날씨부터 시작해서 레니가 무슨 장난을 쳤는지, 그리고 당신이 어떤 옷을 입었는지까지 하나도 빠짐없이 꼼꼼하게 기록되어 있었지요.

당신의 분노는 비올렌이 알고 있는 어른들의 분노와는 달랐습니다. 당신의 분노에는 편협함이 전혀 깃들지 않았고, 사람을 짜증 나게 만드는 것(예를 들면 개수대에 들어 있는 깨진 유리잔이라든가 개가 지나가다 엎어버린 쓰레기통)이나 귀찮게 구는 낯선 이(예를 들면 주도로에 비스듬히 주차해 다른 차가 지나갈 수 없게 해놓은 사람)를 향하지 않았습니다. 당신의 분노는 후회의 결과인 역정도, 쓰라림도 포함하고 있지 않았습니다. 그날 당신의 분노는 고통으로, 뭔가 거대한 실체에, 당신을 압도하는 사물의 질서에 부딪쳤을 때의 그 무력감으로 인한 불분명하면서도 갑작스런 고통으로 가득 차 있었습니다. 비올렌을 당신 집 문 앞에서 배웅할 때 현관 앞 낮은 층계의 조명이 비추어 당신 눈언저리의 거무스레한 무리가 한층 더 두드러져 보였습니다. 비올렌은 집으로 돌아가자마자 이렇게 공책에 기록했지요. '진 네베바는 어떤 한 세계의 리듬에 맞추어 살아가는데, 때로는 그 세계가 그녀를 데려가고, 또 때로는 전복시킨다.'

당신은 당신이 쓰는 글의 두 장을 식량 배급에 할애했습니다. 여기서 당신은 피치 못할 이유로 이처럼 식량을 나누어 주게 되었으며, 허스트 자신이 구호단체를 설립하고 워싱턴 DC에서 국무장관이 이 단체를 감독하면서 퍼트리샤 허스트 납치사건으로 생긴 돈을 관리하는 코미디 같은 일이 벌어지고 있다고 썼지요. 당신은 양측에서 언론플레이를 하고 있다는 사실을 강조했습니다. SLA는 로빈후드 전략을 채택해 퍼트리샤 납치사건을 비난하고 나선 혁명단체들로부터 잃어버린 신뢰를 다시 회복하려 애쓰고 있고, 허스트 가문은 가게마다 설치된 감시카메라가 배고픈 군중이 노인들을 밀쳐 넘어뜨리고 가는 장면을 찍은 충격적인 동영상을 신문사와 방송국에 제공할 것이라는 사실을 이용했다고요.

　　당신은 SLA가 캘리포니아주의 도시들에서 어떤 식량을 어떤 트럭을 이용해서 어떤 창고에 저장할 것을 요구했는지, 어떤 용어를 써서 자원봉사자들의 참여를 호소했는지 등 단시간에 해결해야만 했던 세부 사항을 꼼꼼하고 상세하게 설명했습니다. 당신은 또 이번 식량 배급이 전례가 없을 만큼 엄청난 대중적 성공을 거두었다는 사실을 (내키지는 않지만) 결국은 인정할 수밖에 없었던 각 일간지의 1면 기사를 베껴 썼지요. 하루 만에 3,000명이 넘는 사람들이 돕겠다고 나섰습니다. 어린아이들은 "가난한 사람들을 돕고 패티(퍼트리샤)를 풀려나게 하는 데" 관심을 가졌고, 가정주부들은 게토에 사는 사람들에게 제공할 과자를 만들자고 제안했으며, 의사들은 아주 가까운 곳에 빈곤이 존재한다는 사실을 알고 큰 충격을 받아 돈이 없는 사람들에게 병원 문을 개방했지요. 버클리대학교 학생들은 학보에서 SLA 멤버들을 찬양하면서도 퍼트리샤가 풀려나기를 기원했습니다. 하지만 그들은 "베트남 농민의 생명도 허스트 그룹 상속자의 생명만큼 가치가 있으며, 이 두 사람 모두 더러운 전쟁에 휘말린 민간인들"이라고 덧붙였죠. 당신은 퍼트리샤가 풀려나기를 매일같이 기도하면서도 동시에 드디어 괜찮은 음식을 먹게 되었다며 즐거워하는 사람들이 부딪힌 도덕적 딜레마에 대해서도 썼습니다. 당신은 한 인터뷰에서 SLA의 방법이 꼴같잖으며 반혁명적이라고 말한 제인 폰다 같은 스타들을 비난하기도 했지요. 그리고 이렇게 결론 내렸습니다. "제인 폰다는 배고파본 적이 없습니다."

그렇다고 해서 당신의 글이 "스토리텔링의 전문가이며 엔터테인먼트의 제왕"인 SLA를 언급하지 않은 건 아니었습니다. 최고로 급진적인 단체인 SLA는 사실 FBI의 입장에서 보면 평화주의적인 활동가를 포함한 모든 활동가(최소 30만 명의 개인이나 단체에 관한 정보가 국가 안보를 유지한다는 미명 하에 분류되어 있었습니다)를 밀접 감시할 수 있도록 해주는 일종의 횡재라고 볼 수 있었지요. 당신은 자기가 원하면 언제 어느 때든지 성관계를 맺을 것을 요구하는 SLA 리더에게 매혹된 젊은 여성들에게 질문을 던졌습니다. 당신들은 정말 페미니스트인가요? 저명한 마커스 포스터가 살해당해 흑인해방운동이 SLA를 비난했을 때도 중산층 출신의 당신네 젊은 백인 여성들은 인종차별 반대주의자였나요?

당신은 납치범들이 만들어낸 스토리에 홀린 사람들을 더 이상 부드럽게 대하지 않았습니다. 당신은 '처녀'가 머리 일곱 개 달린 코브라(납치범들의 상징으로 그들이 쓴 글의 마지막에 등장합니다)에게 납치당했다는 이 매혹적인 시나리오에 독자들과 시청자들이 정신을 빼앗겼다고 주장했지요. 우리는 부유하지만 평범한 젊은 여성을, 머리칼에서 윤이 자르르 흐르는 이 여자 대학생을 슈퍼마켓과 수영장, 축제에서 이미 만난 적이 있습니다. 이들은 다른 사람이 다 만들고 기쁜 마음으로 제공한 삶에서 억지로 끌어내어진 우리 딸일 수도 있고, 우리의 이상야릇한 누이동생일 수도 있고, 오랜 시간 통화를 했지만 지금은 곁에 없는 우리 친구일 수도 있습니다.

'내가 저렇게 될 수도 있어.' 1974년 봄, 매일 저녁 텔레비전 앞에서 꼼짝 않고 뉴스를 보며 퍼트리샤의 소식을 기다리던 수많은 젊은 여성들은 당혹스러워하며 이렇게 중얼거렸습니다. 당신은 그중 한 명인 실비아의 증언을 기록해놓았지요.

우리 반 친구 한 명이 패티라는 이름을 종이에 써서 부모님 우체통에 끼워놓았더니, 며칠 뒤 FBI 요원이 찾아왔답니다. 그래서 그 친구는 일주일간 외출금지를 당했지요. 사람들은 그 친구에 대해 이러쿵저러쿵 말은 많이 했지만 막상 그 친구가 하는 말에는 귀 기울이려 하지 않았어요. 우리는 우리가 SLA랑 가깝다고 느끼지도 않지만, 퍼트리샤를 찾아다니는 사람들 편도 아니에요.

당신은 FBI가 허스트 그룹의 상속자를 찾아낼 수 없었다는 사실이야말로 1974년에 미국인들이 어떤 생각들을 가지고 있는지를 보여주는 증거라고 썼습니다. 경찰들은 집집마다 찾아다니고, 전단을 제작해서 버클리대학교 학생들과 헤이트 애시베리의 음악가들, 그리고 (열여덟 살밖에 안된 상이군인들과 잭 케루악의 발자취를 찾아다니는 부자 동네 청년들이 뒤섞여 있는) 발렌시아가를 배회하는 사람들에게 나누어주었지만 아무 소용 없었지요. 1974년에 사람들은 자신들을 찾아온 경찰의 면전에서 문을 일부러 쾅 소리가 나게 닫곤 했습니다. 아무도 경찰을 도우려고 하지 않았지요. 그리고 당신은 이렇게 덧붙였습니다. "지금은 신문기자들도 아무 생각 없이 경찰들처럼 '표적이 제거되었다, 용의자가 제압당했다'라고 기사에 쓴다. 이제는 시청자들에게 직접 나서서 조사를 해보라고 권유하는 리얼리티 방송을 통해서나 퍼트리샤를 찾아낼 수 있을 것이다."

8일째

1975년 11월 중순. 모래언덕에 핀 야생 패랭이꽃이 진한 향기를 내뿜고 베어낸 소나무에서 송진이 흘러나오자 다시금 대기가 끈적끈적해지면서 알코올이 들어간 설탕 냄새를 풍겼습니다. 다들 바닷가에 가기 위해 서둘러 집안일이나 학교 숙제를 마쳤지요. 벌거벗은 발로 마른 모래를 밟자 꼭 갈색 설탕처럼 가느다랗게 금이 갔습니다. 발가락을 오그리고 숨을 죽인 채 파도를 마주 보고 서자 작은 물기둥 하나가 넓적다리에 부딪히면서 닭살이 돋았습니다. 그리고 해가 길게 누우면서 불그스름하고 뒤틀린 빛을 발하다가 수평선에 닿자 엷은 색으로 변했지요. 그 광경을 본 사람들이 다들 깜짝 놀랐어요. 이미 날은 어두워졌습니다. 그렇지만 모든 게 바뀌는 이런 계절에 어둠 속에서 길을 잃는다는 건, 지는 해를 보며 놀라워한다는 건, 얼마나 행복한 일인가요?

당신은 무지갯빛 누름단추가 달린 어두운 남색 조끼로 몸을 감싼 비올렌이 해변에서 지켜보는 가운데 크롤 수영을 했지요. 당신이 숨을 거칠게 몰아쉬면서도 만족스러운 표정으로 물에서 나오자 당신 조수가 웃음을 터뜨리며 소리쳤습니다. "괜히 애쓰셨네요." 바닷가가 푹 팬 것으로 보아 곧 조수 웅덩이가 만들어질 것 같아 한참 전부터 당신은 출발 자세를 취한 채 움직이지 않고 있었지요. "그래도 자세가 좋으신데요." 비올렌이 당신에게 타월을 건네며 말했지요. 시간이 늦어졌으므로 당신은 비올렌의 어머니에게 전화를 걸어 그녀를 집으로 데려다줄 것이며 그녀가 추가로 일한 시간에 대해서는 시간외수당을 지급하겠다고 알려주었습니다. 그리고 비올렌은 날이 어두워진 뒤에 당신 집에 머무른다는 생각을 하니, 마치 자기가 당신이 초대한 손님이 된 것처럼, 그리고 당신이 고용한 직원이 된 것처럼, 말하자면 당신이 이 보고서에 대해 회의가 일기 시작한다는 이야기를 털어놓을 수 있는 단 한 명의 성인이 된 것처럼 왠지 자랑스러웠지요. 당신은 비올렌에게 이렇게 토로했어요. "막상 보고서를 쓰려니까 생각처럼 그렇게 간단하지가 않네."

그날 밤 당신은 비올렌에게 보고서의 최종 목적이 무엇인지 알려주고 싶은 유혹을 느꼈어요. 하지만 그렇게 하지 않았습니다. 당신은 또다시 기회를 흘려보냈지요. 어쩌면 당신은 믿을 만한 조수를 잃어버리게 될까 봐 두려웠는지도 모르겠습니다. 비올렌은 정말 일을 열심히 했거든요. 아니면 당신이 왜 침묵했는지를 설명해주는 또 다른 이유가 있을지도 모릅니다. 당신이 비올렌을 만났을 때 당신 머릿속에 무슨 생각이 떠올랐는지도 모르는 것이죠. 퍼트리샤 허스트의 선택을 이해하기 위해서는 마치 그 결말을 모른다는 듯 그녀의 메시지를 짧게 줄여야 할 것입니다. 비올렌이 아무것도 모르는 상태에서 퍼트리샤의 메시지를 읽는다는 건 어떻게 보면 당신으로서는 행운일지도 모릅니다.

때맞지 않게 푸근했던 11월의 그날, 당신은 비올렌에게 한 가지 제안을 했고, 그녀는 이 제안을 당신이 자신을 신뢰한다는 증표라고 생각했지요. 제안인즉, 퍼트리샤 허스트가 1974년 2월 7일과 4월 2일 사이에 녹음했으며 SLA가 라디오 방송 진행자들의 우편함과 꽃가게, 혹은 오클랜드의 어느 골목길 쓰레기통 뒤에 놓아둔 테이프를 들어보라는 것이었습니다. 비올렌이 공책에 기록해놓은 당신의 말에 따르면, 당신은 "그녀가 그걸 어떻게 생각하는지 알고 싶어" 했습니다.

"네베바 선생님이 제가 며칠 더 도와주었으면 하세요. 일이 많이 밀렸거든요." 비올렌은 아침 식사 때 부모에게 이렇게 알렸습니다. 마르고 과묵한 그들의 딸은 당신이 하는 말을 토씨 하나 안 빼놓고 다 받아 적었지요. 그리고 당신은 성모마리아라는 별명을 가지고 있으며 당신을 위해 자신에게 비올렌이라는 이름을 붙인 비올레트에게 처음으로 의견을 물었습니다.

9일째

비올렌은 지시를 내려달라고 요구했습니다. "이 녹음테이프에서 뭘 찾아야 하나요?" "FBI가 청각이 뛰어나다는 이유로 고용한 그 맹인들처럼 퍼트리샤 허스트가 무슨 말을 했는지를 잘 들어보고 어떤 느낌이 들었는지 말해주면 돼."

재생.

퍼트리샤 허스트의 느릿느릿한 목소리가 흘러나오고 그녀의 숨소리가 또렷이 들렸습니다. *엄마, 아빠, 전 잘 있어요.* 퍼트리샤는 자기 부모를 향해, 미국이라는 나라를 향해 말하고 있었습니다. 그녀는 예고된 죽음으로부터 빠져나온 것이었습니다. 당신은 장미색 침대보에 엉덩이만 살짝 걸치고 앉아 있는 비올렌을 바라보고 있었지요. 그녀는 이해 안 되는 것을 이해하기 위해, 공책에 베껴 써놓은 단어들을 이해하기 위해 머리를 쥐어짜고 있었습니다. 당신은 그녀에게 제네바협정에 대해 설명해주었지요. 자동화기가 무엇인지도 설명해주었고요. 당신은 규칙적으로 흔들리며 용연향을 풍기는 전등불에 환히 드러난 조수의 당혹스러운 얼굴을 바라보았습니다. 비올렌이 말했지요. "어쩌면 지금 말을 하는 여자는 진짜 퍼트리샤가 아닐지도 몰라요. 진짜 퍼트리샤는 죽었을지도 모른다고요, 네베바 선생님(당신의 바람에도 불구하고 비올렌은 당신을 진이라고 부르지를 못했어요)." 당신은 그녀를 안심시켰어요. 비올렌은 한편으로는 신문 기사를 읽고 요약하지 않아도 된다는 데 안도하고 또 한편으로는 당신에게 깊은 인상을 남기고 싶어서 퍼트리샤가 수면제를 복용해 발성이 비정상적으로 부드러워졌고 뭔가 주저하는 것 같았다고 기록했습니다. 그녀는 뭐든지 다 기록했습니다. 심지어는 이 허스트 그룹 상속자의 목소리 사이사이로 들려오는 갈매기 울음소리와 샌들을 신고 타일바닥 위를 딱딱거리며 걸어가는 소리, 커피 잔을 나무 식탁 위에 내려놓을 때 나는 무딘 소리, 담배 연기를 내뿜는 소리까지 전부 다 기록해놓았지요.

비올렌이 그렇게 열심히 일하는 걸 보고 기분이 좋아진 당신은, 발소리는 퍼트리샤가 납치범들이 불러주었을 것임에 틀림없는 글을 읽을 때 그들이 옆에 있었다는 것을 보여주는 단서라며 그녀의 생각에 맞장구를 쳐주었습니다. 반대로 갈매기 소리로 말하자면 SLA가 창문을 활짝 열어놓았을 리가 없기 때문에 그건 아마 문이 삐걱거리는 소리였을 거라고 말해주었지요.

그날 밤, 현관에 있는 전화기 벨이 울리자 비올렌의 아버지는 눈살을 찌푸렸습니다. "아니, 도대체 어떤 사람이 무례하게 저녁 먹을 시간에 남의 집에 전화를 하는 거지?" 그건 바로 당신이었습니다. 당신이 비올렌에게 할 중요한 이야기가 있어서 전화한 겁니다. 그런데 세상에, 당신은 할 말이 뭐였는지 잊어버리고 말았지요. 그녀에게 말했습니다. "비올렌, 부모님께 대신 인사 전해드려. 그리고 우리가 미치광이들에게 용감하게 맞서고 있다고 말씀드려. 그러다 보니 머리가 뒤죽박죽이 되어버려서 이런 실례를 범했네……. 그럼, 내일 아침에 늦지 않게 와야 해."

그다음 날 오전 9시, 비올렌은 당신을, 당신이 영어로 레니에게 하는 투덜거림을, 그리고 감기가 들었다고 끙끙 앓는 소리를 하면서도 자신의 납치범들이 미치광이가 아니라는 사실을 강조하는(비올렌은 자기가 잘못 들었을지도 모른다고 생각해서 이 사실을 당신에게는 말하지 않고 그냥 자신의 공책에만 써놓았습니다) 젊은 여성 인질을 다시 만나게 될 것입니다.

녹음테이프 1, 1974년 2월 12일 방송

엄마, 아빠, 전 잘 있어요. 몇 군데 찰과상을 입긴 했지만 잘 소독해서 지금은 괜찮아요. 그리고 감기에 걸렸었는데 그 사람들이 준 약 먹고 지금은 다 나았고요. 절 굶기는 사람도 없고, 때리거나 겁주는 사람도 없어요. 라디오를 들어서 스티븐이 잘 지낸다는 것도 알아요. SLA 대원들은 사람들이 자기들에 대해 잘못 알고 있다며 굉장히 불쾌해한답니다. 자기들은 죄 없는 행인들에게 총을 쏘거나 그 비슷한 행동을 한 적이 절대 없다면서 말예요. 전 대부분 눈이 가려져 있어서 사실 이 사람들 얼굴을 보지는 못했어요. 제 손도 자주 결박되어 있었지요. 아니, 늘 그랬던 건 아니었어요. 제 입에 재갈이 물려 있진 않아요. 전 경찰이 오클랜드 집에 일제사격을 하며 공격했다는 말을 듣고 무척 화가 났답니다. 오, 모든 사람이 평정을 찾을 수 있었으면 참 좋았을 텐데요. 다행히도 저는 거기 없었지만요……. 저를 찾는 건 그만두었으면 좋겠어요. 그건 저뿐만 아니라 엄마, 아빠도 위험에 빠뜨리는 일이니까요. 전 자동화기로 무장한 전투부대와 함께 있는 거나 마찬가지랍니다. 이 사람들은 미치광이가 아니에요. 그들은 정직하고 제게도 분명한 태도를 취했어요. 그들은 자신들이 내세우는 대의를 위해서라면 죽을 각오가 되어 있는 사람들이라고요. 물론 저는 풀려나고 싶어요. 하지만 SLA는 저를 정중하게 대해주었고, 제가 풀려날 수 있는 유일한 방법은 그들이 원하는 대로 해주는 거예요. 그러니 아빠, 그들이 하자는 대로 해주셨으면 좋겠어요…… 빨리요. 죄송한데, 저는 제가 하는 말에 대해 깊이 생각해보기 위해 계속 정지 버튼을 눌러야 해요. 그래서 무슨 말을 했다가 잠깐 쉬고, 또 무슨 말을 했다가 잠깐 쉬고 그러는 거예요. 저더러 이렇게 녹음하라고 강요하는 사람은 아무도 없어요. 엄마, 아빠도 지금 상황에 대해 저랑 같은 생각을 갖고 계시겠지만 그렇다고 해서 너무 불안해하지는 마세요. 물론 그게 쉽지 않은 일이라는 건 저도 알아요. 엄마는 당황해하실 거고, 집에는 밤낮으로 신문기자들이 죽치고 앉아 있겠죠. 하지만 저는 잘 있어요! 저는 전쟁포로이고, 제네바협정에 따라 대우받고 있답니다. 요컨대 저는 제가 저지르지도 않은 범죄 때문에 재판을 받거나 하지는 않을 거라는 거죠……. 제가 지금 이렇게 붙잡혀 있는 건 우리 가족이 지배계급에 속해서 그런 거니 엄마, 아빠가 그 사실을 이해해주셨으면 해요. 그들이 이걸 단순한 납치사건으로 생각하지 않는다는 사실을 아는 게 정말 중요해요. 사람들은 제가 왜 납치당했는지 그 이유를 전혀 몰라요. 오, 전 하루라도 빨리 집으로 돌아가고 싶어요.

퍼트리샤 허스트

대서양을 사이에 두고 양쪽 편에서 퍼트리샤 허스트의 녹음을 면밀히 분석했지요. 샌프란시스코에서는 변호사가 고용한 언어학자가 그 녹음을 퍼트리샤가 약혼자에게 보낸 편지와 부모에게 보낸 엽서, 고등학교 때 쓴 소논문과 비교했습니다. 방법은 간단했지요. 얼마나 많은 문장이 대명사로 시작하는지, 대명사+동사로 시작하는지, 그리고 얼마나 많은 전치사 문장이 사용되었는지를 세는 것이지요. 사람이 자신을 표현하는 방법은 열일곱 살 이후로 거의 바뀌지 않는다고 합니다. 여러 가지 스타일을 사용할 수 있는 작가나 다양한 방식으로 말하고 글을 쓰는 대학생을 제외하면 말이죠. 많은 전문가들이 서둘러 퍼트리샤가 한숨을 내쉰다는 사실에 집중했지만, 1974년 2월 미국의 모든 텔레비전 채널에 방영된 방송에서, 마치 재무 담당 고문이 쓴 계약서의 조항을 문제 삼는 사업가의 태도로 퍼트리샤의 말에 답하는 이 사람이 정말 허스트 씨가 맞는지 생각해보는 전문가는 단 한 명도 없었습니다.

퍼트리샤. 약을 너무 많이 먹은 것 같기도 하고 피곤한 것 같기도 하지만, 어쨌든 많이 힘들어 보이지는 않아서 다행이구나. 하지만 너를 납치한 자들이 정말로 너를 제네바협정에 따라 대우하고 있는지 그건 잘 모르겠다. 네가 최대한 빨리 풀려날 수 있도록 애쓰고 있으니 그렇게 알고 있으렴. 혹시라도 납치범들이 도저히 들어줄 수 없는 수준의 요구를 할까 봐 그게 걱정되는구나. 지금으로서는 그럴 가능성이 높다만…… . 하지만 나는 그들이 받아들일 만한 역제안을 할 생각이다. 협상이란 게 사람을 앞에 두고 해야 하는 건데 이 녹음테이프밖에 없어서 쉽지는 않겠지만, 네 엄마와 내가 무슨 수를 써서든지 너를 풀어줄 테니 우리를 믿어다오. SLA 사람들에게도 너무 걱정 말라고 전해다오. 그들을 공격할 계획은 전혀 없으니까…… 너도 몸조심하고…… .

당신은 비올렌에게 이 방송을 보라고 말했고, 방송을 다 보고 난 비올렌은 오랫동안 침묵을 지켰습니다. 어떤 한 단어가 그녀의 가슴을 아프게 찔렀기 때문입니다. 당신이 퍼트리샤에 관한 보고서를 쓰는 데 단어 하나 정도야 사실 아무것도 아니었을 것입니다. 하지만 비올렌의 머릿속에는 오직 그 한 단어만 맴돌 뿐이었습니다. 비올렌은 그 미국인 여성이 아버지가 '납치범들이 받아들일 만한 역제안'이라고 말했을 때 과연 어떤 감정을 느꼈을지 충분히 짐작이 갔습니다. 그것은 다름 아닌 '버려졌다'는 감정이었을 것입니다.

10일째

비올렌은 모음에 악센트가 있어서 경쾌하게 들리는 언어에 귀를 기울이는 중입니다. 그녀는 노래 가사에서 얻어낸 어구처럼 느껴지는 표지등처럼 믿을 만한 몇 개의 단어에 매달립니다. 그녀는 듣고 또 듣습니다. 눈에 보이는 건 아무것도 없습니다. 영상이 없는 것입니다. 오직 퍼트리샤의 목소리와 호흡 속도를 들으며 분석할 뿐입니다. 비올렌이 녹음기 버튼을 너무 자주 눌러대는 바람에 결국은 테이프가 서로 뒤엉켜 움직이지 않게 되었지요. 그러자 그녀는 연필을 이용해 그 소중한 테이프를 조심조심 끄집어낸 다음 소형 카세트를 다시 뒤로 돌렸습니다. 마지막으로 다시 한번 확인하기 위해서였습니다. 그리고 희고 질긴 판지로 만든 카드에 '검은 드레스?'라고 기록했지요. 응접실에서는 레니가 배가 고픈지 밥그릇 주위를 신경질적으로 뱅뱅 돌고 있었고, 당신은 175센티미터나 되는 키에는 너무 짧은 소파에 길게 드러누워 글을 쓰고 있었습니다. 건조해서 발뒤꿈치 여기저기에 금이 간 맨발이 비죽 튀어나와 있었지요. 늦은 점심을 먹을 시간이 되자 빠져서는 안 되는 차와 치즈 몇 조각, 둥글게 썬 토마토, 빵이 준비되었습니다. 당신은 별다른 말 없이 열심히 먹기만 했지요. 강의가 있는 날 한 시간이라도 일을 더 하기 위해 알람을 새벽 4시에 맞추어놓았습니다. 어제 당신은 한낮에 글을 쓰다가 몇 분 동안 깜박 선잠이 들었지요. 마지막으로 차를 마시고 나자 당신은 레니에게 목줄을 채운 다음 비올렌에게 같이 가자고 말했어요. 하루 종일 앉아서 일만 할 수는 없으니까요. 바닷가까지 가로질러 갈 수 있는 길의 모래밭이 바람에 뽑혀나간 나뭇가지와 흙 때문에 갈색으로 변해버렸더군요. 레니는 코를 땅바닥에 대고 킁킁거리며 멀리 앞서 갈지자로 걸어갔지요. 처음에 비올렌은 당신이 목에 두른 가죽 끈에 걸려 있는 그 편편한 직사각형 모양의 놋쇠가 펜던트인 줄 알았지만, 사실 그건 호각이었습니다. 레니는 호각 소리를 듣자 즉시 돌아왔지요. 바람이 각자가 맡은 역할의 구분을 모호하게 만들고 위계를 해체한 것이었을까요? 비올렌은 말이 많아졌습니다. "퍼트리샤는 용감하고 이타적이었어요. 심지어는 인질로 잡혀 있을 때도 굶주리는 다른 사람들을 생각했죠. 그녀는 미국이라는 나라에 대해 선생님이랑 같은 말을 했더라고요. 우엑, 정말 빡치네요! 미국이란 나라에서 사람들이 길거리에서 죽어가다니, 어쩌다 이 지경이 된 거죠?" 10대의 퍼트리샤가 미국 캘리포니아주에서 쓰던 '우엑, 정말 빡치네요!'라는 은어를 프랑스 랑드 지방에 사는 조수의 입에서 듣게 되다니, 당신은 속으로 재미있어했습니다. 당신은 문 앞에서 신발을 벗으며 결론짓듯 말했지요. "사실 첫 번째와 두 번째 메시지에는 흥미로운 게 거의 없어." 비올렌은 이제 좀 진정되었나 봅니다. "흥미롭지 않을지는 모르지만 이상해요. 어떻게 퍼트리샤는 어머니가 검은 드레스를 입고 텔레비전에 중계된 기자회견에 나왔다는 사실을 알고 있는 거죠? 기자회견 자리에 없었던 건 분명한데…… 그럼 텔레비전을 볼 수 있었단 말인가요?" 하지만 비올렌은 녹음테이프에서 "전 대부분 눈이 가려져 있어서 사실 이 사람들 얼굴을 보지는 못했어요"라는 말을 들었던 기억이 났습니다.

그러자 당신이 녹음테이프를 카세트 라디오에 집어넣으며 걱정스러운 표정으로 말했습니다.

"……검은 드레스라니…… 그게 무슨 말이지?"

되감기. 재생.

녹음테이프 2, 1974년 2월 16일 방송

엄마, 아빠. 두 분을 안심시키고 또 두세 가지 설명드릴 게 있어서 이렇게 녹음을 하게 되었어요. 좋아요. 식량 배급에 관해서 말씀드리자면, 그들이 말도 안 되게 터무니없는 요구를 하지는 않을 거예요. 물론 아빠는 그런 요구도 들어주실 수 있을 테지만 말예요. 아빠가 캘리포니아주 사람들을 전부 다 먹여 살릴 수는 없으니까요. 하지만 아빠는 하실 수 있는 건 하셔야 해요. 가능한 한 빨리요. 부탁이에요, 아빠. 일부 청취 전문가들의 말과는 달리 저는 제가 분명히 살아 있고 잘 지낸다는 사실을 강조하고 싶어요. 사람들이 꼭 제가 죽은 것처럼 말하는 걸 들으면 제 온몸에서 맥이 다 빠져나가요. 그러다 보면 어떻게 되는지 아세요? …… 설명이 잘 안 되지만…… 그래도 이야기해볼게요. 그런 말을 듣다 보면 저도 모르게 제가 곧 죽게 될 거라는 확신이 들기 시작해요. 모든 사람이 제가 죽음의 위험에 처해 있다고 확신하게 되면 FBI는 그걸 핑계 삼아 무력으로 저를 구해내려 할 거라고요. FBI는 저를 구하러 와서 여기 있는 사람들을 다 죽일 거예요. 정말이지, 전 그런 식으로 죽고 싶지는 않아요. 그러니 제발 제가 죽었다는 소문이 나지 않게 해주세요. 저를 조사할 시간은 나중에라도 충분히 있을 테니까요. 여기 사람들은 절 굶기지도 않고 때리지도 않아요. 전 하나의 상징적인 본보기가 된 거예요. 단지 엄마, 아빠뿐만 아니라 다른 모든 사람에 대한 상징적 경고가 된 거죠. 죄송하지만, 다른 말씀을 좀 드려야겠어요. 좀 복잡한 이야기예요. 그건 또한 필요하다면 먹을 게 없어서 못 먹는 사람들이 식사를 제공받을 수 있다는 사실을 보여주기 위해서이기도 하답니다. 우엑, 정말 빡치네요! 미국이란 나라에서 사람들이 길거리에서 죽어가다니, 어쩌다 이지경이 된 거죠? 어쩌면 이제는 이렇게 해야만 바뀔지 몰라요. 사람들이 이런 일이 다시는 되풀이되지 않도록 관심을 갖고 대처할 테니까요. 전 지금 납치극에 대해 이야기하는 거예요. 전 지금 전쟁포로로 억류되어 있고 국제협약에 의거해 대우받고 있어요. 아빠, 들려오는 소문을 믿으시면 안 돼요. 여기 사람들은 절 혼자 내버려두지도 않고 가두지도 않아요. 전잘 지내고 있어요. 전 상징적인 본보기고, 그 때문에 SLA의 입장에서는 제가 최대한 빨리 풀려날 수 있어야만 해요. 그러니 마치 제가 죽은 사람이라도 되는 것처럼 행동하지 말아

주세요! 엄마는 검은 드레스를 벗어야 할 거예요. 그건 제게
전혀 도움이 되지 않아요. 저의 상황을 이해하려고 애써주세
요. 전 지금 이 모든 것의 한가운데에 있고, 저의 운명은 다른
사람들이 어떻게 하느냐에 좌우될 거예요. 사람들이 저에 대
해 이러쿵저러쿵 늘어놓는 이야기를 듣는 건 정말이지 너무
괴로운 일이에요. 아빠가 무슨 일이든 해주셨으면 좋겠어요.
많은 사람들이 저를 걱정해준다는 것을 알고 있어요……. 그
분들이 제가 잘 지내고 있고 앞으로도 잘 지낼 것이라는 사실
을 알았으면 해요. SLA는 원하지만 FBI는 원하지 않는 일을
아빠가 해주시면 그렇게 될 거예요. 이게 바로 지금 저의 가
장 큰 관심사예요. FBI가 이곳을 공격하지 않고, SLA가 저
를 풀어주는 게 자기들한테 이익이 될 거라 생각한다면 저는
여기서 살아서 나갈 수 있을 거예요. 전 아빠가 하실 수 있는
모든 일을 하실 거라고 믿어요……. 스티븐한테도 신경 좀
써주세요. 서둘러주셨으면 좋겠어요. 안녕히 계세요.

퍼트리샤 허스트

당신은 좀 진정되었습니다. 이 모든 게 대단한 걸 의미
하지는 않았으니까요. 사람이 인질이 될 수도 있는 거고, 샤
워를 하고 진짜 침대다운 침대에서 잘 권리를 가질 수도 있
는 거니까요. 아니면, 영화에서와는 달리 스프링이 다 망가

진 허름한 매트리스에서 잘 수도 있지요. 심지어는 집 안에서도 남편이나 부모처럼 사랑하거나 사랑했던 사람의 인질이 될 수 있어요. 물질적으로 안락하다고 해서 달라지는 건 아무것도 없지요. 퍼트리샤는 텔레비전을 볼 수 있었지만 그래도 인질은 인질이었습니다.

밤 10시가 넘자 비올렌의 어머니는 당신에게 비올렌을 집까지 데려다줄 것을 요구했습니다. 비올렌이 어두운 밤에 숲을 혼자 지나가는 건 절대 안 된다면서요.

"비올렌은 금욕의 포로인 거야? 아니면 네가 주변 사람들을 인질로 잡고 있는 거야? 병의 증후로 주변 사람들을 불안하게 해서 말이야."

그녀의 부모가 '독한 다이어트'라고 부르는 것을 당신이 이렇게 느닷없이 언급하자 비올렌은 순간적으로 몸이 경직되었지만 못 들은 척하고 레니의 목줄을 움켜쥐었습니다. 레니는 옅은 보라색 히드꽃이 무성한 덤불숲 속으로 들어갔습니다. "조심해. 잘못하면 레니를 잃어버릴지도 모르니까!" 아무 말 없이 침묵을 지킨 채 앞에서 걸어가는 비올렌을 뒤따라가며 당신은 생각했지요. '화제를 바꾸는 게 좋겠군.' 그래서 당신이 가르치는 학생들의 순응주의에 대해 불평을 늘어놓았지요. "그 애들이 두려워하는 건 오직 한 가지, 그들이 최고라고 생각하는 '해방된' 여성 클럽에 끼지 못하는 거야. 아니, 도대체 무엇으로부터, 누구로부터 해방된다는 거지?" 당신은 수업 시간 내내 이에 대해 이야기해 학생들을 그들의 모순 속으로 밀어 넣었습니다. "해방된다는 것이 하나의 도그마가 된다면 그때도 그것이 여전히 여성을 해방시킬 수 있을까?" 당신은 심지어 비올렌을 하나의 예로 이용했지만, 그녀의 이름을 콕 집어 언급하지는 않았지요. 당신은 비올렌에 대한 희롱과 성모마리아라는 별명에 대해 이야기했습니다. "단순히 어떤 사람의 선택이 우리에게 부자연스럽다고 해서 그 사람이 자유롭지 않다고 단정할 수 있을까?" '자유로운'의 반대는 '얽매인'인가? 공식적으로 그 누구에게도 얽매여 있지 않은 비올렌은 자유로운가? 비올렌의 집 문 앞에 도착하자 당신은 그녀의 코끝에 집게손가락을 갖다 대고 속삭이듯 말했지요. "우리는 때로 너무 편안한 감금 상태에서 해방되기를 원하지. 자, 보고서는 목요일 오후에 제출할 거야. 그리고 어머니께 네가 설사 이렇게 어두컴컴한 숲속을 혼자 지나가야 하는 일이 생기더라도 전혀 걱정할 게 없다고 말씀드려. 너는 무기를 놀랍도록 잘 다루니까. 먹는 걸 거부한다는 것, 그것은 곧 우리 같은 식충이에 맞서 자신의 우월함을 과시한다는 거야. 식욕부진증은 세련된 무기지만 그래도 무기는 무기지. 하지만 먹기를 거부한 그 시간 동안 사상도, 책도, 음악도, 그림도 만들어내지 못했다는 건 유감이군. 하지만 너는 앞으로 그런 것들을 만들어낼 수 있을 거야. 난 그렇게 확신해. 잘 자."

11일째

당신의 조수는 잠을 이루지 못했습니다. 듣는 사람의 기분을 상하게 하는 당신의 말 한 마디 한 마디가 밤새도록 차곡차곡 쌓여 서로 부딪치고, 심지어는 그녀의 공책에 기록되기까지 했어요. 예를 들어 당신은 학생들과 함께 어떤 사례를 어떻게 분석하는지를 그녀에게 이야기해주었지요. 당신은 퍼트리샤 허스트가 녹음테이프에서 정확히 무슨 말을 했는지를 잘 들어보라고 이틀 전부터 그녀를 채근했지만 막상그녀가 들은 것을 기록한 적은 단 한 번도 없습니다. 아침이되자 비올렌은 당신을 더 이상 좋아하지 않게 되었습니다. 길을 가면서 그녀는 당신에게 하려고 마음먹은 말을 되풀이했지요. "저, 그만두겠어요. 선생님에게도, 그리고 선생님의그 비밀투성이 보고서에도 행운이 찾아오기를 바랄게요."

당신은 그녀에게 들어오라며 문을 열어주다가 바닥의 황토색 먼지를 손으로 가리켰지요. 모래가 그렇게나 쌓인 것이었습니다. 하루에도 몇 번씩 비질을 했지만 아무 소용 없었습니다. 게다가 당신은 지독한 바보였지요. "그래, 지독한 바보……" 당신은 비올렌의 조끼를 옷걸이에 걸면서 또다시 중얼거렸습니다. 그러면서 앵글로색슨계 사람들이 발음할 때 잘 꼬이곤 하는 이중모음을 정확하게 발음하려고 정신을 집중시켰지요. "지-독-한……" 그날 아침 8시에 당신은 높은 사람의 전화를 받고 그것을 확인하게 되었지요. 뒨학교의 여자 학장은 당신이 너무 엄격하다며 불평을 늘어놓았습니다. "아니, 어떤 여학생 사물함에서 마리화나 몇 봉지 발견되었다고 전부 다 화장실에 버렸다면서요?" 그녀는 당신이 미국 사람이니까 모던하다고 생각했지요. 그 말을 들은 당신은 학장에게 이렇게 대답했습니다. "복종만큼 '모던한' 건 없습니다. 그리고 마약도 복종의 한 형태라고 할 수 있죠. 즉 자기 자신을 순순히 마춰시키는 겁니다. 오, 둔해진 머리는 모든 형태의 권위를 만족시키죠. 미국 정부는 사람들이 영원히 우드스톡에서처럼 멍한 상태로 사는 걸 좋아할 겁니다." 비올렌은 최소한 결핍으로 명석한 두뇌를 유지하고 있지요. 이 점에서 당신은 그녀에게 퍼트리샤의 또 다른 메시지를 즉시 들려주고 싶었습니다. 그러고 나서 다시 글을 쓰기 시작할 생각이었기 때문입니다. 서둘러 당신 곁으로 돌아온 비올렌은 어제보다 더 다소곳한 자세로 자리 잡았습니다. 당신은 전후관계를 비올렌에게 설명해준 다음 판지를 한 장 꺼내 굵은 펜으로 왼쪽에는 SLA를, 오른쪽 위편에는 허스트 씨를, 그리고 가운데에는 푸른색 잉크로 둘러싸인 퍼트리샤를 썼지요. 이 메시지가 방송되기 직전에 SLA는 식량 배급이 서민들에게 던져주는 빵 부스러기에 불과하다며 허스트가에 추가로 200만 달러를 더 내놓으라고 요구했어요. 그러자 퍼트리샤의 아버지는 계산기를 두드려본 다음, 한 인터뷰에서 이 새로운 요구는 자신의 능력 밖이므로 앞으로 "이 사건은 더 이상 내 손안에 있지 않다"라고 말했습니다. 그러자 허스트 부인이 재빨리 나서서 남편이 이 사건에서 손을 뗀 것 같다고 대답함으로써 그에게 책임을 떠넘겼지요.

재생.

퍼트리샤는 그 전에 녹음했을 때보다는 문장과 문장 사이의 간격을 덜 두었습니다. 그녀의 목소리에서 느껴지는 가벼운 떨림도 미세한 정도에 그쳤고요. 비올렌은 당신이 "제 느낌으로는……"으로 시작하는 문장들을 모호하게 여겨 몹시 싫어한다는 사실을 알고 있었습니다. 그저께 당신은 퍼트리샤가 SLA보다는 FBI를 더 두려워하는 것 같다는 말을 비올렌으로부터 듣자 그녀를 타박했지요. 당신은 퍼트리샤가 짜증스레 부모에게 말하는 걸 듣고 비올렌이 놀라워하자 어깨를 으쓱거렸습니다. 비올렌은 퍼트리샤가 기름진 고기가 넘쳐나는 허스트가의 식탁에 대해 언급할 때 살짝 목소리가 떨리더니 눈물을 흘렸으며, 노골적으로 혐오를 표하며 가족에 대해 온갖 감정을 토로했다는 이야기를 당신에게 하고 싶었지요. 하지만 그럴 엄두를 내지 못했어요. 그녀는 당신이 말한 적 있는 그 맹인들처럼 더 잘 듣기 위해 두 눈을 감고 싶었습니다. 그녀는 어떤 '심리 상태'에 집중해야 하는 것일까요? 퍼트리샤의 메시지에서 느꼈던 어떤 고뇌나 두려움의 흔적을 찾아내야 하는 것일까요? 당신은 이런 세세한 부분(예를 들면 배경음에서 다시금 감지할 수 있는 새소리)이 별로 중요하지 않다고 생각했습니다. 그래서 당신은 납치범들은 인질이 갇혀 있는 방의 창문을 열어놓지 않는다고 딱 잘라 말했지요. 당신은 퍼트리샤 허스트의 주저하는 말투에는 무관심한 듯, 왔다 갔다 하면서 부엌에서 커피를 끓이기도 하고 레니가 카펫 위에 갈기갈기 찢어놓은 헝겊 조각들을 주워 모으기도 했지요.

'당신이 분명 살아 있는데도 어머니가 복상服喪하다니, 정말 이상한 일이군요.' 비올렌은 문장들로 빼곡하게 채워진(검은 드레스에 대해 쓴 문장도 보이고, 자기는 분명히 살아 있다고 외치는 퍼트리샤의 분노 어린 주장과 한숨에 대해 쓴 문장도 보입니다) 그 체크무늬 공책에 이렇게 썼습니다.

87쪽에서 당신은 퍼트리샤 허스트가 메시지에서 자기가 살아 있다는 사실을 상기시킬 때마다 그걸 기록해두었습니다.

저는 살아 있어요, 제가 살아 있다는 사실을 강조하고 싶어요. 정말이지, 전 그런 식으로 죽고 싶지는 않아요. 그러니 마치 제가 죽은 사람이라도 되는 것처럼 행동하지 말아주세요! FBI가 이곳을 공격하지 않고, SLA가 저를 풀어주는 게 자기들한테 이익이 될 거라 생각한다면 저는 여기서 살아서 나갈수 있을 거예요.

그리고 당신은 또 이렇게 썼지요. '사람들이 퍼트리샤 허스트의 생사를 걱정하는 동안 그녀는 마치 이제 막 그 사실을 발견했다는 듯 계속 우리에게 자기는 분명 살아 있다고 말한다. 그녀는 1981년에 출간된 회고록을 통해 납치당하기 전에 결혼식이 가까워지자 갑자기 온몸에 피로가 밀려 드는 걸 느꼈다고 썼다. 그녀는 느닷없이 울음을 터뜨리기 도 하고, 하루 종일 잠만 자기도 했다. 그런 무기력 상태에 서 벗어나려고 갖은 애를 다 썼다. 심지어는 해병대에 지원 해볼까 하는 생각도 했고, 멀리 떠나볼까 하는 생각도 했다. 이제 그녀는 인정한다. 납치야말로 그녀에게는 하나의 구원 이었다는 사실을 말이다. 그녀의 납치는 하늘이 도와 전투 복을 입고 나타난 데우스 엑스 마키나•였던 것이다.'

• 연극에서 예기치 않게 나타나 절망적인 상황을 해결해 주는 인물이나 사건.

녹음테이프 3, 1974년 3월 9일 방송

엄마, 아빠. 온 나라 사람들이 SLA에게 저를 풀어달라고 애원하는 것 같군요. 그렇지만 저를 힘들게 하는 건 SLA가 아니에요. FBI와 가난한 사람들에 대한 엄마, 아빠의 무관심이 저를 힘들게 하는 거라고요. 아빠, 저는 아빠가 하실 수 있는 모든 일을 다 하고 있다고는 전혀 믿지 않아요. 오히려 전 아빠가 아무 일도 안 하고 계신다고 생각해요. 아빠는 이 사건이 아빠 손을 벗어났다고 말씀하시지만, 아빠가 이 사건에서 손을 뗐다고 말씀하시는 게 맞을 거예요. 누가 아빠에게 영향을 미쳤는지는 잘 모르겠어요. 하지만 저는 아빠가 SLA의 요구를 들어주실 수 있다는 걸 잘 알고 있어요. 말하자면, 우리 집안 정도면 그쯤은 충분히 할 수 있다는 거죠⋯⋯. 식량을 나눠주었다는 이야기를 들었어요. 아빠와 아빠의 조언자들은 그걸 실제 재난으로 바꿔놓는 데 성공했어요. 지난주에

는 음식을 먹은 사람이 1만 5,000명밖에 안 되는 데다가 1인
당 비용도 겨우 8달러에 불과했더군요. 식사도 질이 안 좋은
것 같았고, 소고기나 양고기 요리는 아예 보이지도 않았고
요. 일반 가정에서 흔히 먹는 것과는 도저히 비교할 수 없을
만큼 조악한 음식이었어요.

퍼트리샤 허스트

열흘이라는 시간이 지났고, 그동안 비올렌은 1974년 2월과 3월의 자료를 거의 다 수집했습니다. 반대로 당신은 여전히 지지부진, 앞으로 나아가지 못하고 있었습니다. 당신에게는 그저 요약된 자료만 쓸모가 있는 건가요? 어떤 식으로요? 비올렌이 볼 때 당신은 관심사가 여기저기 분산되어 있어서 준비를 체계적으로 하지 못하는 것 같았습니다. 당신에게 어떤 질문을 던지면 토론이 길게 이어진다는 게 그 증거였지요. 그런 식으로는 시간이 부족합니다. 하지만 비올렌은 당신이 내면적으로 치열하게 싸우며 몸부림치고 있다는 사실은 모르고 있었습니다. 퍼트리샤의 희생양 이미지를 그려내려는 당신의 힘든 시도가 매번 퍼트리샤 자신에 의해 즉시 무산되어버리고 만다는 사실을 알지 못하고 있었던 것입니다. 1974년 5월 16일. 빌과 에밀리, 그리고 퍼트리샤가 갔던 멜즈 스포츠용품점의 일화를 어떻게 피고 퍼트리샤에게 유리하게 바꿔놓을 수 있을까요? 폭스바겐 자동차에 혼자 타고 있었고 열쇠까지 계기판 위에 놓여 있었지만 도망치지 않은 퍼트리샤의 행동에 대해 어떻게 설명할 수 있을까요? 퍼트리샤는 자동차 문을 열고 나와 납치당했으니 도와달라고 요청할 수 있었을 겁니다. 하지만 그녀는 그렇게 하지 않았지요. 빌은 매장에서 양말을 훔쳐 배낭에 집어넣었고, 그걸 본 상점 경비원과 몸싸움을 했습니다. 그 모습을 목격한 퍼트리샤는 차 유리창을 내리고 소리쳤지요. "야, 이 새끼들아, 그 사람들 그냥 보내줘! 안 그럼 내가 너희들 다 죽여버릴 거야!" 그 결의에 찬 목소리는 마치 보초의 정지 명령처럼 결코 항변을 용납하지 않았습니다. 그녀는 놀라울 정도로 침착하게 앞좌석에 놓여 있던 총에 총알을 장전하여 발사했고, 탄창이 비자 단 몇 초 만에 두 번째 탄창을 끼워 넣었습니다. FBI에 따르면 상점 정면의 황토색 콘크리트 벽에는 모두 서른세 개의 탄흔이 생겼습니다. 퍼트리샤는 빌과 에밀리를 구해낸 다음 자동차가 있는 곳까지 달려가 도망치는 데 성공했지요.

　　재판은 3개월 뒤로 잡혀 있었고, 미국 언론은 자신의 의뢰인이 SLA에게 겁을 집어먹고 어쩔 수 없이 그들 편을 드는 척했다고 주장하는 변호사를 공개적으로 조롱했습니다. 도대체 어떻게 공포에 질려 있었다는 여성이 자신을 납치한 자들을 구하기 위해 1분도 채 안 되는 시간에 총에 총알을 두 번이나 장전할 수 있단 말인가? 정신력이 감퇴했다는 여성이 M1으로 무장하고 하이버니아 은행의 경비원들에게 "한 발자국이라도 움직이면 머리통을 날려버릴 거야!"라고 소리치고 위협하며 무장강도행위를 한단 말인가? 심신이 불안정하다는 여성이 어떻게 1975년 9월 18일 샌프란시스코에서 체포되었을 때 경찰차 주변에 진을 치고 있는 사진기자들을 향해 웃으면서 수갑이 채워진 왼쪽 주먹을 위협적으로 휘두를 수 있단 말인가? 그녀는 대담하게도 기자들을 협박한 것이었습니다. 그녀는 최소 30년 형은 받게 될 것입니다. 그리고 몇 시간 뒤 한 여자 경찰이 그녀의 수감서류에 써넣기 위해 직업이 무엇인지 묻자 퍼트리샤는 "'도시게릴라'라고 써요"라고 대답했지요. 그녀는 도시게릴라였던 것입니다.

당신이 문을 살짝 열었을 때 비올렌은 당신의 침대 밑에 종이가 쌓여 있는 것을 보았습니다. 책들도 카펫 여기저기 널려 있었습니다. 전쟁포로와 수용소 포로, 이단 종파의 신봉자였던 사람들에 관한 기록도 당신에게 도움이 될 수 있다며 변호인 측이 골라 보내준 책들이었지요. 얼마나 많은 사람들이 어느 정도의 시간이 지난 후에 도망치려 애쓰기 시작했는지, 얼마나 많은 사람들이 얼마 만에 그들을 가둔 자들의 대의를 신봉하기 시작했는지, 세뇌의 증후는 무엇이었는지, 퍼트리샤 허스트를 세뇌된 전쟁포로로 간주할 수 있는지, SLA는 군대인지, 이단 종파인지, 아니면 정치 집단인지, 심리학자인 짐바르도가 1971년에 행한 실험(자원봉사자들이 가짜 감옥에서 억류된 자와 감시하는 자의 역할을 연기했다)에 대해서는 어떻게 생각해야 하는지…… 겨우 며칠 만에 간수를 맡은 사람들은 가학적 행동을 하기 시작했고 죄수를 맡은 사람들은 감정적으로 붕괴되어버렸습니다. 가장 잘 적응한 사람은 아무 생각 없이 복종한 죄수였지요. 퍼트리샤 허스트는 SLA에 복종한 것일까요? 그녀는 종교 기숙학교의 규칙에 따르도록 훈련되고 교육받았기 때문에, 그녀를 순종하게 만들 책임을 맡고 있던 여자 가정교사들로부터 감시당했기 때문에 SLA에 복종한 것일까요? 막강한 재력을 갖춘 집에서 태어나 극히 안전한 청소년기를 보냈기 때문에 그렇게 복종한 것일까요? 어쩌면 당신은 인과관계를 정립하고 일단락을 짓기 시작했는지도 모릅니다. 즉 퍼트리샤가 그처럼 빠른 속도로 전향한 것은 그녀가 그런 교육을 받았기 때문인 것으로요. 하지만 한 정신분석가가 피고와 여러 시간 이야기를 나누고 1차로 내린 결론을 알게 되면 금방 그 견해를 수정해야만 할 것입니다. 그것은 만일 기소한다는 조건으로 작성된 문서의 일부가 아니라면 좀 우스꽝스러울 수도 있을 글이었습니다.

피고는 성깔이 있고 쉽게 흥분하며 매우 독립적인 젊은 여성이다. 이 여성이 어렸을 때부터 규칙이라는 것을 불신했다는 사실이 확인되었다. 그녀는 자신에게 안 맞는 규칙은 다시 정해야 한다고 생각한 듯하다. 초등학교 4학년 때는 숙제를 제출하지 않으려고 교사들에게 거짓말을 반복했고, 신입생 무도회에 참석하기를 거부했으며, 열세 살 때 간 여름학교에서는 전통적으로 진행됐던, 부모에게 엽서를 보내는 행사에도 참여하지 않으려 했다. 피고는 지난 5년 동안 적응하는 데 어려움을 느껴 학교를 여섯 군데나 옮겨 다녔으며, 열네 살 때 다니던 종교학교에서 한 수녀에게 꺼져버리라고 소리치는 바람에 퇴학을 당하기도 했다. 교수들에 따르면 그녀는 체격이 건장하고 통솔력이 있으며 강한 승부욕을 타고났다고 한다. 고전무용 수업을 잠깐 수강하기도 했는데, 이 수업이 요구하는 규율을 받아들였으며, 발레 교사의 증언에 따르면 특히 자신의 한계에 도전하는 것을 좋아했다고 한다. 처음으로 한 여름 아르바이트에서 그녀는 정치에 관심을 보인 적이 결코 없는데도 불구하고 노동조합을 만들고 싶어 하는 직원들을 지지했다. 피고는 섹스에 매우 적극적이었다. 그녀와 약혼자의 관계는 불만의 근원이어서 그녀는 가까운 친구들에게 그가 고리타분하고 지루하다고 털어놓았다. 또 그녀의 약혼자는 자신이 섹스를 원하면 그녀가 언제, 어느 때라도 응하기를 바라면서도 막상 그녀가 섹스를 하고 싶어 하면 아무

관심을 안 보인다고 불평했다. 초등학교 때 같은 반 친구들의 말에 따르면, 퍼트리샤는 만일 운동장에서 어떤 친구와 놀다가 마음이 안 맞으면 즉시 돌아서서 다른 곳에 가서 놀곤 했다고 한다.

12일째

당신은 카펫 위에 길게 드러누워 두 팔을 뒤로 쭉 뻗고 두 눈을 감은 채 무릎을 가슴 위까지 끌어올린 다음 깊은 숨을 내쉬다가 손을 레니의 옆구리에 올려놓았습니다. 레니가 숨을 쉴 때마다 당신의 손바닥이 살그머니 들어 올려지곤 했지요. 당신은 어둠이 빛을 소멸시키도록 내버려둔 채 집에 있는 등을 하나씩 켜고 그걸 스카프로 덮었습니다. 빛이 가장 센 등은 베개로 덮어놓았고요. 그런 다음 밤에 마실 차를 준비해서 비어 있는 둥근 퀄리티스트리트 사탕 상자 안에 넣어두고는 헤이즐넛과 피스타치오, 캐슈너트를 접시에 부어놓았습니다. 그리고 이 12일째 되는 날, 당신은 물이나 공기가 흐르듯 유연하게 생각할 수 있어야 하는데 너무 지엽적인 것에 집중하다 보니 사고가 정체되어 굳어가는 것 같다고 불평했지요. "좀 더 서둘러야 해." 비올렌은 당신이 어떤 과정에 따라 일을 해나가는지 눈치챘습니다. 즉 그 전날의 작업 방식을 다시 문제시한 다음 '아무것도 안 하면서' 보낸 시간에 대해 신랄하게 평가하는 것입니다. 또 비올렌에게 몇 시간 더 일해달라고 부탁하고 나서 전화기를 들고 비올렌의 부모에게 그녀가 늦을 거라고 알려줍니다. 그러면 그 부모는 와서 함께 저녁 식사를 하자고 말하지요. 당신은 이 초대를 정중하게 거절하기도 하고, 만일 보고서가 다 끝났을 경우에는 즐거운 마음으로 받아들이기도 합니다. 큰일이 일어난 척하는 이 의식이 끝나면 당신은 마음이 진정되어 새로운 아이디어를 들고 나타나지요. 비올렌은 이 새로운 아이디어대로 일하는 거고요. 그날 당신은 퍼트리샤에 관한 건 그만 읽자고 제안했지요. 차라리 그녀의 주변에 대해 알아보는 게 낫겠다면서요. "녹음테이프들을 차례로 다시 들어보고 각 테이프에서 특별히 관심이 가는 문장들을 기록하는 건 어떨까? 그럼 뭔가가 나올지도 몰라."

재생.

— 저를 찾는 건 그만두었으면 좋겠어요.
— 전 경찰이 오클랜드 집에 일제사격을 하며 공격했다는 말을 듣고 무척 화가 났답니다. 오, 모든 사람이 평정을 찾을 수 있었으면 참 좋았을 텐데요.

— 이 사람들은 미치광이가 아니에요.

— 엄마, 아빠. 두세 가지 설명드릴 게 있어요.

— 말하자면, 우리 집안 정도면 그쯤은 충분히 할 수 있다는
거죠.

— 그들은 정직하고 제게도 분명한 태도를 취했어요.

— 사람들이 저에 대해 이러쿵저러쿵 늘어놓는 이야기를 듣
는 건 정말이지 너무 괴로운 일이에요.

— 가난한 사람들에 대한 엄마, 아빠의 무관심.

당신은 비올렌이 마치 주제에서 벗어난 논술 숙제라도
되는 듯 가득 채워서 당신에게 내민 종이를 찬찬히 들여다보
았습니다. 그건 이상한 선택이었지요. 왜냐하면 퍼트리샤의
생각이 훨씬 더 분명하게 드러나는 다른 문장들이 있었기 때
문입니다. 예를 들면 다음과 같은 문장 말이지요.

— 전 지금 전쟁포로로 억류되어 있고 국제협약에 의거해 대
우받고 있어요.

— 전 자동화기로 무장한 전투부대와 함께 있는 거나 마찬가
지랍니다.

— 그들은 자신들이 내세우는 대의를 위해서라면 죽을 각오
가 되어 있는 사람들이라고요.

요컨대 그녀가 인질로 잡혀 있는 상황에 관한 정보라든가, 그녀가 물론 '저더러 이렇게 녹음하라고 강요하는 사람은 아무도 없어요'라고 주장하긴 하지만 분명 SLA 대원이 불러주는 대로 테이프에 녹음했을 때 처해 있던 상황에 관한 객관적인 내용이 이런 문장에 나와 있는 거지요. 당신은 투덜대는 말투로 "엄마, 아빠, 전 잘 있어요"라고 어름어름 말했습니다. 부잣집 상속자 퍼트리샤의 말투를 흉내 내는 것이었습니다. 비올렌이 던지는 질문은 "가위 어디 있어요?", "우리, 내일은 몇 시에 시작해요?"처럼 대부분 실제적인 것이어서 당신은 그녀가 "실례합니다"라고 말하며 말을 자르자 놀라며 침묵을 지켰지요. 그건 왜 퍼트리샤가 하는 말을 단 한 마디도 믿지 않을 거면서 굳이 시간을 들여 녹음 테이프를 듣는 것인지 알고 싶어서였습니다.

당신은 잠시 쉬자고 말합니다. 그러면 당신과 비올렌은 그 쉬는 시간에 각자 하고 싶은 걸 하지요. 당신은 비올렌이 당신을 따라나설 여유를 주지 않고 레니를 데리고 문밖으로 나섭니다. 산책을 마치고 돌아오면 당신은 휘파람을 불며 잠시 방으로 들어갔다가 손으로 휘갈겨 쓴 종이 한 장을 들고 나와 찡그린 미소를 지으며 비올렌에게 내밀지요. 비올렌은 이제 수수께끼를 풀어야 합니다. 거기 나와 있는 문장들을 쓴 사람들을 30분 내에 찾아내야 하는 것입니다. 지금 시간은 밤 12시 45분.

1. 어떤 사람들은 부자가 되려고 무진 애를 씁니다. 하지만 자기가 부자가 되려면 다른 사람들이 고통을 당하고 땀과 피를 흘리는 대가를 치러야만 한다는 생각은 하지 않습니다. 이 세상에 부유한 사람들과 가난한 사람들이 존재하는 한, 저는 자유롭지 않을 것입니다. 그것은 제가 이제 더 이상 당신들처럼 타인의 끔찍한 고통을 모른 척한 채 편안하게 지낼 수는 없다는 것을 의미합니다.

목사?

2. 배고픔에 시달렸던 이 나라 국민은 무료 급식 덕분에 더 이상 굶지 않게 되었습니다! 저는 폭력에 반대합니다. 하지만 기업과 기업 운영자들은 이 나라 국민이 자신들의 입장을 이해시키려면 가장 극단적인 수단을 사용해야만 한다는 사실을 이제 알게 되었다고 믿습니다!

3. 우리가 새나 태양, 공기를 소유하거나 팔지 못하듯 그 누구도 땅을 소유하거나 팔지 못하게끔 토지협동조합제도를 다시 정착시켜야 한다. 모든 남성과 여성이 항상 아무 걱정 없이 먹고 치료받고 거주하고 교육받고 옷 입을 수 있게 되기를!

테레사 수녀!

4. 만일 당신이 두 달 전에 내게 물었다면 나는 그녀가 정치적 견해라는 걸 아예 갖고 있지 않다고 대답했을 겁니다. 하지만 이 모든 게 끝나면 그녀는 그걸 확실히 갖게 되겠지요. 어쩔 수 없는 거죠, 뭐…….

퍼트리샤의 아버지……

당신은 비올렌이 써놓은 답을 훑어보았습니다. 비올렌은 당신이 준 것보다 두 배의 시간을 들여 답을 작성했지요. 그녀는 그게 쉬운 일이 아니었다는 사실을 인정했어요. 당신은 조롱하는 듯한 표정으로 놀란 척했지요. '흐음, 비올렌이 SLA 대원이 될 수도 있겠는데.' 그랬습니다. 비올렌이 꽤 흡족해하며 목사가 썼다고 답한 인용문은 사실 SLA 대원인 에밀리 해리스가 부모에게 보낸 편지에서 발췌한 것이었어요. 반대로 결과가 수단을 정당화하며, 때로는 폭력을 사용해야 한다고 생각하는 사람은 SLA 대원이 아니라 목사였지요. 이 문장은 '푸드 프로그램'이 발표된 다음 날 그가 했던 설교에서 발췌한 것이었습니다.

비올렌이 테레사 수녀가 언급했다고 답을 써낸 인용문 안의 그 새들은…… 그 새들은 SLA 주변을 파닥거리며 날아다녔고, 이 문장은 SLA의 프로그램에서 발췌되었습니다. 목표는 바람직하지만 방법은 논란의 여지를 안고 있었어요. 마지막으로 퍼트리샤가 무슨 지진이라도 되는 것처럼 말한 사람은 그녀의 아버지가 아니라 약혼자였지요. 그는 벌써부터 그녀의 묘비에 '고인은 정치적 견해를 아예 가지고 있지 않았습니다'라고 새겨 넣을 생각을 하고 있었지요. 이런 젠장 맞을! "이 사건에 관련된 사람들은 모두 하나의 역할을 갖고 있고, 하나의 복합적인 문장을 쓰거나 말했어. 성경 말씀을 듣듯 녹음테이프를 들으면 안 돼. 퍼트리샤가 그중에 단 한 마디라도 직접 쓰거나 말했는지를 모를 때는 특히 그렇지."

비올렌은 당신이 시키는 대로 했지요. "그런데 퍼트리샤의 첫 번째 메시지에 나오는 다음 문장들에 대해서는 어떻게 생각하세요? 그녀는 SLA 대원들이 자신을 배려해준다고 느끼지 않았을까요?"

— 그리고 감기에 걸렸었는데 그 사람들이 준 약 먹고 지금은 다 나았고요.

— 절 굶기는 사람도 없고, 때리거나 겁주는 사람도 없어요.

— SLA 대원들은 사람들이 자기들에 대해 잘못 알고 있다며 굉장히 불쾌해한답니다. 자기들은 죄 없는 행인들에게 총을 쏘거나 그 비슷한 행동을 한 적이 절대 없다면서 말예요.

— 제 손도 자주 결박되어 있었지요. 아니, 늘 그랬던 건 아니었어요.

13일째

13일째 되는 날 아침, 당신은 미처 알아차리지 못했던 사실을 알게 되었으니 분명히 내일모레면 보고서를 끝낼 수 있을 것이라고 말했습니다. 그러자 비올렌은 당신이 생각했던 것보다 더 깊게 안도의 한숨을 내쉬었습니다. 그녀가 원한 건 오직 한 가지, 처음 며칠 동안의 그 안정 상태로 되돌아가는 것, 신문이나 잡지 기사를 가위로 잘라내고 번역하고 풀로 붙이는 당신의 어린 조수가 되는 것뿐이었지요. 퍼트리샤의 메시지에서 당신이 듣는 것과 다른 것을 들음으로써 당신의 발목을 잡고 당신을 짜증 나게 하는 사람은 되고 싶지 않았던 거지요. 당신은 분위기를 바꿔보면 기분이 한결 나아질 거라며 바에 가자고 제안했습니다.

정오 미사가 끝난 뒤라서 성당 앞 광장은 사람들로 발

디딜 틈이 없었습니다. 레니는 사람들이 저마다 손을 내밀자 수줍어하면서도 또 한편으로는 신이 나서 연신 꼬리를 흔들어댔지요. 하지만 그러면서도 꼭 어린아이처럼 당신에게서 눈을 떼지 않고 있던 레니는 당신이 휘파람으로 부르자 사교 활동을 끝냈습니다. 당신은 미사를 마치고 나온 사람들을 보며 영어로 뭐라고 중얼거렸지요. 그들이 맘에 안 들어서 빈정대는 것이었습니다. 그리고 비올렌은 오늘도 의무를 다했다며 안도하는 그들의 자랑스러워하는 표정을 주의 깊게 관찰하고 있었습니다. 당신이 말했지요. "저 인간들은 그저 입만 열면 영혼을 구해야 한다고 떠들어대지. 하지만 타락한 영혼은 없어. 지나치게 수동적인 육체들만 있을 뿐이지. 우리처럼 말이야."

당신이 카페 안으로 들어가자 카운터 앞에 죽 늘어서 있던 남자들이 당신에게 시선을 고정시켰습니다. 비올렌은 전혀 당황스러워하지 않는 당신 때문에 오히려 당황스러워하는 자신을 쑥스러워하면서 뒤따랐지요. 당신은 좀 크다 싶은 청바지를 입고 있어서 밝은 색깔의 팬티 가장자리가 드러나 보였고, 당신이 걸치고 있는 암청색 스웨터는 당신이 브래지어를 입지 않았다는 사실을 강조해주었습니다.

당신이 하룻밤 만에 읽어치운 이 구세주 같은 책《액터스 스튜디오의 방법론》은 미국 유명 배우들의 바이블로서 로버트 드니로는 〈택시 드라이버〉(이 영화는 21세 이상 관람

가여서 비올렌은 보지 못했습니다)에서 트레비스의 역할을 연기하기 위해 이 책을 활용했다고 하지요. 이 책에는 캐릭터를 구축하기 위한 여러 가지 연습 방법이 나와 있습니다. 그리고 이론의 여지 없이 퍼트리샤는 그중 한 캐릭터가 되었지요. 이 사건 전체를 하나의 허구로, 한 편의 영화로 고찰한다는 것이 당신 생각이었습니다. 당신은 퍼트리샤를 연기하고, 비올렌은 SLA의 에밀리를 연기하자는 것이었지요. 당신은 비올렌이 질겁하며 손사래 치는 걸 보자 재미있어하며 말했지요. "음, 마르크스주의는 전염이 안 되네?"

"자, 첫 번째 연습을 해볼까? 두 개의 단어로 당신의 캐릭터를 정의해보시오. 우선 퍼트리샤부터 시작해보자고. 부자임, 진짜 부자임riche, très riche."

그러자 비올렌이 반박했습니다.

"그건 두 단어가 아니라 한 단어인데요."

"모든 것으로부터 보호받음Protégée de tout. 앗, 단어를 하나 더 사용했네."

"나이에 비해 지나치게 조숙함Très mûre pour son âge."

"단어가 너무 많아, 비올렌! ……쉽게 영향받고 경박하다Influençable et superficielle?"

"비밀스럽다."

그러자 당신은 비올렌을 놀리려고 혀를 날름거리며 말했지요.

"전형적인 사춘기 소녀."

"상징적인 본보기."

"본보기? 무엇의 본보기라는 거지?" 그러자 당신의 조수는 더듬거렸습니다. 그녀는 퍼트리샤가 두 번째 녹음테이프에서 했던 말을 그냥 따라서 했을 뿐, 이 상속자가 무엇의 본보기인지에 대해서는 생각해본 적이 없었거든요. 당신은 당황스러웠습니다. 틀림없이 퍼트리샤는 '이건 하나의 상징적인 본보기다'라고 말했을 텐데 비올렌은 그걸 '나는 하나의 상징적인 본보기다'라고 이해했으니 말입니다. "나중에 다시 들어보기로 하지." 두 번째 연습은 자신의 캐릭터에게 편지를 쓰는 것이었습니다. 납치당하기 전 대학생인 퍼트리샤 허스트에게 쓴 편지는 어떤 점에서 억류된 퍼트리샤에게 보낸 편지와 다를까? "하지만…… 사람이 겨우 몇 주일 만에 바뀌지는 않아요." 비올렌은 또다시 당신과 의견이 맞지 않는다는 사실을 유감스러워하며 항의하듯 말했지요. 당신은 우리가 불변의 정체성을 가진 존재가 아니며 상황이 우리를 변화시킨다고 주장했습니다. 비올렌은 자기 부모에게는 여전히 똑같은 비올렌이지만, 여기서는 분명 그렇지 않습니다. 하지만 비올렌은 견뎌내고 있지요. 퍼트리샤는 어쨌든 메시지를 전하는 동안에는 크게 변한 것이 없으니 비올렌은 그녀에게 똑같은 편지를 쓸 겁니다.

바 주인이 당신에게 대접하는 거라며(아, 글쎄, 된학교 미

국인 선생이 웬일로 우리 바에 다 왔네그려!) 종업원이 아르마냐
크 술을 들고 나타났지요. 하지만 그는 그것을 당신 테이블
위에 올려놓고 나서도 곧장 가지 않고 당신 주변을 얼쩡거
렸습니다. 그의 손목이 당신의 머리카락을 스쳤지요. 비올
렌이 당신에게 "저 사람, 바보예요 Il en tient une couche, celui-là" •
라고 속삭였습니다. 당신은 이게 무슨 뜻인지 몰랐지만 왠지
재미난 표현 같아 종업원에게 똑같이 말해주었고, 종업원은
멋쩍어하며 서둘러 물러갔지요. 바 안은 럭비 경기를 보고
나온 단골들과 주일 식사에 최대한 늦게 가려는 청소년들
로 발 디딜 틈 없어서 바로 앞에 있는 사람이 하는 말도 들리
지 않을 정도였습니다. 당신은 카운터로 가서 맥주를 한 잔
주문했지요. 그리고 그 개자식의 죽음을 축하하며 건배했어
요. 프랑코가 드디어 이틀 전에 사망한 것이었습니다. 당신
은 낭독을 하듯 소리쳤지요. "파시즘에는 반대하면서 자본
주의에는 반대하지 않는 사람들, 야만 상태에서 비롯된 야
만 상태에 대해 한탄하는 사람들은 마치 그들 몫의 쇠고기
를 먹지만 소가 그들을 위해 죽어서는 안 된다고 생각하는
사람들과 같다! 그들은 소고기는 먹고 싶어도 피를 보려고
는 하지 않는 것이다!"

한 금발머리 청년이 당신에게 박수갈채를 보냈습니다.

• 직역하면 '머릿속에 우동 사리가 가득 들어 있다'라는 뜻이다.

"브라보!" 당신은 모든 사람이 들을 수 있도록 더 큰 소리로 같은 말을 되풀이해야 했지요. 한 남녀가 다가오더니 정중하게 자신들을 소개했습니다. 그들의 딸이 당신 제자여서 당신 이야기를 귀가 닳도록 들었다고요. 당신은 그들의 말을 중단시키고 말했습니다. "그 학생은 브레히트를 읽어야 해요." 사람들은 잔에 술을 채우고 부딪치며 소리쳤지요. "파시스트들은 지옥으로 떨어져라아아아!" 그때 이 즐거운 혼잡 속에서 비올렌이 소리 없이 살금살금 걸어오더니 이미 많이 들어서 잘 알고 있는 문장을, SLA의 성명서에 반드시 등장하는 한 문장을 당신 귀에 대고 중얼거리듯 말했지요. "인민의 피를 빨아먹고 사는 벌레 같은 파시스트들!" 그러자 당신은 깜짝 놀라서 비올렌을 뚫어지게 쳐다보았지요. 그녀는 당신이 자기를 조롱할지도 모른다고 생각하여 사과했습니다. 비올렌이 지난 며칠 동안 지겹도록 들었던 이 문장은 그녀의 머릿속에 콱 박혀 있었습니다. 그러나 당신은 비올렌의 손을 잡고 마치 무슨 세리머니를 하듯 과장된 동작으로 재빠르게 입을 맞추었습니다. 그걸 본 사람들이 휘파람을 불어대자 당신은 다시 연극배우처럼 허리를 숙이고 인사했지요.

당신은 집까지 500미터도 안 되어 그사이에 길을 잃을 염려는 절대 없다며 비올렌이 극구 사양하는데도 굳이 데려다 주겠다고 고집을 피웠지요. 살짝 취해서 걸어가던 당신은 당신이 농부들과 건배하는 걸 보고 학생들이 짓던 당황한 표정을 떠올리며 깔깔댔습니다. 학생들을 흉내 내며 재미있어하던 당신은 느닷없이 이렇게 말했지요. "여기 두 여자가 있어. 한 여자는 마약에 중독되고, 성을 팔고, 남자에게 두드려 맞고, 벽장에 갇히고, 성폭행당하는 여자들이 등장하는 사디즘적 이야기를 열심히 읽지. 그리고 또 한 여자는 아르튀르 랭보를 무척 좋아해서 그의 사진을 지갑에 넣어가지고 다니며 그는 이미 죽었다고 훌쩍거리지만, 그의 시는 단 한 줄도 인용할 수 없어. 이 두 여자는 결국 같은 사람이야." 당신은 비올렌의 집 문 앞에 도착했는데도 돌아가야겠다는 결심이 안 서는 듯, 왜 키 큰 나무들이 그녀의 집을 가리고 있는 거냐고 물었습니다. 비올렌은 별다른 생각 없이 대답했지요. "조용하게 살고 싶어서요." 그러자 당신이 같은 말을 되풀이했습니다. "조용하게……" 그러니까 당신 조수의 부모는 주변의 참기 힘들 만큼 끔찍한 소음으로부터 보호받고 있다는 이야기였지요. 당신은 주변에 드문드문 서 있는 집들과 숲을 가리켰어요. "아니, 그럼 네 부모님은 응접실에 소음의 정도를 단계별로 조절할 수 있는 특수한 장치라도 있어서 '완전한 정적'으로 맞춰놓은 다음 집 안에서 몹시 권태로워하며 죽음 같은 침묵 속에서 지내신다는 건가?" 당신은 이렇게 농담을 던져놓고 배꼽을 잡으며 재미있어했습니다. 그러나 손에 열쇠를 든 비올렌은 춥기도 했고 '하품이 날 정도로 지루하다'는 말도, '응접실에 불이 켜져 있는 걸 보니 부모님이 나를 기다리고 계신 것 같다'는 말도 감히 할 수가 없었지요. 만일 그녀의 부모가 문밖으로 나왔다가 두 사람이 앞에 서 있는 걸 보면 분명히 당신에게 들어왔다가라고 할 것이고, 그럴 경우 당신과 자기 부모가 만나게 되는데, 비올렌은 그것보다 더 최악의 고난은 상상할 수 없을 정도입니다. 그녀의 부모는 "왜 선생님은 모든 걸 끊임없이 분석하셔야 하지요?"라고 물을 것이고, 당신은 머리를 뒤로 젖힌 채 하늘을 올려다보며 올빼미가 혹시라도 날아들어 대답해주지는 않을까 하고 기다리겠죠. 당신은 아무것도 신지 않은 발로 축축한 모래 위를 걸으며(구두가 발을 너무 꽉 죄자 벗어서 손에 들었지요) 그날 오후에 있었던 일을 떠올렸습니다. 즐거운 시간이었습니다. 당신은 약속했던 대로 그다음 주 일요일에 니나 시몬의 음반을 가지고(주크박스에는 니나 시몬의 노래가 없었습니다) 다시 바에 갔습니다. 비올렌은 니나 시몬의 부모가 딸의 콘서트홀에서 자기들의 주빈석을 백인들에게 뺏기자 니나가 더 이상 노래하기를 거부했다는 말을 당신이 했을 때 바에서 무슨 일이 있었는지를 기록했지요. 아무 일도, 아무 일도 일어나지 않았습니다. 아무도 분노하지 않았어요.

바가 그렇게 평온했던 적은 없었습니다. 비올렌이 이

평온을 영원토록 기억하기를. 하지만 그 평온은 비열한 얼굴을 하고 있었어요. 그 평온은 곧 암묵적인 침묵을 의미했습니다. 콘서트홀에서 흑인들이 자리에 앉는 것이 금지되어 있었다는 당신 이야기에 눈썹 하나 까딱하지 않았던 사람들은 자기들이 아무런 의사표시도 하지 않았다고 믿었지요. 하지만 사실 그들은 모든 걸 말했습니다. 그 바에서는 각자가 자신의 진영을 선택한 것입니다. 중립이라는 것은 존재하지 않습니다.

14일째

《액터스 스튜디오의 방법론》에 대한 당신의 믿음은 오래가지 못했습니다. 겨우 하룻밤에 안 지난 그다음 날 아침이 되자마자 당신은 그것에 대해 더 이상 언급하지 않았지요. 당신은 보고서를 우편으로 부쳐야 할 날이 이틀밖에 남지 않았다고 투덜거리더니 당신이 거의 다 끝내간다고 비올렌이 믿었던 진짜 보고서를 본격적으로 쓰기 시작했어요. 당신은 하루 중 거의 대부분의 시간 동안 방에 틀어박혀 있었고, 응접실에 있던 비올렌은 녹음기가 켜져 있는 것을 보았습니다. *저더러 이렇게 녹음하라고 강요하는 사람은 아무도 없어요.* 퍼트리샤가 말했습니다. 비올렌은 녹음기가 덜거덕거리며 이상한 소리를 내자 테이프를 되감았습니다. *전 하나의 상징적인 본보기가 된 거예요. 단지 엄마, 아빠뿐만 아*

니라 다른 모든 사람에 대한 상징적 경고가 된 거죠. 당신은 방에서 나와 비올렌과 함께 부엌에서 차를 마셨지요. 차를 마시는 동안 당신은 아무 말도 하지 않았습니다. 그래서 비올렌은 자신이 분명히 이해했던 퍼트리샤의 문장을 다시 거론할 엄두 내지 못했고, 그 '다른 모든 사람'이 누구인지도 묻지 못했지요. '경고'라는 단어는 '위급함을 알리다'라는 의미로 쓴 것일까요, 아니면 '위협하다'라는 의미로 쓴 것일까요? 퍼트리샤는 무엇의 본보기라는 것일까요?

당신은 12월 15일 샌프란시스코에서 열리는 재판에 출석할 예정이었지요. 거기서 당신은 증언을 요청받은 다른 전문가들처럼, 혹시 있을지도 모르는 당신의 신뢰도와 과거에 대한 판사와 검사의 공격에 대비하기 위해 오랫동안 준비하게 될 것입니다. 변호사는 당신에게 말했지요. "우리는 선생님의 혁명에 관한 경험을 히든카드로 사용할 생각입니다. 여기서 선생님보다 그걸 더 잘 아는 분은 없으니까요." 변호사는 시위에 단 한 번도 참석해본 적이 없는 열아홉 살 재벌 상속자에 대해서는 별달리 언급하지 않았습니다. 하버드대학교와 공화주의적 영향력을 가진 서클로 제한된 세계의 소송대리인이 이런 확신을 가진다는 사실은 전혀 놀랄일이 아니지요. 저는 오히려 이 변호사의 주장이 옳다는 것을 증명할 수 있다고 확신하는 당신의 태도가 더 흥미롭게 느껴집니다.

그러나 당신 옆에는 비쩍 마른 한 프랑스인 여성이 앉아 있었습니다. "퍼트리샤가 무슨 말을 하는지 알아내려는 게 아니라면 도대체 왜 그녀의 녹음테이프를 듣는 거죠?" 그녀는 순진한 표정으로 여러 차례 당신에게 물었습니다. 하지만 당신은 이 질문 역시 들으려고 하지 않았지요. 퍼트리샤는 지금 자기가 무슨 말을 하는지조차 모른다는 사실을 증명해야 하는 일을 맡은 당신이 말입니다. 당신은 비올렌을 채용한 바로 그날, 정확히 알아차렸지요. 비올렌은 당신이 뭘 알아내라고 했는지는 이해하지만, 당신을 만족시키는 방법은 이해하지 못한다는 사실을 말입니다.

당신은 시대에 뒤떨어졌다고 말할 수 있을 만큼 너무 신중한 이 젊은 여성을 당신 취향에는 지나치게 감상적인 책들만 읽는다며 비웃었지요. 당신은 비올렌의 가방 안에 펄 벅이라든가 대프니 듀 모리에 등의 포켓판 책이 들어 있는 걸 얼핏 보았지요. 그러니 이런 시골뜨기가 68혁명에 대해서 어떤 의견을 내놓는다는 건 애당초 불가능한 일이었습니다. 그녀에게 정치란 회색 정장 차림 남자들 중 한 사람을 다른 사람 자리에 선출하면 끝나는 싸움인 것입니다. 예를 들면 지스카르 데스탱을 뽑아놓은 것처럼 말이지요. 어릴 때부터 생각이 깊다고 칭찬받아온 이 시골뜨기는 당신을 만나고 채 몇 초도 지나지 않아 고등학교 1학년 때 배운《마리아에게 고함》에 나오는 등장인물을 너무나 좋아했다고 주장하며 이름을 비올렌으로 바꾸었지요.

비올렌은 마치 실험용 쥐처럼 번역하고, 버리고, 요약하고, 다시 하고, 귀 기울여 듣고, 추측하라는 당신의 요구에 복종합니다. 그녀는 당신이 자신에게 하는 충고, "지내기 불편한 장소를 떠나면 안 돼. 어떻게 해서든지 거기서 한 자리를 차지해야지"라든가 "질문을 할 때는 모든 사람에게 다 해야 해. 특히 그럴듯한 해결책을 제시하는 사람들에겐 꼭 물어봐"처럼 알쏭달쏭 수수께끼 같은 당신의 의견을 받아 적었다가 밤에 다시 읽어보곤 했지요. 비올렌은 언젠가 당신이 자신의 삶을 스쳐 지나갔다는 사실을 잊어버려서는 안 된다는 듯, 당신이 그날 어떤 기분이었는지를 하나도 빼놓지 않고 전부 기록했습니다. 그만큼 그녀는 당신 옆에 계속 머무르기 위해, 당신과 견줄 수 있는 사람이 되기 위해 무진 애를 썼던 것이죠. 그리고 당신은 당신의 조수가 마음껏 기뻐할 수 있도록 그녀를 교육한 것입니다.

어떻게 보면 당신은 그 어디에도 갈 곳 없이 미래가 불확실한 비올렌을 1년 동안 미국이란 나라로 데려간 것이나 다름없습니다. 비올렌의 입장에서 보면 그 1년이라는 시간은 계핏가루를 넣은 당신의 비스킷과 함께, 가공 치즈를 넣은 당신의 샌드위치와 함께, 당신에게 찬사를 보내는 뉴욕의 어느 잡지에 실린 당신의 사진과 함께, 천둥과 번개가 치

는 폭풍우를 무서워하고 상점에서 훔친 토마토를 게걸스럽
게 먹어치우며 일요일이면 낚시꾼들이 몹시 놀라서 눈을 동
그랗게 뜨고 지켜보는 가운데 짧은 바지를 입은 당신과 같
이 바닷가를 내달리는 당신의 사냥개와 함께, 당신의 스미
스칼리지와 함께, 그리고 매사추세츠주의 원주민들을 사랑
하게 된 18세기의 젊은 여성들과 함께, 그리고 퍼트리샤 허
스트와 함께 공중에 떠다니고 있었죠. 당신의 미국은 비올
렌의 부모가 어릴 때부터 그녀에게 이야기해준, 빨간 냉장
고가 번쩍거리고 사랑받는 마녀들이 붉은색 벨벳 위에 벌거
벗고 누워 있으며 비올렌이 자기 방 벽에 붙여놓은 '복고풍'
포스터에서처럼 한 남자가 마릴린 먼로의 허벅지를 쓰다듬
고 있는 아메리카의 명성을 훼손했어요. 그리고 당신의 미
국은 비올렌의 부모가 멘톨향을 풍기는 해방자 병사들에 대
해 가지고 있는 기억을 지워가고 있습니다. 당신의 미국은
덜컹거리고 있습니다. 전쟁 때문입니다. 여기저기서 심하게
삐걱거리는 소리가 납니다. 공장은 문을 닫았고, 휘발유를
사려면 줄을 서야 합니다. 신문에서는 미국이 '아랍인들에
게 인질로 잡혔다'라고 거침없이 말합니다.

비올렌은 미국뿐만 아니라 당신이 살아가는 공간에도,
그리고 엄청난 단어들을 다루는 당신의 자유로움에도 감
탄했습니다. 당신은 화제가 일상사로 한정된 비올렌의 부
모 등 주변인들과는 다른 식으로 말했지요. 식탁에서 그녀

의 주변 사람들은 오직 올가을의 대서양 기온이 몇 도나 되는지, 다가오는 바캉스 때는 어디로 갈 것인지, 집 안의 대들보를 흰개미들이 파먹고 있는데 어떻게 해야 할지, 그리고 저녁 식사에 이웃들을 초대하는 문제 등 반론을 허용하지 않는 대화만을 나눌 뿐입니다. 반면에 당신은 조리 있게 말을 잘하지요. 예를 들면 이렇게요. "비올렌, 우리 세대는 부모들이 미국이라는 살인 기계의 잘 기름칠 된 톱니바퀴에 지나지 않는다는 사실을 알게 되어 몹시 혼란스러워. 그들은 전쟁이 그들의 잔디밭을 피로 물들이지 않는 한 아무 일 없다는 듯 살아가는 모범적인 노동자들이지. 아메리칸드림이라는 거대한 축제에 초대받지 못한 사람들은 그들의 눈길이 미치지 않는 먼 곳으로 가서 죽어야 한다는 것이 그들 생각이야." 비올렌은 당신 이야기에 귀 기울이고 있습니다. 당신은 계속해서 그녀에게 말합니다. "네 나이 때는 나도 정치에 그다지 관심이 없었어. 그러다가 어렸을 적 친구 한 명이 징집되고, 그러고 나서 또 다른 친구 한 명이 징집됐지. 그들은 공산주의라는 단어가 무엇을 의미하는지 알지 못한 채 공산주의와 싸우러 갔어. 그들은 사람들이 하는 말만 철석같이 믿고 미국의 자유를 자랑스럽게 내세웠지. 미국의 자유가 야만 행위를 무찌를 거라고. 그렇게 성탄절 때는 집으로 돌아올 거라고 생각했던 거야. 성탄절 때 집으로 돌아올 수 있다는 생각은 옳았지. 성조기로 덮인 그들의 관이 약속

된 날짜에 그들의 가족에게 돌아갔으니까."

　당신은 또 이런 말도 했지요. "젊은 미국인이라는 것은 곧 베트남에서 죽은 친구들의 수를 세는 것을, 만일 흑인이라면 경찰의 검문 때 미처 신분증을 내밀 겨를도 없이 머리에 총을 맞아 죽는 것을 의미하지. 또한 자기 부모가 현재의 상황을 변화시키거나 정부의 계속되는 실패를 막지도 못하고, 희망을 불어넣을 수 있는 정당이나 이념도 발견하지 못했다는 것을 의미하기도 해. 그리고 엄마의 핸드백에 들어 있는 신경안정제를 의미하기도 하고, 아빠의 책상에 놓여 있는 포르노 잡지를 의미하기도 하지. 그것은 식탁에 둘러앉아 아무 대화도 없이 기름진 음식을 입속에 집어넣으며 텔레비전 화면만 뚫어져라 쳐다보는 저녁 식사 시간을, 긴 소파에 모여 앉아 죽음을, 즉 그것이 텔레비전 뉴스에 앞서 방송되는 연속극의 주인공들인지, 아니면 미국이 공산주의를 무찔렀다는 걸 믿게 하려고 보여주는 시체인지 알 수 없이 꼼짝 않고 있는 몸뚱이들을 소화시키는 저녁 시간을 의미하기도 해. 그리고 신문이나 방송 기자들이 유일하게 궁금해하는 것은, 어떻게 해서 유복하고 얌전한 백인 대학생들이 무장 폭도로 바뀔 수 있는가 하는 것이지." 당신은 오히려 이런 대학생이 엄청나게 많지는 않았다는 사실에 놀랐습니다.

　당신은 함께 일한 둘째 날의 일을 비올렌에게 상기시켰

습니다. 당신은 그때 켄트주립대학 학살사건에 대해 이야기 했었지요. 그리고 지난주 수업 시간에는 사우스캐롤라이나주 오렌지버그라는 도시에서 일어난 학살에 대해 이야기했습니다. 이 대학 캠퍼스에서 아프리카계 미국인 대학생 세 명이 등에 총을 맞고 사망했지요. 다른 대학생 스물일곱 명도 중상을 입었고요. 총을 쏜 경찰들은 모두 무죄를 선고받았습니다. 그러자 당신의 학생들은 분개하면서 우리는 그렇지 않다고, 뒨학교에는 인종차별주의자가 단 한 명도 없다고 외쳤지요. 물론 그건 맞는 말이었어요. 이 학교에는 흑인 학생은 없었고 오직 알제리 출신 요리사와 청소부가 있을 뿐이었거든요. 어린 학생들은 이 어른들에게는 아무렇지도 않게 말을 낮추면서 교사들에게는 말을 높였습니다.

비올렌은 머릿속이 혼란스러웠습니다. 당신은 SLA가 게으르고 무능한 패거리라며 비난했지요. 하지만, 말만 장황하게 늘어놓는 것에는 관심이 없다고, 중요한 것은 비록 보잘것없는 것이라도 무엇을 하고 무엇을 만들지 결론을 내리는 것이라며 그들의 토론에 대해서 찬사를 보냈어요. 무엇인가를 하려 애써야 하고, 무엇인가를 하려 노력해야 한다는 것입니다. 아, 이건 서약하라고 부추기는 게 아닙니다. 당신은 군인이나 수녀에게 해당하는 이 '서약'이라는 단어를 전혀 좋아하지 않지요. 그러나 비올렌은 알아야 할 것입니다. 체념은 나중에 쓰라림과 후회라는 비싼 대가를 치르게 되어 있다는 사실을 말이죠.

비올렌은 1967년에 당신과 당신 친구들이 매사추세츠주의 고향 도시에서 시장이 문을 닫은 뒤 배수로에 굴러다니는 상한 과일들을 주워서 배고픈 사람들이 원하면 들고 갈 수 있도록 바구니에 넣어두자는 결정을 내린 것에 경탄했지요. 당신은 또 아버지의 트럭에 임시로 이동도서관을 만들어 글자를 모르는 사람들이 행정 서류를 작성할 수 있도록 도왔지요. 당신은 비올렌에게 1968년에 베트남전쟁에 반대하는 모임에 참석했는데 말을 잘하는 젊은이들이 계속해서 발언을 이어갔다고 말했습니다. 이 젊은이들은 누가 우물쭈물 망설이며 알아들을 수 없게 말을 하면 바로 중단시켰지요. 그러자 비올렌이 고개를 저으며 말했습니다. "많은 사람 앞에서 제대로 말을 할 줄 모르는 사람들이 있어요." 비올렌 자신도 결코 그럴 엄두를 내지 못했지요. 당신이 대답했어요. "나 역시 사람들 앞에서 말을 할 용기를 내지 못했어. 주눅이 들어 말 없이 침묵을 지키는 진 네베바는 상상이 잘 안 가겠지만." 당신은 이 젊은이들과 함께 새집으로 이사했습니다. 그건 경이로운 체험이었지요. 함께 식사와 모임을 준비하고, 사랑과 책을 공유했습니다. 함께 있으면 모든 게 다 가능했지요. 하지만 보장되거나 확실한 건 아무것도 없었습니다. 이 공동주거는 어떻게 살아갈 것인가를 선택할 수 있는 시간을 갖고, 밤늦은 시간까지 식탁에 둘러앉아 비도덕적인 세계에서 도덕적인 공간을 만들어내는 안식처였지요. 친구들과의 논쟁은 계속되었습니다. 물론 당신은 논쟁의 모든 미묘한 부분을 전부 다 파악하지는 못했지요. 계속해서 바쁘게 움직여야 했거든요. "헤이, 진, 맛있는 커피 좀 타다 줄래?" 당신은 커피를 들고 다들 열심히 유인물을 작성하고 있는 방과 부엌 사이를 왔다 갔다 했지요. 담배꽁초가 재떨이에 수북하게 쌓이면 그걸 비워야 했고, 책상 위에 아무렇게나 뒹굴고 있는 찻잔을 씻어야만 했으며, 아무도 돌봐주지 않아 방 한쪽 구석에서 발을 구르며 안달하고 있는 개를 데리고 나가 산책도 시켜줘야 했습니다.

당신은 비올렌의 실망하는 표정을 보고 알아차렸지요. 그녀는 이 모든 것이 새로 만들어져야 할 세계에 비하면 너무 진부하다는 생각을 하고 있었던 겁니다. 그들은 하루 종일 집안일로 불평을 늘어놓는, 사실 욕구불만에 가득 찬 가정주부에 불과하다고요. "그들이 집단적인 문제에 눈을 뜨게 되면 그때는 집단의 에너지를 약화시켜 아메리칸드림을 무너뜨렸다는 비난을 받지. 그런데 젊은 남자들이 꼭 무슨 주인이라도 되는 듯 여성 관객들에게 원래 자리로 되돌아오라고 명령하고 이를 열렬히 옹호하는 이런 아메리칸드림은 대체 무슨 꿈이지? 쇼는 이 여성 관객과 함께, 혹은 그녀들 없이 계속될 거야. 자유의 등급을 나누고, 자신의 말과 행동

사이에 존재하는 비극적인 모순을 보지 못하는 자들을 어떻게 혁명가라고 부를 수 있을까? 그들은 여성들이 '끼어서 옴짝달싹 못 한다'고 말하면서 거만을 떨지. 꼭 잘 안 열리는 가구의 서랍이나 기계에 대해서 말하듯 말이야. 다행스럽게도 남성은 여성에게 자유로워지는 법을 가르쳐주었지! 너는 큰 소리로 자기들이 여성들을 해방시켰다고 주장하는 남자들에게 항상 질문을 던져야 해. 여자 대신 역사를 이야기하는 남자에게 질문을 던져야 하는 거야. 그야말로 가장 나쁜 사람이니까." 그러고 나서 당신은 이렇게 덧붙였지요. "그리고 설거지 순번은 중요한 문제야."

비올렌은 웃음을 터뜨렸다가 당신이 농담을 하는 게 아니라는 걸 깨닫고 입을 다물었지요.

비올렌은 당신이 말한 꿈이 무엇인지 알지 못했습니다. 당신이 어느 그룹에 속하는지, 그 그룹이 어떤 역할을 하는지도 알지 못했습니다. 왜 어떤 그룹에 속해야 하는지도 알지 못했습니다. 그러나 그녀는 관객이 되어 자신의 미래가 다른 사람들에 의해 준비되는 것을 본다는 것이 무엇을 의미하는지는 알고 있었지요. 즉 그것은 9월에 입학하게 될, 2개 국어를 사용하는 비서학교처럼, 그녀의 부모가 최종적으로 결정하게 될 다소 음울한 미래, 아니면 지난해 여름 어느 밤에 시청 담벼락에 큼지막하게 붉은 글씨로 써놓은 슬로건('내 몸은 나의 것! 맘껏 즐기자!')처럼 보다 현대적이어서 당신의 학생들을 황홀하게 만들 미래를 의미하는 것이었지요.

이런 슬로건들, '백옥처럼 하얀 피부를 갖자'라든가 '야망을 갖자'처럼 여기저기 잡지에서 주위 모은 광고 문구에 덧붙여진 이런 명령들은, 비올렌에게 용기를 불어넣는 대신 두려움을 불러일으켰지요. 말하자면 비올렌은 수많은 짧은 문장들 사이에 끼여 꼼짝 못 하게 된 것입니다. 심지어 당신 까지도요. 당신은 돈을 받고 요구르트나 클리토리스 사용법을 판다며 광고를 비난했고, 비올렌은 그 말을 듣자 몹시 거북스러워했지요.

학생들이 자기 생각을 밖으로 꺼내지 않는 걸 보고 당신은 화가 났습니다. 이래놓고도 뒨학교가 여성해방운동을 하는 학교라고 자랑할 수 있단 말인가? 당신은 수업료를 지불하는 학생뿐만 아니라 마을의 다른 모든 여성에게도 수업을 개방해야 한다고 주장했습니다. 당신은 직접 사람들을 찾아다니며 수업을 들으러 오라고 권유했지요. 미용실 문을 열고 들어가서 미용사에게 토론회에 참석해보라고 권유하면 미용사는 한편으로는 놀라워하면서도 또 한편으로는 당신이 자신에게 관심을 가져준다는 사실에 기분 좋아했습니다. 당신은 또 토요일 오후가 되면 바에 죽치고 앉아 남자친구가 핀볼게임을 하는 모습을 멍하니 지켜보는 소녀들이나 가톨릭계인 라 프로비당스사립학교 학생들과도 이야기를 나누었고, 매일 오후가 되면 면사무소 앞 광장의 벤치로 모여드는 노부인들과도 어울렸습니다. 뒷학교의 철문을 밀고 들어올 엄두를 낸 사람은 그중 한 명도 없었습니다. 하지만 그래도 몇 사람은 카페에서 정기적으로 당신을 만나 술을 마시며 토론을 벌였지요. 물론 토론은 시간이 없는 당신이 보고서를 쓰려는 그 순간에 끝이 나곤 했지만.

당신에게는 사심이 없었어요. 일부러 약한 척하지도 않았고요. 당신은 누구를 유혹하거나 무엇인가를 얻기 위해 품위 없는 행동을 한 적이 결코 없습니다. 당신은 소개받는 남자들에게 뺨을 내미는 대신 손을 내밀었지요. 그러면 그들은 당신의 뺨에 키스를 하려고 입을 내밀다 말고 황당한 표정을 짓곤 했어요. 또 당신은 면장이 모래언덕 위를 걸어서는 안 되는 이유를 당신에게 장황하게 설명하자 "알겠어요. 감사해요"라며 그의 말을 자르고 미국 동부 해안에서 사용되는 여러 가지 기술을 그에게 자세히 설명해주었습니다. 당신은 치마를 입고 앉을 때 사람들이 당신 팬티를 힐끔거릴까 봐 불안해하지 않았고, 쇼윈도 앞을 지나갈 때 여자들이 자신의 머리칼을 한번 쓸어보는 그 순간적이고 불안한 동작도 해본 적이 없었어요. 언젠가 비올렌이 당신에게 뒷학교 여자 학장이 '학부형, 정원사 등 남자들이 네베바 선생을 탐욕스럽게 바라보더라'라며 재미있어했다고 말한 적이 있지요. 그러자 당신은 한숨을 내쉬며 말했습니다. "그건 정말 혐오스런 표현이야. 여성들이 성적 욕망과 마조히즘을 더 이상 혼동하지 않게 되는 그날, 그들은 잡아먹혀 소화되면 어떡하나 하는 두려움 없이 섹스를 마음껏 즐길 수 있을 거야." 당신이 이 지역에 도착했을 때 비올렌은 당신이 레즈비언이라는 이야기를 들었습니다. 결국 비올렌 친구의 오빠가 당신이 해변에서 어떤 남자랑 같이 있는 걸 봤는데 두 사람이 서로 꽤 잘 아는 사이 같았다고 주장하면서 그런 소문은 사라졌지만요. 실제로 존재하든 상상 속에만 존재하든, 당신의 상대가 누구냐 하는 것은 부차적인 문제에 불과했지요. 당신은 역사라는 배의 뱃머리에 서서 그 배를 몰고 가며 마치 사람들이 자기 이웃을 언급하듯 FBI와 SLA에 대해 말하고, 퍼트리샤 허스트의 납치를 한 편의 가상 이야기처럼 다루지요. 그리고 당신은 15일째 되는 날 이 이야기에 마침표를 찍기로 결심합니다.

15일째

당신은 당신에게 불리하게 돌아가는 상황에 진력이 났지요. 비올렌과의 토론은 퍼트리샤 허스트의 세뇌를 증명하려는 당신의 시도를 끊임없이 무산시켰습니다. 당신은 평균 이틀에 한 번씩 수업을 하고 보고서를 쓰느라 피곤해서 기진맥진했고, 변호인 측이 실력이 없어서 퍼트리샤 허스트를 무죄로 만들지 못하는 바람에 그녀가 실형을 선고받게 될까봐 노심초사했지요. 그래서 지금까지 화려한 경력을 쌓아온 당신의 명성에 금이 갈까 봐 불안해했습니다. 언론이 이번 재판을 대대적으로 보도하고 있기 때문에 만약 당신이 실패하면 모든 사람이 그 사실을 알게 되어 진 네베바가 허스트를 구해내기 위해 별달리 노력을 기울이지 않았다는 식으로 떠들어댈 것입니다. 그날 아침 비올렌을 맞은 당신은 방문을 활짝 열더니 카펫 위에 정성 들여 펼쳐놓은 퍼트리샤의 모자이크를 가리켰지요. 그것은 《뉴스위크》와 《타임》의 표지로 쓰였던 열 장의 사진이었죠. 그건 곧 일관성 있는 초상화를 만들기 위한 열 번의 시도라고 봐야겠지요. 잇달은 열 번의 시도에서 한 시도는 다른 시도의 밑그림이 되었고, 어떤 시도는 이전의 시도를 무산시켰습니다.

1974년 2월 6일 자 1면 사진은 '깨져버린 순수함'이라는 제목으로, 연한 푸른색을 띤 수평선 아래서 주로 소년들이 입는 줄무늬 폴로를 입은 퍼트리샤가 바닷바람에 머리가 엉클어진 채 활짝 웃고 있었습니다. 2월 13일 자 잡지 표지에 '퍼트리샤는 언제 풀려날까?'라는 제목으로 실린 사진에서 그녀는 엄청나게 큰 진녹색 소파에 몸을 둥글게 감싸고 앉아 깊은 생각에 잠겨 있고, 그녀의 아버지는 그녀 뒤쪽 서가에 등을 기대고 선 채 한 손을 그녀의 어깨에 올려놓고 있습니다. 3월 10일 자 표지의 제목은 '약혼자가 말하는 퍼트리샤'고요.

비올렌은 사진들을 흩뜨려놓지 않으려고 조심하며 무릎을 꿇고 앉았습니다. "가장 최근 표지는 이거야." 당신은 1974년 4월 4일 자 《타임》 표지를 가리켰지요. 이제 더 이상 하늘은 없고 오직 불뿐이었어요. 그림의 배경색은 마치 악몽의 불처럼 빨간색이었습니다. 그녀는 SLA의 깃발처럼 붉은 배경 앞에 두 다리를 살짝 벌리고 서 있었어요. 그녀는 이제 스무 살 하고도 1개월이 되었습니다. 적갈색 곱슬머리 위에 베레모를 비스듬하게 올려놓고 있었지요. 그녀가 입고 있는 남성용 반팔 셔츠의 카키색 천이 M17의 가죽 멜빵에 구겨져 있었지요. 넓은 검은색 눈가림 천이 이 상속자의 그림을 반으로 갈라놓았습니다. 제목은 '유죄'였고요.

당신은 아연실색해 있는 비올렌에게 이제부터 자신이 하는 말을 들으면 조금 충격을 받을 것이라고 말했습니다. 퍼트리샤가 하는 이야기뿐만 아니라 그녀의 음색, 부모에 대한 그녀의 말투. 당신은 이 녹음테이프를 세 번 들어보되 그중 한 번은 일단 눈을 감은 상태에서 메모를 하고 1974년 4월의 일간지들을 빠르게 읽어보라고 비올렌에게 말했지요. 그런 다음 토론을 하기로 했습니다. *재생.*

녹음테이프 4, 1974년 4월 3일 방송

저는 우선 지금부터 제가 하게 될 말을 쓴 사람이 저라는 사실을 분명히 하고 싶어요. 제가 이 테이프를 녹음할 때 저더러 이래라저래라 강요한 사람은 아무도 없었습니다. 저는 세뇌를 당하지도 않았고, 마약에 중독되지도 않았으며, 고문을 당하거나 최면에 걸리지도 않았어요. 엄마, 아빠, 전 두 분이 저의 안전을 보장하기 위해 애쓰는 척만 하고 있다는 말부터 하고 싶군요. 두 분의 기부 행위는 일종의 사기였어요! 사람들을 속이려고 했단 말이에요! 엄마, 아빠가 연극을 하면서 시간을 벌려고 애쓰는 동안 FBI는 저와 SLA 사람들을 죽이려고 했어요. 두 분은 저를 풀어주려고 두 분이 할 수 있는 모든 일을 다 했다고 주장하셨지요. 두 분의 배신은 제게 많은 걸 가르쳐주었고, 어떤 의미에서 저는 두 분에게 감사드려요. 저는 달라졌어요. 성장했다고요. 저는 너무나 많은 걸 알게 되었기 때문에 이전의 삶으로는 되돌아갈 수가 없어요. 힘든 일처럼 보이지만, 반대로 저는 제 주변 사람들에 대한 조건 없는 사랑이 무엇인지를, 우리 모두가 자유롭지 않은 한 그 누구도 자유롭지 않을 것이라는 확신에서 비롯되는 사랑이 무엇인지를 배우게 되었지요. 또 지배계급은 더 많은 사람을 지배할 수만 있다면 비록 그로 인해 자기들 중 한 명이 희생되더라도 결코 물러서지 않을 것이라는 사실을 알게 되었습니다. 자기 자식 일도 나몰라라 하는 사람들인데, 다른 사람의 자식에게 무슨 일이 있다고 눈 하나 깜짝하겠어요?

저에게는 두 가지 선택지가 주어졌어요. 하나는 안전한 장소에서 풀려나는 것이고, 또 하나는 SLA에 합류해서 저와 억압받는 사람들의 자유를 위해 투쟁하는 거예요. 저는 남아서 싸우기를 선택했습니다. 그 누구도 식사를 제공받기 위해 줄을 서야 하는 모욕을 당하거나 자신의 생명과 자신이 낳은 자식들의 생명을 계속해서 걱정해야만 하는 상황에 처해서는 안 되는 거예요. 아빠, 아빠는 저는 물론 이 나라의 억압받는 자들의 생명에 대해서 불안감을 느낀다고 말씀하셨죠. 하지만 아빠, 그건 거짓말이에요. 저는 지배계급의 일원으로서 아빠, 엄마의 이익이 인민의 이해관계에 결코 도움이 되지 않았다는 사실을 알고 있어요. 아빠는 더 많은 일자리를 제공하겠다고 말씀하셨지요. 그런데 왜 사람들에게 일어날 일에 대해 미리 알려주지 않는 거죠? 이제 곧 그들은 일자리를 뺏기게 될 거예요. 아빠는 분명히 제가 지금 하는 말이 무슨 뜻인지 모르겠다고 말씀하실 거예요. 아빠는 거짓말쟁이고, 돈에 팔려 간 사람이에요. 이 나라의 가난한 사람들과 억압당하는 사람들에게 말하세요. 이 나라 정부가 뭘 준비하고 있는지를 말이에요. 흑인들과 취약한 사람들에게 말하세요. 어린아이와 여자들을 포함해서 그들 모두가 한 명도 빠짐없이 모조리 죽게 될 거라고요. 아빠가 인민들에게 그렇게 깊이 공감한다면 그들에게 에너지 위기라는 게 진짜 무엇인지 말하세요. 능수능란한 전략으로 기업의 진짜 의도를 숨기고 있다고 말하세요. 그들에게 석유위기는 사실 그들로 하여금 미국 전역에 원자력발전소를 건설하려는 계획을 받아들이도록 하는 한 가지 방법에 불과하다고 말하세요. 사람들에게 정부가 전체 산업을 자동화할 준비를 하고 있고, 얼마 안 있으면, 그러니까 늦어도 5년 후면 제어용 단추 몇 개만 남게 될 거라고 말하세요. 아빠, 그들에게 취약한 사람들과 중산층 대부분은 3년도 채 안 되어 실업자가 될 것이고, 쓸모없는 사람들을 제거하는 일이 이미 시작되었다고 말하세요. 인민들에게 진실을 말해주세요. 질서유지와 법률은 소위 폭력분자들을 제거할 수 있는 기회인데, 저는 폭력적이라는 단어 대신 명철하고 의식적이라는 단어를 사용하고 싶어요. 저는 아빠도 다른 사업가들처럼 권력을 유지하기 위해 수많은 사람들에게 얼마든지 이렇게 할 수 있을 것이라고 생각해야만 했어요. 아빠는 같은 이유로 절 죽일 수도 있을 거예요. 흑인 아이들에게 일어나는 일이 언젠가는 백인 아이들에게도 일어날 수 있다는 것을 이 나라 백인들이 이해하려면 도대체 얼마나 오랜 시간이 필요한 걸까요?

사람들은 볼리비아에서 체 게바라와 함께 싸웠던 동지에게 경의를 표하는 뜻에서 저에게 타니아라는 별명을 붙여주었답니다. 저는 이 별명을 의연히 받아들였지요. 전 타니아의 뜻을 이어받아 죽을 때까지 싸울 겁니다. 전면적으로 투쟁하지 않으면 그 어떤 승리도 쟁취할 수 없을 거예요. 저는 타니아가 다른 사람들을 위해 평생 헌신했다는 사실을 알고 있어요. 배움에 대한 강렬한 욕구 속에서 투쟁하고 자신의 삶을 바친 거예요. 저는 타니아의 정신으로 말합니다. **오, 조국이 여, 우리는 승리할 것이다!**

타니아 허스트

〈타니아 허스트: 기억, 증언〉, 《머시 메리 패티》, 98~99쪽.

레슬리, 1975년 당시 13세.

　　우리 오빠는 그녀가 SLA와 함께 남아 있기로 결정하
자 감동해서 눈물까지 흘렸지요. 오빠는 고등학교에서
반전위원회 위원이었고, 68혁명이 일어난 프랑스에 가
서 사는 게 꿈이었습니다. 그런데 마침 그때 혁명 동화
에서처럼 허스트의 딸이 원래 속해 있던 계급과 인연을
끊고 투쟁에 합류하겠다고 발표한 것이었어요. 그녀는
진영을 바꿈으로써 엄청난 증오를 불러일으켰습니다.
그건 영속화라는 상투적인 생각에 대한, 그 부모에 그
자식이라는 확신에 대한 부정이었죠. 보수주의자들은
그녀를 증오했습니다. 그런 일이 퍼트리샤에게 일어날
수 있었다는 건 곧 똑같은 일이 누구에게나 일어날 수

있다는 걸 의미하기 때문이니까요. 정부는 그녀의 생각
이 전파되는 걸 두려워했죠. 그래서 즉시 그녀가 세뇌
되었다는 주장을 내놓은 거예요.

루이스, 1975년 당시 10세.

그녀가 전향을 알린 다음 날, 우리 동네에서는 각 학교
에서 손으로 직접 만들어 내건 플래카드('신께서 퍼트
리샤 그대를 축복할지어다'라든가 '퍼트리샤가 돌아오
도록 기도합시다' 등)가 떼어져 잔디밭에서 나뒹굴고
있었어요. 우리 부모는 그걸 발로 짓밟았습니다.

캐리, 1975년 당시 12세.

퍼트리샤는 우리의 영웅이었어요……. 중학교 1학년
때 저는 우리 선생님이 머리를 염색한 퍼트리샤 허스트
라고 확신했지만, 반 친구들과 상의해서 경찰에는 신고
하지 않기로 했답니다. 10대 소녀가 경찰들을 엿먹이다
니, 정말 대단하지 않아요? 우리는 온 나라가 발칵 뒤집
혀서 퍼트리샤를 찾는다는 게 너무나 신났지요. 그래서
절친과 통화를 할 때마다 그녀처럼 침울한 어조로 "나,
타니아야!"라고 말하고, 전화를 끊을 때는 "벌레 같은
파시스트들에게 죽음을!"이라고 소리쳤답니다.

웨이드, 1975년 당시 19세.

우리 마을에 있는 한 모텔은 입구에 '타니아 환영!'이라는 플래카드를 내걸었지요. 그래요, 사실 전 캘리포니아에 살고 있었는데…… 오클라호마에서라면 그렇지 않았을지도 모르겠네요.

헨리, 1975년 당시 32세.

퍼트리샤가 납치당하고 난 직후에 FBI는 녹음테이프에서 그들이 놓친 단서를 발견하기 위해 심리학자들을 포함해 모든 부류의 전문가들을 찾는다는 내용을 대대적으로 광고했습니다. 그때 저는 그들을 도울 수 있을 거라고 생각했죠. 비행기를 타고 샌프란시스코로 날아가 허스트가의 대저택 소파에 앉게 되었습니다. 경찰이 제게 녹음테이프를 건네주면서 묻더군요. "자, 선생, 배경음에서 새소리가 들리지요? 저게 무슨 새입니까?" 나는 놀란 표정을 짓지 않으려고 애썼지만, 사실 그날 경찰이 조류학자도 소환했다는 사실을 알게 되었지요. 그래서 속으로 생각했지요. '제기랄! 괜히 비행기표 값만 날렸군.' 그래서 그냥 대충 갈매기라고 대답했지요. 그게 그때 머릿속에 떠오른 유일한 새였고, 갈매기는 캘리포니아에서 흔히 볼 수 있는 새였으니까요. 그러자 경찰이 말했습니다. "그럼 당신은 그들이 멀리 가지 않았고, 퍼트리샤를 샌프란시스코 인근에 억류하고 있다고 생각하는 건가요?" 저는 FBI가 불안해하고 있다고 확신해요. 빙고, 분명히 그랬다니까요. 저는 3주일 동안 논스톱으로 일했습니다. 이번에는 심리학자로요. 허스트가의 저택에서 영매들에게 둘러싸여 잠을 잤지요. 그들은 눈을 감은 채 여기저기 돌아다니고 거의 아무것도 먹지 않았지만, 반대로 담배는 줄곧 피워댔습니다. 저는 계속 녹음테이프를 들어서 그녀의 숨소리 하나하나까지 전부 기억할 정도였지요. 그녀는 진료를 해도 되냐는 저의 물음에 동의 여부를 표하지 않은 환자였어요……. 그녀가 타니아로 변신하는 순간 저는 그녀가 누워 있던 소파에서 벌떡 일어나 제게 어퍼컷을 날린 것 같은 느낌을 받았습니다. 제가 그렇게 맞아도 싸다고 생각했어요. 모든 사람이 그녀에게 그렇게 맞아도 싸다고 생각했지요.

리즈, 1975년 당시 16세.

저는 그녀와 관련된 기사는 하나도 안 빼놓고 다 스크랩했어요. 라디오를 듣고 텔레비전을 보았지요. 그녀가 전향하기 전에 마지막으로 남긴 메시지 중 하나가 제 마음을 너무나 깊이 흔들어놓아서 저는 그걸 제 일기장에 베껴 썼습니다. 그 메시지는 버클리대학교 학생 라디오에만 방송되고 허스트가가 운영하는 언론에서는 방송되지 않았어요. 그 이유는……

엄마, 아빠, 저를 힘들게 하는 건 SLA가 아니에요. FBI와 가난한 사람들에 대한 아빠의 무관심이 저를 힘들게 한다고요. 전 아빠가 할 수 있는 모든 걸 하고 있다고는 절대 믿지 않아요. 언론에서는 아빠를 딸이 납치당해서 어찌할 바 모르는 상황에서도 자기가 할 수 있는 일은 다 하는 이미지로 포장해서 FBI를 도와주고 있어요. 저는 무시무시한 흑인들에게, 도피 중인 죄수들에게 납치된 순진하고 무력한 여성의 이미지로 만들었고요. 하지만 저는 강한 여성이고, 이런 식으로 이용당하는 것이 정말 싫어요. 만일 아빠가 SLA가 시키는 대로 했다면…… 전 벌써 풀려났을 거예요. 아빠, 저는 아빠가 남의 돈으로 식량의 거의 대부분을 사서 가난한 사람들에게 제공했다는 사실을 알고 있어요. 엄마, 저는 엄마가 냉정을 되찾았으면 해요. 엄마는 항상 다른 사람에게 의지해서 그들이 엄마 대신 결정을 내리도록 하는 거 같아요! 만일 엄마, 혹은 아빠가 납치됐다면 저는 두 분을 구해내기 위해 무슨 짓이든지 했을 거예요! 그 누구도 더 이상은 저를 어떻게 할 수 없다는 결론에 이르게 되어 유감이네요. 저에게 인간존재로서의 중요성이 전혀 없다는 느낌이 들어요. 제가 누군가의 강요나 조작에 의해 이런 말을 한다는 생각은 하지 말아주셨으면 좋겠어요. 제발 제 말에 귀 기울여주세요. 저는 정직하게, 그리고 진심을 다해 이야기하고 있으니까요.

내털리, 1975년 당시 16세.

어느 날 밤 우리는 식구끼리 모여서 퍼트리샤의 약혼자가 초대된 방송을 보고 있었지요. 그는 텔레비전에 출연할 때마다 곧 나오게 될 그와 퍼트리샤 허스트의 삶에 관한 책을 자랑하곤 했습니다. 그는 혁명가들에게 납치되어 세뇌당한 퍼트리샤에 관한 모든 것이 이 책에 담겨 있다고 주장했지요! 그는 거드름을 피우며 퍼트리샤가 물론 미인은 아니지만 그래도 허스트가의 딸들 중에서는 가장 예쁘고, 또 제법 똑똑하다고 말한 다음 그녀가 정치적 견해라는 걸 갖지 않은 아주 단순한 여성이라고 덧붙였습니다. 자기는 퍼트리샤를 아주 잘 알고 있는데 이름을 타니아로 바꾼 것은 어린애처럼 유치한 행동이며, 그녀가 자기와 단둘이 있게 되면 금방 제정신으로 돌아올 거라고 주장했죠. 시청자들은 환호하며 박수갈채를 보냈습니다. 그때 기자가 말했지요. "친애하는 시청자 여러분, 특종입니다! 퍼트리샤가 스티븐 씨가 오늘 방송국에 나타날 걸로 예상하고 방송국 우체통에 새로운 메시지를 넣어두었는데, 그걸 저희가 입수했습니다!" 약혼자는 콧수염을 매끈하게 가다듬으며 흥분된 표정을 지었고, 이윽고 타니아의 목소리가 스튜디오 무대에 울려 퍼졌습니다. *솔직히 말하면, 세뇌당한 희생자 흉내를 내는 사람은 스티븐이에요. 그리고 사실 전 스티븐을 다시 만나든 못 만나든 아무 상관 없어요. 지난 몇 달 동안 그는 꼭 노인과 여성을 차별하는 돼지처럼 행동했지요.* 나는 여동생과 함께 외치기 시작했지요. "쌤통이다, 쌤통이야, 얼간이 같으니!" 타니아가 되살아난 것이었어요. 부모님은 우리를 진정시키려고 애썼지요. 하지만 우리는 소파 위에서 펄쩍펄쩍 뛰었지요. 꼭 무슨 승리라도 거둔 것처럼 즐거워했던 기억이 납니다. 무엇에 대해 승리를 거둔 것인지는 알지 못했지만 어쨌든 우리 두 자매는 즐거웠어요. 타니아가 약혼자 스티븐을 공개적으로 비난하는 것을 보자 기뻤던 것이지요. 아니, 그 모습을 보자 살짝 충격을 받기까지 했습니다. 그녀는 우리를 대신해서 그런 말을 한 것이었어요. 선생들이 우리에게 가하는 이런저런 모욕과 부모의 비겁함 등 우리가 입 밖으로 말하지 않고 노트에 그냥 적어두기만 하던 것을 공개적으로 말한 것이었지요. 타니아는 남이 하라는 대로 끌려다니지 않았던 것입니다.

98~99쪽에는 유일하게 분석이나 주석이 단 하나도 등장하지 않습니다. 매우 드물게도 이 두 쪽에서 당신은 선생 특유의 진지함에서 벗어나지요. 제가 이 두 쪽을 특히 좋아하는 이유는 여기서 당신이 타니아 허스트의 탄생을 통해 전복적인 관점을 갖게 된 청소년들의 기억을 증거로 채택했기 때문입니다.

당신은 불과 스물네 시간도 채 지나지 않아 폭발하는 기쁨으로, 사랑의 기쁨으로 맞아들여진 타니아 허스트의 탄생에 대해 두 장에 걸쳐 아주 세세하게 서술했지요. 이 사랑의 즐거움은 샌프란시스코에 있는 카페의 벽에 걸렸고('우리는 널 사랑해, 타니아'), 오클랜드 경찰서 건물 정면과 로스앤젤레스의 판자 울타리에 서둘러 붙여졌습니다. 맨해튼의 바에서는 타니아에게 바치는 시를 지어 낭독했고, 포틀랜드의 한 고등학교에서는 그 시를 티셔츠에 페인트로 써넣었지요. ('이 시로 당신들의 응고된 삶을 녹여보라. 우리는 널 사랑해, 타니아. 우리 역시 굴복하지 않을 거야. 자, 우리의 우유부단한 욕망이 겪는 그 타협적 태도는, 우리가 조금만 벗어나려 해도 우리를 괴롭히는 그 듣기 싫은 말은, 가족끼리 대화할 때마다 꼭 마지막에 등장하는 그 충고―현실을 좀 생각하렴!―는 이제 끝난 거야.') *그 누구도 식사를 제공받기 위해 줄을 서야 하는 모욕을 당하거나 자신의 생명과 자신이 낳은 자식들의 생명을 계속해서 걱정해야만 하는 상황에 처해서는 안 되는 거예요. 우리 모두가 자유롭지 않은 한 그 누구도 자유롭지 않을 것이라는 말은 진짜 사실 아닌가요?* 오, 우리는 FBI와 너의 부모, 세상의 모든 부모를 비웃고 조롱한 타니아, 너를 사랑해. 있잖아요, 타니아는 불평불만에 가득 찬 부르주아였던 자신의 옛 모습을 완전히 버렸어요. 그런 그녀는 내가 될 수도 있을 거고, 내일의 우리가 될 수도 있을 것이며, 당신들의 딸, 당신들의 아내, 당신들의 이웃이 될 수도 있을 것입니다. 그녀는 자기가 잘 닦인 포장도로를 떠나 험한 자갈길로 접어들었다고 말했지요. 그리고 이 핏기 없는 얼굴의 10대 소녀는 끝이라는 단어의 글자들 위에 올라앉아 주먹을 불끈 쥐어들고 넘치는 카리스마로 시청자들을 압도하며 이로써 이 이야기의 제1부가 끝났다고 선언했습니다.

당신은 그녀가 전향을 알리자 쏟아져 나온 기사들의 이상한 구두점 사용을 두고 '타니아가 그 기사들의 마침표와

쉼표를 납치해 갔다'라고 장난스럽게 요약했지요. '멍한 눈길의 여성 테러리스트 의지가 약해 보이는 이 인물 이 젊은 여성은 대저택에서 따분해하다가 SLA를 만나면서 정신병자들과 함께하는 모험 생활을 경험하게 되었음에 틀림없다. 그녀는 한 세대를 대표한다. 이 젊은 여성은 분노하고 있다 그런데 무엇에 분노한단 말인가?'

이것은 두 달 동안이나 한 젊은 여성을 동정하며 지켜보았다는 사실에 격앙되고, 속아 넘어갔다며 씁쓸해하는 어른들이 쓴 글입니다. 그들은 화가 나서 소리칩니다. '맞아, 미국은 지금 나쁜 영향을 받고 있는 거야! 오늘날의 젊은이들은 훌륭한 대의(베트남전쟁을 끝내고, 낡은 교도소 시설을 비난하는 것)에 발 벗고 나서기 시작했지만, 결국은 폭력을 추종하게 되었지. 이 타락한 여성이 한 줌 재가 되기를. 퍼트리샤는 누구 편을 들지 결정한 거야. 그 진영에서 공산주의자 레즈비언들과 함께 남기를.'

당신은 신문사와 방송국 논설위원들이 타니아를 고집스럽게 퍼트리샤라고 부르며 멸시한다고 지적합니다. 그들은 이렇게 씁니다. '퍼트리샤는 아빠의 수표와 엄마의 핸드백을 주고 자동화기를 사들였다. 부모의 은행수표를 부도내는 것 말고는 할 일이 없었던 이 공주님은 사전 경고 없이 우리의 생명과 가치에 총을 쏘아댈 준비가 되어 있다. 미국은 지금 난폭한 공격을 받고 있다. 미국이 낳은 아이들이 미

국에 총부리를 겨누고 있는 것이다.'

당신은 FBI가 여전히 그 위치를 찾아내지 못하고 있는
한 아파트의 텔레비전 앞에 꼼짝 않고 서 있는 어느 소녀를
상상합니다. 자신의 삶이 생중계되는 것을 지켜보던 이 슈
퍼스타는, 재빨리 검은 드레스를 입고 나타나 슬픈 표정을
지으며 (의심받을 행동은 일절 하지 않는 소녀들에게 부쳐주는)
귀여운 지소사指小辭를 붙여서 모든 문장을 끝내는 어머니를
어이없다는 표정으로 지켜보고 있습니다.

4월 3일에 방송된 녹음테이프를 듣고 난 후 무슨 일이 일어난 것일까요? 질문처럼 들리는 당신의 명령('우리, 나중에 타니아에 대해 이야기할 수 있을까?')에 비올렌은 얌전하게 알겠다고 대답했나요? 당신이 사과를 했나요? 산책을 하다가 당신이 시간을 들여 설명했나요, 아니면 '내 생각에는 네가 모든 걸 다 알지는 않는 편이 객관성을 유지하는 데 도움이 될 것 같았어'라며 반박할 수 없는 논리를 폈나요?

비올렌은 조금 깊이 생각해본 다음 당신 옆에 계속 남아 있을지 말지 자문해볼 시간을 가졌을까요? 당신이 그녀의 마음을 상하게 했지만, 그녀는 그 흔적을 전혀 간직하지 않기로 했지요. 그녀의 공책에서 그 '15일째'는 다른 날들과는 달리 원한이나 유감의 감정을 언급하는 것이 아니라 오직 당신이 초를 켜자 레니가 재채기를 했다는 어린애 같은 이야기와 붉은색, 흰색 꽃이 수놓아져 있는 당신의 청바지에 대해서만 감탄사를 연발하며 언급하고 있었지요.

그다음 날을 기록한 페이지에서 비올렌은 타니아 허스트의 녹음을 베껴 쓰고, 이 상속자가 1인칭 단수를 사용하는 횟수가 많다는 사실을 강조했습니다.

지금부터 제가 하게 될 말을 쓴 사람은 저예요. / 제가 누군가의 강요나 조작에 의해 이런 말을 한다는 생각은 하지 말아주셨으면 좋겠어요. / 저는 제가 분명히 살아 있고 잘 지낸다는 사실을 강조하고 싶어요. / 저는 너무나 많은 걸 알게 되었기 때문에 이전의 삶으로는 되돌아갈 수가 없어요. / 저는 달라졌어요. 성장했다고요.

그리고 '선택'이라는 단어도 강조했다.

저에게 선택지가 주어졌어요. / 저는 남아서 싸우기를 선택했습니다.

'놀라움'에 대해 언급하는 순간, 비올렌은 타니아가 사용하는 몇 가지 단어들이 놀랍게 여겨졌습니다. 그녀는 타니아가 그 단어들('핵'이라든가 '실업')을 어른들에게서 빌려왔다고 생각했지요. '우리 역시 배움에 대한 강렬한 욕망에 헌신할지 말지 선택할 수 있다'라고 비올렌은 생일 전날 일기장에 썼습니다. 그녀는 이제 열아홉 살이 됩니다. 그녀는 전 세계로 퍼져나간 타니아 허스트의 폴라로이드 사진을 일기장 한가운데에 풀로 붙여놓았지요.

이 모습 뒤에 누군가가 있나요? 타니아에게 경직된 미소를 짓게 한 그 누군가가? 그 누군가가 그녀에게 두 다리를 벌린 채 언제 어느 때라도 방아쇠를 당길 준비를 하고 사방을 경계하는 총잡이의 포즈를 취하라고 가르쳐준 것일까요? 그 누군가가 그녀의 손가락 위치를 하나하나 가르쳐준 것일까요? '이거, 금방 배울 수 있어. 이 세상에 스스로 깨우칠 수 없는 건 없어. 자, 오른손으로는 개머리판을 잡고 손가락은 방아쇠 위에 올려놔. 그리고 왼손으로는 탄창을 꽉 움켜잡아.' 그 누군가가 가운뎃손가락에 끼워져 있는 반지를 그녀에게 주었을 겁니다. 그 누군가가 제대로 다려지지 않은 카키색 군복 상의의 첫 번째 단추를 풀라고 시켰을 겁니다. '여기는 수녀원이 아니니까 맨살이 좀 드러나도 상관없어.' 그 누군가는 납치 첫날부터 퍼트리샤의 시간표를 짜서 매일 아침 팔굽혀펴기, 허벅지를 튼튼하게 만들기 위한 스쿼트

운동, 근조직을 단련시키는 데 효과가 있는 크런치 운동을
몇 번씩 해야 하는지까지 정해주었을 겁니다. 날렵한 몸을
가진 사람은 금방 터득합니다. 그 누군가가 퍼트리샤에게
책을 빌려주면서 어느 구절을 읽으라고 권유하고, 어떤 단
어를 강조하고, 그것들을 설명합니다. 이런 건 금방 배울 수
있지요. 모든 것을 배우고 잊는 일이 되풀이됩니다. 그 누군
가가 있었을지도 모르고, 아니면 아무도 없었을지도 모릅니
다. 그녀에게 지시하거나 그녀 대신 결정을 내린 사람이 없
었을지도 모른다는 것입니다. 타니아 자신이 그 붉은색 천
을 골라서 직접 벽에 고정시킨 다음 SLA 상징인 일곱 개의
코브라 머리 깃발 앞에 서 있었을지도 모릅니다. 그녀는 여
러 가지의 포즈를 취해봤을지도 모릅니다. 이런 포즈도 취
해보고 저런 포즈도 취해보던 그녀는 결국 왼발을 앞으로
내밀고 몸무게를 두 다리 사이에 분산시켜 넓적다리를 살짝
벌리고 외전근을 팽팽하게 당긴 다음 배를 꽉 죄고 거기에
개머리판을 고정시키는 자세를 취한 뒤 사진을 찍는 사람에
게 셔터를 누르라고 말했을지도 모릅니다. 그녀는 금방이라
도 사진 밖으로 튀어나올 것 같습니다.

당신이 《머시 메리 패티》에서 상기시켰듯이, 즉시 포
스터로 만들어져 수천 장이 팔리고, 다시 '프루트 오브 더
룸' 티셔츠에 복사되어 1976년도에 가장 많이 팔린 이 전신

사진에 깊이 매혹되었다는 이유로 당신을 비난할 수는 없습니다. 당신은 이 사진을 '죽음에 대한 팝아트'로 규정지었지요. 즉 손쉬운 유혹의 힘에 대한 투쟁을 보여주는 타니아의 섹시한 사진을 미국 자본주의가 자신에게 유리하게 활용했다는 것입니다. 1975년에 산살바도르에서 미스 유니버스 대회가 열렸을 때 미스 USA는 전투복 차림에 굽 높은 구두를 신은 '타니아로 변장'하고 나타났지요. 반대로 그녀가 납치사건을 패러디하면서 휘둘러댄 자동화기는 행사가 진행되는 동안 진짜 도시게릴라들이 공격해 올 경우에 대비하여 그녀 뒤편에 서 있던 군인들이 빌려준 것으로 추정되는 진짜 총이었습니다.

화기에 대하여, 심지어는 혁명의 목적을 가진 화기에 대하여 호의적인 태도를 보였다고 당신을 비난할 수는 없습니다. 당신은 퍼트리샤-타니아가 무기를 들고 포즈를 취함으로써 전쟁이 모든 것에 대한 해결책이라고 생각하는 사회적 질병과 싸우려 한다고 썼지요. 이번에도 역시 당신은 그녀를 책망하지 않고 한 10대 소녀의 수수께끼 같은 눈길에 대해 묻고 있습니다. 우리는 이 소녀가 누구를 겨냥하고 있는지, 즉 누가 그녀의 적인지, 그녀의 나라가 그녀의 적인지, 그녀의 부모가 그녀의 적인지, 그녀의 말을 믿지 않고 그녀의 말에 귀 기울이지 않는 사람들이 그녀의 적인지, 자신의 진영을 선택하지 않고 가난한 사람들에 대한 무관심

(우리의 무관심)이라는 잘못을 저지른 사람들이 그녀의 적인지 알 수 없습니다. 그것은 또한 2주일 동안 크게 동요하던 당신의 조수에게는 신경도 쓰지 않은 채 꼭 이 옷 저 옷 입어보듯 이 생각 저 생각 시험해본 당신의 무관심이기도 하지요.

당신은 당신 조수를 정말 만났습니까, 아니면 여성들의 자유에 대해 이야기하면서 그녀를 쓱 한번 훑어보고 평가했습니까? 물론 1975년에 당신은 성인이자 비올렌의 상급자였고, 그녀는 그런 당신에게 별다른 이야기를 털어놓지 않았지요. 반면에 저는 비올렌이 제게 맡긴 그녀의 노트와 지난 몇 년 동안의 시간적 거리라는 이점을 가지고 있습니다.

저는 다섯 살이고, 당신에게 비올렌으로 불렸던 여성은 자기가 자란 작은 도시 변두리의 집에서 개와 단둘이 살고 있는 바로 그 비쩍 마른 30세의 젊은 여성입니다. 그녀의 집에서 소나무숲을 가로지르는 지름길로 4킬로미터 정도 걸어가면 바닷가에 도착할 수 있지요. 저는 근엄한 표정에 다리가 굵은 그녀의 개에게 매혹되었습니다. 제 눈에 레니는 엄청나게 커 보였지요. 비올렌은 알아들을 수 없는 말을 레니의 귀에 대고 속삭이곤 했어요. 저희 부모님은 이 개가 미국에서 왔기 때문에 개에게 영어로 말한다고 설명해주었습니다. 어린아이들은 비올렌의 집에서 시간을 보내면서 간식 얻어먹는 걸 좋아했지요. 비올렌은 우리를 위해 흑설탕을 넣은 크레이프를 만들어주었고, 우리가 하는 이야기에 귀 기울여주었습니다. 그녀는 다른 사람들이 결코 우리에게 해주지 않는 이야기를 들려주었고, 우리는 궁금한 게 있으면 뭐든지 그녀에게 물어볼 수 있었지요. 그녀의 직업은 무엇이었을까요? 그녀는 잠시 생각에 잠기더니 대답했어요. "음, 난 영어로 된 신문 기사를 번역하기도 하고, 아이들이 숙제하는 걸 도와주기도 하고, 바캉스를 떠나거나 이웃 마을 고물상에게 뭘 사러 간 가족의 개를 맡아주기도 하지. 또 목욕탕 선반이나 액자를 직접 만들어서 팔기도 하고, 사람들이 그냥 버리는 핸드백의 어깨끈을 수선하기도 해. 사람이 꼭 직업을 한 가지만 가지라는 법은 없지 않니?"

그런데 왜 비올렌은 아이를 갖지 않는 것일까요? 이 질문에 대한 대답은 '가지다'라는 단어가 무엇을 의미하느냐에 따라 달라집니다. 우리는 어떤 사람을 '가질 수' 있는 것일까요? 우리는 우리 부모님의 소유일까요? 어쩌면 우리는 그녀가 우리에게 수영을 하는 법이라든가 땅을 일구는 법, 책 읽는 법을 가르칠 때처럼 시간의 단편만을 소유하는 것인지도 모릅니다.

저는 일곱 살이고, 레니가 밖에 나가서 운동을 하는 동안 목줄을 잡고 있을 수 있는 권리를 갖고 있답니다. 그리고 레니의 밥그릇에 항상 물이 부어져 있는지 확인할 임무도 맡고 있고요. 비올렌이 영어 단어를 몇 개 가르쳐주기에 시험해봤는데, 레니가 앉으라면 앉고 발을 하나 내밀라면 내밀고 누우라면 눕는 걸 보면서 저는 감탄사를 연발했지요. 비올렌이 책을 읽는 동안 저는 레니의 털이 거의 없고 주름진 앞다리 안쪽 부드러운 분홍빛 살갗과 마치 금이 간 송로버섯처럼 생긴 코의 가죽을 만져보았습니다. 제가 몸을 둥글게 웅크리고 레니에게 기댔지만 레니는 싫은 기색을 하지 않았어요. 저는 얼굴을 레니의 얼굴에 가까이 가져갔지요. 레니는 반쯤 잠들어 있었습니다. 레니의 숨이 저의 뺨을 부드럽게 어루만졌습니다. 저는 학교가 파하자마자 바로 레니에게 달려가곤 했지요. 레니는 저를 반가이 맞아주었고, 제가 낡은 헝겊을 집어던지면 그걸 아주 잘게 찢어발겼습니다. 비올렌은 레니가 얼굴만 보면 멀쩡한 것 같지만 사실 사람으로 치면 할아버지라고 제게 알려주었지요.

저는 여덟 살입니다. 이제 막 방학이 끝났어요. 9월의 어느 날 아침, 비올렌의 얼굴을 태양 아래에서 보니 그녀가 폭삭 늙어버린 것처럼 느껴졌습니다. 레니는 그 전날 그녀의 품 안에서 고통 없이 숨을 거두었어요. 숨을 거둘 때까지 비올렌의 눈을 똑바로 쳐다보면서요. 비올렌에 대한 믿음이 가득 담겨 있는 아름다운 눈이었어요. 레니의 나이는 열다섯 살. 그는 엄청난 삶을 살았지요. 하나의 대륙을 횡단했고, 미국의 어느 호숫가에서 길을 잃었다가 발견되었으며, 여기서도 역시 많은 사람의 사랑을 받았지요. 레니에게는 애인이 둘 있었습니다. 저는 몹시 슬펐어요. 그러자 비올렌은 안전 요원 없이는 저 혼자서는 가지 못하는 외딴 해변으로 이어지는 길을 제게 보여주었지요. 가시덤불과 엉겅퀴에 찔리지 않도록 한 손으로 젖히며 그 길을 한 걸음 한 걸음 조심스럽게 내딛느라 모래언덕에 피어 있는 그 아주 작은 갈색 꽃에서 커민향이 풍기는 거냐고 묻지도 못했습니다. 햇볕에 달구어져서 몹시 뜨거운 모래밭을 가느다란 선 하나가 보일 듯 말 듯 지나가고 있었지요. 그건 살모사의 길이라고 불리는 길이었어요. 우리는 바다를 마주 보고 선 채 1974년 프랑스에 도착해서 1975년 12월의 어느 날 아침 길을 잃었던 개의 죽음을 애도했지요. 비올렌은 레니가 햇볕 아래 길게 드러누워 있기를 몹시 좋아했던 집 뒤편에 그가 즐겨 먹던 당근을 심자고 제게 제안했답니다. 제가 물뿌리개를 찾으러 가자 그녀는 무릎을 꿇고 이마를 모래밭에 갖다 대더니 손바닥으로 모래를 어루만졌지요.

저는 열 살이고, 비올렌이 마을의 어른들 사이에서 매우 불안정한 사회적 지위를 가지고 있다는 사실을 알아차리지 못했습니다. 비올렌은 마을에서 인정을 받기는 했지만 받아들여지지는 않았어요. 단 한 번도 저녁 식사에 초대받지 못했고, 7월에 마을 축제를 준비할 때도 마을 사람들은 그녀에게 도움을 청하지 않았지요. 유일하게 그녀에게 도움을 청하는 것은 번역이 필요할 때뿐이었습니다. 그것도 마지못해서요. 마을 사람들은 마치 아직도 우리 마을 사람들을 이해하지 못한 외국인에게 말하듯 그렇게 그녀에게 정중하지만 무뚝뚝하게 말했지요. 우리는 비올렌이야말로 곧 다가올 우리의 사춘기와 부모들의 음울한 성인기 사이에서 균형을 잡고 있는 하나의 기적이라고 생각했어요. 시간은 그녀에게 아무 피해도 입히지 않고 그녀를 피해 간 것입니다.

어느 토요일 오후, 비올렌은 우리에게 비닐봉지 한 장을 내밀며 '가난한 사람들'에게 줄 비스킷이나 사과, 사탕을 집어넣으라고 말했습니다. 여기가 무슨 인도도 아니고 이런 걸 필요로 하는 사람이 있을 리 없다고 생각했던 우리는 반신반의하면서도 그녀가 시키는 대로 했지요. 비닐봉지는 읍사무소 광장의 눈에 잘 띄는 곳에 놓아두었어요. 그런데 그 다음 날 아침에 가보니 봉지가 텅 비어 있었습니다. 이 하나의 의식에 관한 기사는 '어린아이들의 아름다운 솔선수범, 코르크 공장이 문을 닫은 이후 가속화하는 마을의 빈곤화를 부각시키다'라는 제목으로 지역신문에 실리기까지 했지요. 어떤 신문기자가 비올렌을 만나려고 했지만 그녀는 거절했습니다. 자기가 앞에 나서는 것은 아무 의미가 없다면서요. 그녀는 정말 이렇게 생각했습니다. 다음 주가 되자 마

을 성당 신부님이 교리문답 강의를 받는 학생들을 데리고
와서 우리와 합류했습니다. 종이에 옮겨 쓴 시와 그림도 비
닐봉지 속에 집어넣었지요. 비올렌은 수요일 오후 3시에서
5시까지 '토론 아틀리에'라는 이름의 새로운 모임을 만들었
습니다. 우리는 그녀의 집 응접실에 모였지요. 비올렌은 우
리에게 나눠준 종이에 지켜야 할 규칙들을 썼습니다. 상대
의 말을 중단시키지 말 것, 서로에게 친절을 베풀 것. 이 같
은 규칙은 우리를 중요한 존재로 만들었고 우리가 싫어하는
어른들의 위협적인 잔소리를 더 이상 듣지 않도록 해주었지
요. 우리는 일요일이 되면 식사가 끝나자마자 바로 식탁에
서 일어났어요. 집으로 돌아와 바로 침대에 누우면 부모의
가시 돋힌 대화와 "넌 할 수도 있을 텐데 아무것도 안 하고
있어"라는 말을 듣지 않을 수 있었거든요.

　　비올렌의 집 응접실에 깔린 카펫 위에 동그랗게 둘러앉
은 우리는 식사를 하고 왔는데도 사블레와 버터 비스킷, 대리
석 무늬 케이크를 경쟁적으로 집어 들었지요. 다들 할 말을
기억해내지 못하게 될까 봐 안절부절못하며 뺨이 빨개진 채
손을 내밀고 발을 구르며 소리쳤어요. "저요! 비올렌, 저요!"

　　비올렌은 우리의 일상에 대해 물었습니다. "너희들, 잡
지에서 책가방 광고 본 적 있지? 그럼 우리는 그 광고를 보
고 책가방을 사고 싶어 한 것일까? 그럼에도 불구하고 우리
가 선택에 대해 말할 수 있을까?"

"이렇게 상상해보자. 우리는 굶고 있어. 그런데 우리에게 제공되는 무료 식사가 훔친 식재료로 만들어졌다는 사실을 알아. 그렇다면 어떻게 해야 할까? 이 음식을 먹으면 안 되는 걸까? 만일 우리가 이 음식을 가난한 사람들에게 제공할 책임이 있다면, 식재료의 출처가 더 중요할까, 아니면 아무것도 갖지 못한 사람들을 굶지 않게 하는 게 더 중요할까?"

셋째 주 수요일이 되기 전날, 우리 부모님도 다른 아이들의 부모님들과 마찬가지로 절도를 옹호한다는 이유로 비올렌을 비난하는 '불안한 부모 일동' 명의의 편지를 받았지요. 그때 저는 처음으로 당신에 관한 이야기를 들었습니다. 어머니가 지겹다는 듯 이렇게 말하더군요. "그 미국인 여자 선생 때문에 15년 동안이나 그 고생을 했으니 이제 그만둘 때도 되었건만." 참! 저는 열한 살이었습니다.

저는 열두 살입니다. 토요일, 학교가 파하자마자 자전거를 타고 전속력으로 달려갔습니다. 비올렌의 집까지 가려면 비탈길 두 개, 가파른 오르막길 하나를 지나야 했습니다. 비올렌의 집에는 그녀에게 마시는 법을 배운 차를 따라 마시는 저의 전용 찻잔과 제가 여덟 살 때부터 써온 디즈니 상표 접시가 있었는데, 매번 비올렌은 그걸 집어던지는 척하고 제가 고함을 지르면 재미있어했지요. 그녀는 저의 이런 저런 습관을 보며 즐거워했습니다. 그래서 저는 그녀의 집에 갈 때마다 거울 앞에서 그녀의 낡은 스카프를 목에 둘러

보곤 했던 거지요.

저는 비올렌 곁에서 걷고 있습니다. 우리는 2미터가 넘는 고사리가 우거진 숲속 공터를 통과해 모래언덕이 움푹 들어가 있는 곳에서 식사를 했지요. 여기서는 불을 피워도 경찰들 눈에 띄지 않았거든요. 우리는 고추와 호박을 꼬치에 꿰서 구워 저녁으로 먹었습니다. 8월에는 신음소리를 내며 대서양 속으로 걸어 들어갔지요. 수온은 14도였습니다. 우리는 바닷물 밖으로 나와 몸에 담요를 둘렀지요. 비올렌이 말했어요. "우리가 무모한 도전을 했구나." 저는 얼마 전부터 그녀의 사무실에 들어가도 좋다는 허락을 받았습니다. 복도 끝에 있는 이 사무실은 물이 빠진 개울의 둥근 돌들 쪽으로 창문이 나 있어 집에서 가장 아름다운 방이에요. 책꽂이가 천장에 거의 닿을락 말락 했지요. 저는 크기가 제각각인 책들을 읽어볼 수는 있었지만 그걸 집으로 들고 갈 수는 없었습니다. 이 방에 들어가면 공기도 휴식을 취하고 있는 것처럼 느껴졌어요. 그곳에는 용연향과 종이 냄새가 배어 있었고, 부드러운 빛이 새어드는 침묵만 감돌았습니다. 저는 영원히 밤이 찾아오지 않기를, 《뉴스위크》나 《타임》, 《라이프》에서 본 이 세계가 영원히 중단되지 않기를 바랐지요. 이 각각의 잡지에는 기사들이 여기저기 가위로 오려져 있어서 볼 수가 없었습니다.

1991년에 저는 중학교 3학년이었습니다. 상드린 코

르네가 아버지가 미국에서 사왔다며 제게 CD를 빌려주었는데, '네버마인드Nevermind'라는 제목의 이 앨범 표지에서는 통통한 아기가 낚싯바늘에 매달린 1달러짜리 지폐가 떠다니는 쪽빛 물속을 헤엄치고 있었어요. 비올렌은 제게 '방해되는 것Something in the Way'의 가사를 해석해주었고, 우리는 후렴의 의미에 대해 이야기를 나누었지요. 비올렌은 미국l'Amerique과 미국이 벌이는 전쟁이 커트 코베인의 목구멍에 끼어서 그가 고통스러워하는 것 같다고 말했지요. 저는 그녀를 살짝 놀렸지요. "미국을 아메리크Amérique라고 하지 않고 에타쥐니États-Unis라고 하지 않나요?" 그녀는 어떤 도시를 가장 잘 알고 있을까요? 저는 그녀의 대답에 놀라지는 않았어요. 하지만, 그녀를 불편하게 만든 것은 신경이 쓰였습니다. 하기야 그게 뭐 그리 중요하겠어요? 나중에 여행하게 될 텐데 말예요. 그런데 비올렌은 미국에 가게 되면 어느 도시를 방문하고 싶어 하는 것일까요?

비올렌은 의자 위로 올라가더니 제일 높은 선반에 놓여 있던 서류 봉투를 끄집어냈지요. 그녀는 그 안에 들어 있던 사진들을 양탄자 위에 펼쳐놓았습니다. 노샘프턴과 그곳의 대학 캠퍼스를 찍은 사진들 사이에 인물 사진 한 장이 섞여 있었습니다. 당신이 입가에 조소를 머금은 채 렌즈를 뚫어지게 응시하고 있는 사진이었지요. 당신은 흰 셔츠를 발목 부위에서 나팔처럼 벌어진 청바지 속으로 집어넣고, 발에는 암청색 캔버스를 신고 있었어요. 등을 정문에 기대고 낮은 층계의 세 계단 중 하나에 앉아 있었지요. 정문의 쇠들이 꼭 고딕식으로 서로 얽혀 원무를 추는 것처럼 보였는데, 심지어는 "스미스칼리지, 1875"라는 금색 글자까지 그렇게 보였습니다. 그날의 주인공은 퍼트리샤 허스트가 아니라 당신, 네베바였습니다. 비올렌은 당신을 위해 1975년 겨울에 '신문 기사를 번역하고 서류를 정리'했지요.

열여섯 살이 되는 해에 저는 대학입학자격시험 준비를 제대로 하지 못했지요. 비올렌은 제 부모님의 요청에 따라 부활절 때부터 제게 영어를 가르쳤습니다. 그녀는 저에게 에밀리 디킨슨의 시와 잭 런던의 《야성의 부름》이나 제임스 페니모어 쿠퍼의 《모히칸족의 최후》 같은 소설에서 발췌한 부분을 읽혔지요. 또 저는 그녀가 건네주는 기사를 번역하느라 애를 먹기도 했는데, 그중 하나가 존 포드 감독의 영화 〈수색자〉를 분석한 글이었지요. 그리고 이 글을 쓴 사람이 바로 진 네베바였습니다.

비올렌은 당신의 이야기를 이런 식으로 시작합니다. '매일 오후만 되면 두통에 시달리고, 또 아침에는 불안증을 앓았지만(더 빨리 해야 해! 이 복잡한 기사를 한 번만 읽고 요약해야 하다니!), 그래도 당신의 조수로 일하게 된 건 저에게는 큰 행운이었습니다. 한 10대 소녀가 종신형에 처해지는 것을 막는 데 당신과 함께 기여하게 되어 저로서는 얼마나 큰 행운이고 영광인지 모르겠습니다.' "이 사람이야." 비올렌은 액자에 끼워져 그녀의 책상 위에 놓여 있는 사진을 내게 가리켜 보였습니다. 저는 어렸을 때부터 그 사진을 봐왔는데, 비올렌의 사촌이나 친구일 거라고 항상 생각하고 있었지요. 저는 방금 퍼트리샤 허스트를 만난 것이었습니다. 저는 비올렌이 조금씩 들려주는 이야기의 모호한 매력에 빠져들고 말았지요. 거기서 문제가 되는 것은 고독과 만남, 선택이었어요. 살아 있다는 것, 그리고 그걸 알리는 것이 문제였지요. 그녀가 중얼거렸습니다. "때로는 서부영화에서처럼 원주민과 같이 사는 게 더 좋지 않을까?"

비올렌은 그다음 주 수요일에 제가 자전거를 타고 나타나자 깜짝 놀라는 척했지요. 저는 그 모든 것에 대해 말하는 게 지겹지도 않았고, 제 나이 또래의 친구도 없었어요. 하지만 느린 리듬으로 생활하고, 불안해하고 (대학입학자격시험이 끝나면 뭘 하지?) 금요일 밤이 되면 위스키에 콜라를 타 마시고 빻은 아스피린에 꿀을 섞어 얼굴에 바르는 저의 반 친구들을 퍼트리샤 허스트와 비교할 수는 없었지요. 비올렌은 제가 알고 싶어 하는 것을 알고 있었습니다. 저보다 나이가 겨우 한두 살 많고 저를 열광시키는 떠들썩한 소란을 일으킨 한 젊은 여성이 지금까지 어떻게 살아왔는지를 비올렌은 알고 있었던 것입니다. 저는 1975년 9월 자《뉴스위크》1면에 나와 있는 그녀의 얼굴을 유심히 관찰했습니다. 화장을 거의 하지 않았고, 또 조명을 너무 세게 해서 그런지 거뭇한 눈언저리와 창백한 피부가 한층 더 두드러져 보였지요. 체포 당시 로스앤젤레스 경찰청에서 찍은 이 사진에서 퍼트리샤-타니아는 자신을 바라보는 사람들을 도발적인 표정으로 응시하고 있었습니다. 그 사진을 관찰하던 저는 반신반의하며 비올렌에게 물었지요. "그런데 왜 이렇게 분노한 표정을 짓고 있는 거죠? 경찰이 자기를 납치범들에게서 구해줬는데?" 몇 년 뒤, 며칠에 걸쳐 비올렌의 이야기를 듣고 그녀의 기록을 읽고 나자 비올렌은 제가 그때 '분노'라는 표현을 쓰는 걸 보고 깜짝 놀랐다고 말하더군요. 이 사진을 보여주면 대부분의 사람들은 퍼트리샤-타니아가 "의기소침해 있거나 혼란스러워 하는 것" 같다고 말하는데, 오직 저만 그녀가 잔뜩 화가 나 있다고 말한 것이었으니까요.

저의 분노는 눈에 잘 띄지 않았습니다. 유순한 아이라는 제 원래의 자리로 돌아갈 시간이 되자 저는 자전거를 타고 요철이 무척 심한 길로 접어들었는데, 더구나 모래가 깔려 있어서 숨이 차 허덕거릴 정도로 세게 페달을 밟아야만 했지요. 등이 켜져 있고 부드러운 정적에 잠겨 있는 집이 저 멀리 보이자 문득 눈물이 났습니다. 저녁 식사를 할 때 저는 부모님이 그날 있었던 일에 대해 나누는 이야기에 아무 말 없이 귀 기울였습니다. 두 분은 그날 하루 몹시 힘들었는지 피곤한 미소를 짓고 있었지요. 저는 그 같은 혈연관계 사이의 고립에 경악했어요. 마치 이제서야 그걸 의식하기라도 한 것처럼 말이에요. 제가 아닌 다른 사람들이 저를 만들어 가고 있는 중이었죠. 그게 싫었습니다. 심지어는 제게 주어진 이름도 싫었습니다. 저는 어떤 희생을 치르더라도 앞으로 나아가라고 교육받았지요. 문제 제기 같은 건 하지 말고 어떤 지위라든가 일자리, 가정같이 자기가 실제로는 원하지 않는 것을 얻었다며 기뻐하는 어린 병사가 되라고 교육받은 것입니다. 저는 제 부모님의 신중한 삶을, 그들의 비겁함을 혐오했어요. 그들이 노숙인에게 동전 한 닢 던져줄 때의 그 인색한 호의를, 그들이 '우린 헛된 꿈 같은 건 일절 꾸지 않아'라고 뻐기듯 말할 때의 그 (씩씩한 기상으로 위장된) 씁쓸한 체념을 혐오했어요. 저는 더 이상 지금의 나로 남아 있지 않을 거예요. 저는 이런 이야기를 비올렌에게 털어놓았습니다. 그녀는 아무 대답이 없었습니다. 그냥 눈을 반짝이며 제가 스스로를 옭아매는 밧줄을 발견하지 못한 채 몸부림치는 소리에 귀 기울일 뿐이었죠. 저는 퍼트리샤 허스트가 사용하는 어휘들이 저에게 영향을 미치기를 바랐고, 그렇게 될 수만 있다면 그 어떤 희생이라도 치를 각오가 되어 있었어요. 하지만 제게는 어휘도 부족했고 대의도 부족했습니다. 제가 감당하기에는 이 두 가지가 지나치게 광범위하거나 (르완다에서 벌어진 학살, 이라크전쟁 등) 지나치게 지역적인 (소나무 셀룰로스 공장의 폐쇄) 것으로 보였지요. 타니아의 영웅적 행위는 저를 압도했고, 제가 수동적이라는 사실을 일깨워주었습니다. 그녀는 위풍당당하게 자신의 적들을 겨냥할 줄 알았지만, 반면에 저는 그 적들을 아직 발견하지도 못했지요. 무엇을 파괴해야 하고, 무엇과 가장 먼저 맞서야 하고, 어느 편에 누구와 함께 서 있어야 하는 걸까요? 저는 미국 국제정책센터CIP에 반대하는 대학생들의 시위와 각자가 사회문제에 대해 분노하며 열변을 토하다가 결국은 다시 일상 속으로 돌아가는 술집에서의 토론을 비웃었지요. 이 모든 것은 결국 아무 쓸모도 없었습니다. 왜냐하면 승리란 완전할 때만 승리지, 부분적인 승리란 존재하지 않기 때문입니다. 저는 제 방 카펫 위에서 팔굽혀펴기와 턱걸이, 복부 운동 등으로 신체를 단련하는 데 열중했지요. 퍼트리샤는 달리기와 제자리에서 높이 뛰는 법, 어두운 곳에서 무기를 장전하는 법, 겁을 내지 않고 공격하는 법을 배웠습니다. 저는 의욕에 넘쳤습니다. 수요일 오후가 되면 비올렌의 사무실 카펫 위에 앉아 책을 한 권 집어 읽다가 그만두고 다시 다른 책을 집어 읽기 시작했지만 역시 끝내지 못하고 내려놓기를 되풀이했지요. 전 거기 있는 모든 책을 다 읽고 싶었어요. 저는 너무 어렸습니다. 그래서 진득하게 참고 기다릴 수가 없었죠. 저는 학교에서 '무대의 이면'이라는 주제로 발표를 했는데, 당황해서 어쩔 줄 모르는 프랑스어 교사 앞에서 이 재벌 상속자의 누에고치처럼 폐쇄적이었던 세계가 적

나라하게 드러났다고 말했지요. 또 퍼트리샤가 전향을 하는 과정에서 어떻게 몇 가지 뿌리 깊은 신화를 종식시켰는지 대해서도 말했습니다. 아니, 부모는 자기 자식을 아무 조건 없이 사랑하지는 않습니다. 자식이 부모가 마련해놓은 정체성을 거부하고 다른 정체성을 가지려 하면 부모는 자식을 더 이상 사랑하지 않아요. 아니, 경찰들은 우리를 구해주려고 있는 사람들이 아닙니다. 그들은 퍼트리샤가 안에 있을 수도 있는 집을 향해 아무 망설임 없이 기관총을 난사했지요. 저는 친구들이 저를 지지할 것이라고 확신하며 퍼트리샤가 보낸 메시지를 발췌해서 읽어주었습니다. 하지만 항의가 쏟아지더군요. 가난한 사람들에게 관심이 있다고 주장하는 이 백만장자 아가씨 퍼트리샤가 세상을 바꾸겠다며 한일이 도대체 뭐지? 무장강도? 저는 제 나름의 논거를 내세웠습니다. 그럼 너희들은 너희들이 가게 될 길을 가로막을지도 모르는 것으로부터 멀찌감치 떨어져 조심스럽게 서 있는 것 말고 한 게 뭐야? 저는 20점 만점에 겨우 5점을 맞았습니다. "주제에서 벗어났다"는 이유로 말입니다.

비올렌은 내가 이렇게 모욕도 당하고 또 계속 질문을 던지기도 하는 걸 옆에서 지켜보며 위로를 해주기도 하고 이런저런 충고를 해주기도 했습니다. 그녀는 이제 어린 저를 위해 크레이프를 만들어주던 그 신중한 성격의 언니가 아니라 매우 빠르게 이성적으로 추리하는 논리적 여성이 되어 있었습니다. 저 말고 그녀를 알고 있는 사람은 아무도 없었어요. 2개 국어를 구사하는 나의 히로인은 그 믿을 수 없을 만큼 놀라운 미국 여성과 함께 단 2주일 만에 퍼트리샤를 구해냈지요. 제 부모님은 도대체 비올렌과 어디서 뭘 하는 거냐고 더 자주 캐묻곤 하셨지요. 비올렌은 얼마 전에 마흔 번째 생일을 맞은 사려 깊은 중년 여성이었어요. 그런데 '하다'라는 동사를 사용할 때 부모님은 눈에 띌 정도로 거북해하셨어요. 뭔가를 상상하며 당혹스러워하시는 것이었죠.

저는 열여덟 살이 되었고, 대학입학자격시험을 겨우 통과했습니다. 부모님은 제가 "넓은 세상으로 나가기"를 바라셨습니다. "새로운 학교가 네게 문을 열어줄 것이고, 보르도는 매우 아름다운 도시"라고 말씀하시면서요. 저는 11월의 보슬비와 6월의 밤에 옥수수밭에 내리는 안개, 보라색 엉겅퀴, 사구를 침식하는 태풍, 그리고 비올렌을 떠났습니다.

부모님이 자랑하던 그 문이 어디로 나 있는지를 비올렌이 볼 수만 있었다면……. 저는 매일 밤 전화로 상업전략 강의야말로 진짜 세뇌나 다름없다며 불평을 늘어놓곤 했습니다. 비올렌은 저의 머리가 다른 것들을 견뎌냈던 것처럼 이것 역시 견뎌낼 것이라며 달래주었지요. 저는 이미 태어날 때부터 부모님과 학교, 미디어, 종교, 그리고 심지어는 비올렌으로부터도 수십 차례 세뇌당했다는 것이었어요. 어쨌든 그 학교를 계속 다니라고 제게 강요하는 사람은 아무도 없었습니다. 그녀는 바닷가와 겨울이 되기 전에 다갈색으로 변하는 바닷가의 고사리 사진과 레니 사진도 보내주고, 편지도 많이 보내주었지요. 그녀는 제가 좋아할 거라고 생각하여 그녀가 제 나이인 열아홉 살 때 쓴 편지도 보내주었습니다.

제 생각에, 세뇌라는 단어는 오직 그것이 교육제도에서 생겨나 미디어를 통해 영속되는 과정을, 그것을 통해 사람들이 수동적으로 변하여 그들에게 정해진 자리, 즉 지배계급의 노예라는 자리를 차지하는 과정을 가리킬 때만 의미를 갖는 것 같습니다……. 만일 제가 세뇌를 당했다면, 그것은 우리 모두가 사회 속에서 한 자리를 차지하고 그 자리를 유지하도록 조건 짓는 세뇌입니다. 저는 사립학교에서 12년이라는 세월을 보냈습니다. 지배계급의 열망을 키우느라 여념이 없는 젊은이들과 함께요. 지금 생각해보면, 그 학교는 미래의 파시스트를 훈련하고 교육하는 장소였지요. 그곳에서 우리는 개인주의와 경쟁의식, 인종차별주의 같은 자본주의적 가치들을 발달시키도록 교육받았어요.

타니아 허스트 덕분에 저는 제가 하고 싶은 말을 할 수 있게 되었습니다. 저는 한 소논문에서 그녀의 말을 인용했습니다. 저는 그 문장을 복사하여 학생들에게 나눠주면서 그것에 대해 토론하자고 제안했지요. 이것이야말로 바로 우리가 훈련받는 이 학교에서 일어나고 있는 일 아닌가? 학교 측에서는 저를 소환하여 "목표를 재고해볼 것"을 제안하더군요.

저는 이제 스물두 살입니다. 파리 18구의 14제곱미터짜리 단칸 아파트에서 살고 있었습니다. 저는 대학을 두 군데 옮겨 다녔지요. 영문과와 사회학과는 1학년을 1년씩, 역사학과는 1학년을 반년 다녔지만 확신이 서지 않아 결국은 다 그만두었어요. 그동안 식당 종업원으로도 일했고, 화장품 가게 판매원으로도 일했고, 베이비시터로도 일했습니다. 또 남의 집 개 돌봐주는 일도 했고, 헤어드라이어나 가정용 저울, 보습제 등 여러 가지 상품의 사용설명서를 번역하는 일도 했지요. 이런 일은 오래 할 수가 없지만 상관없었습니다. 저의 삶은 제가 국립도서관BNF의 문을 밀고 들어가는 순간 시작되었죠. 저는 거기서 일주일에 여러 차례 미국에서 발행되는 신문과 잡지를 읽는 게 습관이 되었습니다. 저는 홀의 엄숙한 침묵 속에서 마음을 가라앉히고 흐릿한 시간 속에 쪼그리고 앉은 채《타임》와《뉴스위크》,《라이프》의 페이지를 넘겼지요. 저는 이 한가한 곳에서 시간을 보냈습니다. 여기 말고는 갈 데가 아무 곳도 없었지요. 부모님 집으로 돌아간다는 건 생각할 수도 없는 일이었습니다. 파리는 저를 혼란스럽게 했습니다. 그래서 어디로 가야 할지 몰라 초초해하며 서로 밀치고 서둘러대는 수많은 사람들로부터 벗어나 이곳을 찾은 것이었죠. 사실 퍼트리샤 허스트 생각은 더 이상 나지 않았습니다. 너무 자주 봐서 이제는 그만 만나도 될 것 같은 어릴 적 친구처럼 그녀를 잊어버린 것입니다. 비올렌이 최근에 몇 번 편지를 보내왔지만 답장을 하지 않았어요. 그러자 그녀의 편지는 점차 뜸해졌습니다.

2000년 12월, 몇 년 만에 성탄절 주일을 부모님 집에서 보냈지요. 그런데 그들은 비올렌이 혼자 살다 보니 좀 이상해진 것 같다며 가슴 아파했습니다. 그녀가 얼굴에 베일을 쓰고 다니려는 두 명의 닥스고등학교 여학생을 지지하고 나섰다는 것이었습니다. 비올렌이 이슬람교도가 아니라는 걸 모르는 사람이 없는데 말입니다! 그녀는 교장에게 편지를 써서 보냈는데, 이 이상한 청원서에서 '우리를 난처하게 만드는 것을 있는 그대로 드러내는 이 10대 여성들'을 옹호했지요. 어떤 소녀는 펑크족이 될 수도 있는 거고, 또 어떤 소녀는 베일을 쓸 수도 있는 거죠. 이 어린 여성들이 누군가의 포로가 되어 조종당한다고 단정 짓는 우리는 과연 스스로 자유롭다고 확신할 수 있나요? 집에서 아이들은 간식 시간이 되어도 이제 더 이상 서로 떼밀거나 하지 않지요.

저는 서로 소식을 주고받지 않은 채 보낸 시간이 오래

라는 사실에 당황스러워하며 다음 날 비올렌을 찾아갔지요. 하지만 비올렌은 저를 오랫동안 꼭 안아주었습니다. 그녀는 얼마 전에 장기 무소득자 정부 지원금을 신청했다고 말했지요. 지금은 모든 사람이 영어를 완벽하게 구사하기 때문에 번역 의뢰가 잘 안 들어온다고 하면서요. 여자 고등학생들의 베일 사건 이후로 사람들의 모욕적인 빈정거림의 대상이 되었지만 겉보기에는 끄떡도 하지 않는 그녀를 보면서 저는 그녀가 혼자 살아야 하는 운명을 타고났다는 생각을 했어요. 그런 생각을 하면서 한편으로는 감탄스럽고 또 한편으로는 놀라웠지요. 비쩍 마른 그녀를 보니 가엾다는 생각이 들어 그녀를 보호해주고 싶기도 했고 억지로라도 먹여야 되지 않을까 싶은 생각이 들기도 했답니다. 그렇지만 그녀의 육체는 단련되어 약하지 않았어요. 그녀는 그 어느 것에도 굴복하지 않았습니다.

저는 서른 살에서 서른두 살 사이입니다. 비올렌은 정기적으로 파리에 사는 저를 찾아왔지만, 늘 제게 폐를 끼치지 않으려고 애썼습니다. 그녀는 방바닥에 매트리스를 깔고 잠을 잤고, 새벽에 소리도 안 내고 일어났지요. 낮에는 하루 종일 어디론가 사라져 모습을 보이지 않았어요. 처음에 그녀는 몹시 기뻐하며 마치 방금 새로 읽은 무슨 시라도 된다는 듯 길거리 이름을 수첩에 베껴 쓰기도 했고, 센강에 걸쳐진 모든 다리를 다 건너보았다며 몹시 즐거워하기도 했습니다. "어딜 가도 유적이야. 어딜 가도 돌로 지어진 웅장한 대저택과 성당, 은행, 정부청사들뿐이야. 어딜 가도 상점과 식당뿐이야. 돈 안 내도 앉을 수 있는 그런 곳은 없나? 왜 공원은 오후 7시만 되면 문을 닫는 거지?" 그녀는 어느 날 아침에 남겨놓고 간 메모에 이렇게 썼습니다. '이 도시에서는 오직 건설되도록 내버려둔 것의 명백한 증거밖에 볼 수가 없어. 사람들은 서로의 시선을 피해. 이곳에서 사람들은 오직 신원과 사회적 기능으로서만 존재하지.' 제가 더 있다 가라고 말렸지만 그녀는 자신이 사랑하는 대서양과 그 고집스런 조류로, 네베바가 말했던 것처럼 "모든 것이 가능하지만 그 어느 것도 보장되지 않는" 공간으로 돌아갔습니다. 이따금 동네에서 만나면 제가 아직도 방황하고 있다며(도서관에서 책을 읽는 건 직업이 아니잖아요?) 상심해하는 부모님께 비올렌은 무뚝뚝하게 대꾸했지요. "방황하는 것은 용감한 일이에요! 의심해보는 것이 하나의 의무가 되어야 하듯 방황하는 것도 하나의 의무가 되어야 합니다!" 그녀에게 전화해서 저의 임신 소식을 알리며 고향으로 돌아가 정착할 생각이라고 말하자 그녀는 도착하면 꼭 자기 집에 들르라고 신신당부했습니다. 그리고 곤란한 문제가 생겨도 영어로 잘 해결할 수 있을 텐데 왜 몇 주일 정도 미국에 가지 않느냐고 덧붙였지요. 저는 비올렌에게 여름에 같이 미국에 가면 어떻겠느냐고 제안했습니다. 싼 비행기표와 노샘프턴의 유스호

스텔도 찾아냈고, 대학 캠퍼스도 방문할 수 있을 거라면서요. 그녀는 제가 마치 신경 써서 다뤄야 하는 어린아이라도 되는 듯 대답했지요. "생각해보자."

저는 서른일곱 살이고, 지금은 2015년입니다. 젊은 여성들이 어느 날 집에서 사라집니다. 그들은 국경에서 발견되어 국가 안보를 해치는 요주의 인물로 분류되고, 플로차트로 정리됩니다. 도표를 이용해서 젊은 여성들 간의 상관관계를 밝혀낼 수 있지요. 대부분 중산층 출신인 그들은 15세에서 25세 사이이고, 그 이전의 몇 달 동안만 해도 전혀 아무 특이점을 보이지 않았어요. 아무 눈치도 못 챘던 부모들은 인터넷상에서 자식들의 또 다른 면모를 접하고 망연자실했습니다. 동영상 메시지에서 그들의 딸은 단조로운 목소리로 비난합니다. '눈앞에서 벌어지는 불의에 침묵하면서 어떻게 인류애를 발휘하자고 떠벌릴 수 있는 거지요? 가난한 사람들에 대한 무관심, 그건 죄악 아닌가요?' 그건 일종의 경고였습니다. 저는 몇 시간 동안 아무런 이유나 목적 없이 르포 영상들을 보았고, 기사들을 읽으며 스크랩했지요. 그렇게 보고 읽고 스크랩하는 동안 의문이 끊임없이 솟아올랐습니다. 미래가 전도양양했던 이 젊은 여성들은 도대체 왜 잡지 1면에서 헝클어진 천 아래 감추어진 가슴을 짓누르는 무기를 든 채 카메라를 뚫어져라 응시하고 있는 것일까? 저는 이 기사들을 비올렌에게 보냈지요. 그것은 이 젊은 여성들을 도무지 이해할 수 없어서 몹시 불안해지자 그들을 "다시 프로그래밍"하겠다고 공언하는 어른들의 판결이었습니다. 비올렌은 처음에는 회의적이었습니다. "퍼트리샤는 누군가를 죽일 생각이 전혀 없었어. SLA의 신조는 휴머니즘이었지. 비록 그 신조를 끝까지 지켜나가지는 못했지만…… . 자, 우리, 상황을 단순화하지 않도록 조심하자." 우리는 토론을 다시 시작했지요. 이 신문들의 논설은 40년이 지난 뒤에도 1975년 때의 그것과 똑같은 단어들을 사용하고 있었습니다. 그들이 우리의 딸, 우리의 누이동생, 우리의 여자 친구가 될 수 있을 것인가? 비올렌은 희고 두꺼운 종이에 짧은 문장 하나를 베껴 써서 내게 보냈습니다.

어떤 사람들이 전향이라고 부르거나 갑작스러운 변화로 간주하는 것은 전향이나 갑작스러운 변화가 아니라 마치 사진을 만들 때처럼 느리게 이루어지는 현상 과정입니다.

퍼트리샤 허스트(타니아)

결국 저는 국립도서관 사서에게 부탁해 대학생들처럼 (더 이상 대학생이 아니지만) 카드를 만들었습니다.《패티, 무기를 들다》라든가《퍼트리샤 허스트와 70년대의 과격화》,《퍼트리샤 허스트 재판》 같은 책의 대출을 예약해야 했기 때문이었어요. 이 책들을 읽고 있노라니 아주 오래된 노래의 후렴이 다시 생각나는 것 같기도 했고, 어렸을 때 봤는데도 몇 가지 대사는 아직 기억나는 연극을 보는 것 같기도 했습니다.

지난해 12월, 저는 부모님 집에 도착하자마자 청바지 원단으로 만들어진 낡은 반바지와 타이츠를 겹쳐 입은 다음 차고에서 자전거를 꺼냈습니다. 비올렌은 집 앞에서 저를 기다리고 있었어요. 그녀는 자신이 전해주었던 이야기의 속편을 들려주는 제게 귀를 기울였습니다.

재판 첫날, 퍼트리샤 허스트는 목까지 단추가 채워진 회색 실크 블라우스에 큰 나비넥타이를 메고 나타났습니다. 손톱에는 연한 분홍색 매니큐어가 칠해져 있었지요. 언론은 이 같은 변신을 재미있어했어요. 그러면서 그녀가 또다시 세뇌를 당했지만, 이번에는 그녀의 부모로부터 세뇌를 당한 것이라고 보도했지요. 저는 빌과 에밀리, 퍼트리샤에게 열두 시간 동안 인질로 잡혀 있었던 이 18세 남성의 우스꽝스러운 증언을 비올렌에게 읽어주었습니다. 그들은 멜즈 스포츠용품점 앞에서 사고가 일어난 뒤 샌프란시스코를 떠나기 위해 이 남성의 자동차가 필요했던 것입니다.

"저는 차를 팔려고 했지요. 그런데 그들이 관심이 있다며 시운전을 해보고 싶으니 저랑 같이 한 바퀴 돌아봤으면 좋겠다고 말하기에 그러자고 했어요. 여자 두 명, 남자 한 명이었습니다. 그들은 정말 쿨했어요. 제가 밤색 머리 여자랑 같이 뒷자리에 앉아 있는데 그들이 총을 꺼냈습니다…….”

“밤색 머리 여성이라면 피고를 말하는 건가요?”

“예, 맞아요. 타니아, 아니, 패티, 퍼트리샤…… 그녀가 내게 물었어요. ‘내가 누군지 알아?’ 그녀의 얼굴을 보니 뭔가가 떠오르더군요. 그러자 그녀가 말했습니다. ‘나, 타니아야. 퍼트리샤 허스트라고.’ 오, 이런! 타니아 허스트는 정말 쿨한 사람이었어요! (…) 우리는 하루 종일 함께 있었지요. 영화도 보러 갔어요. 그러다가 새벽에 저를 도로에 내려주었지요.”

“왜 증인은 그 일을 부모님이나 경찰에게 말하지 않았습니까?”

“그들이 말하지 말라고 해서요. 호감이 가는 사람들이었어요. 특히 타니아요. 정말 너무 멋진 여자였지요. 밤에 내게 담요도 덮어주고, 머리도 쓰다듬어주고, 다 잘될 거라고 위로도 해줬어요.”

“혹시 그녀가 자기 부모님께 무슨 메시지를 전해달라고 하지 않았나요?”

“아니요.”

(…)

“그녀가 멜즈 스포츠용품점 사건에 대해 이야기하던가요?”

“예. 그녀는 사람들을 구하고 사람들을 구해내는 훈련을 받는 게 너무 멋진 경험이라고 말했습니다. 그들은 결코 절 위협하지 않았어요. 그리고 그들이 그 남자 손에 채워진 수갑을 푸는 데 성공했을 때 저는 그걸 기념으로 가질 수 있었지요. 너무 근사했어요."

비올렌의 사무실에서 카펫을 깔고 앉은 우리는 1976년 법정의 방청객들이 이 증언이 끝난 뒤에 그랬던 것처럼 웃음을 터뜨렸습니다. '정말 쿨했다, 너무 근사했다.' 저는 낡은 미국 잡지들로 가득 차 있는 종이상자가 여전히 제일 높은 선반에 놓여 있는 걸 보았지요. 하지만 그때는 어떻게 문장을 시작해야 할지 알 수가 없었습니다. 저는 비올렌을 쳐다보지 않은 채, 당신을 찾아본 것이 아니라 발견한 것이나 마찬가지라고 말했지요. 키워드를 세 개만 쳐 넣었는데도 구글에서 단 1.38초 만에 당신이 어떤 사람인가를 알려주더군요. '진 네베바, 스미스칼리지 교수, 1976년에 출판된《머시 메리 패티》라는 작품의 재판再版을 최근에 성공적으로 찍어냄.'

당신의 조수는 마치 방금 제가 그녀를 한 대 세게 후려치기라도 한 듯 꼼짝하지 않았어요. 저는 프랑스의 대서양 해안에 있는 한 작은 도시에서 이상할 정도로 미국적이었던 제 어린 시절 위를 떠다니는 이 네베바라는 이름을 발음하기 위해 일부러 무덤덤한 말투를 사용했지요. 그리고 결국 용기를 내어 비올렌에게 1975년 2주일 동안을 기록한 수첩을 보여줄 수 있느냐고 물었습니다.

열아홉 살의 비올렌은 공들인 필체로 공간을 파괴했습니다. 자기가 살고 있는 지역을 단 한 번도 떠나본 적이 없는 그녀가 그 경계를 없애버린 것이지요. 그녀는 켄트주와 푸드 프로그램, 맹목적인 FBI 요원들, 디어필드의 젊은 여성들에 대해 알게 되었죠. 어떤 사실은 새로 알게 되고 또 어떤 사실은 잊어버립니다. 비올렌은 사실이라고 믿었던 것을 삭제하고 당신이 가르쳐준 사실을 베껴 썼습니다. 비올렌이 10대 때 썼던 침대 가장자리에 앉은 저는 곁에서 그녀 말에 귀를 기울였지요. 비올렌은 시간 순서에 따라 우선 동네 빵집에 붙인 광고('학생이 아닌 분은 사절합니다') 얘기부터 꺼냈습니다. 그다음은 당신 사무실에서 이루어진 면담. 당신은 불시에 나타났지요. 그녀는 그때 자신의 미래를 바꿀 수도 있었습니다. 젊은 비올렌은 많은 것을 보고 느꼈지만 그걸 당신에게 이야기하지는 않았지요. 트럭에서 가난한 사람들에게 유통기한 지난 통조림을 던져주는 그 위선적인 자비를 실눈을 뜨고 목격한 한 젊은 여성의 구역질, 부모가 자신을 공개적으로 달러로 계산한 것에 대해 느낀 혐오감, 그리고 1975년 2월에 열리는 사교계 데뷔 무도회 참석자 명단에서 딸 이름이 빠지자 딸의 장래를 걱정했던 그녀의 어머니.

비올렌은 미안하다고 말하면서 단어들을 찾았지만, 해야 할 일과 토론, 모순으로 넘쳐나는 확장된 시간들을 제게 묘사하지는 못했지요. 그녀는 어느 날 당신이 기분 좋은 척하고 있었지만 사실은 그렇지 않았다는 사실을 기억해냈어요. 결국 당신은 간식 시간 때 뒨학교 학장이 꼭 말 잘 안 듣는 반항아를 타이르듯 당신을 훈계했다고 털어놓았습니다. 더 고약한 건 교사들까지 학장 편에 서서 쉬는 시간이 되자 당신에게 무책임하다는 비난을 퍼부었다는 것이었습니다. 이 모든 게 다 단어들 때문이었죠. 수업 시간에 공부한 글 때문이었다는 말입니다. 당신의 학생들은 결국 토론에 취미를 붙였지요. 하나의 논리를 세우는 한편 어떤 개념을 구성하는 관점들을 꼼꼼하게 검토해보려고 애썼습니다. 한 여학생이 신이 나서 수업 내용을 부모에게 이야기했습니다. 이 부모는 학장에게 불만을 털어놓았지요. 그들은 무엇을 두려워하는 것일까요? 단어들을 두려워하는 것일까요? 이 단어들이 자식들에게 나쁜 영향을 미칠까 봐 두려웠던 것일까요? 비올렌은 마치 아직까지도 당신을 옹호해야 한다는 듯 단호히 논거를 제시했습니다. 당신이 생각할 때는 어떤 글에 동의하느냐 안 하느냐가 아니라 그 글이 내포하고 있는 것과 대면하느냐 못 하느냐가 문제인데, 이 마을에서는 아무도 그걸 이해하지 못한다는 거였죠. 그녀가 그걸 수첩에 베껴 써놓지 않았기 때문에 우리 두 사람은 그녀의 기억 속에서 문제의 글을 찾았습니다. '그 글이 어떻게 시작되지? 맬컴 X로 시작되나? 제임스 볼드윈으로 시작되나?' 그녀는 기억해내지 못했어요. 지난주에 저는 그녀에게 보낸 이메일에 《머시 메리 패티》 185쪽을 옮겨 썼습니다. 그것은 바로 SLA의 리더인 신케 이름으로 된 이메일이었어요.

당신들은 나를 알고 있습니다. 당신들은 항상 나를 알고 있었지요. 나는 사람들이 두려워하며 쫓아낸 그 검둥이입니다. 당신들은 나를 찾아내기 위해 검둥이들을 수백 명 죽였지요. 하지만 나는 이제 더 이상 빼앗기고 살해당하는 사람이 아니에요. 이제 나는 당신들을 쫓아내는 검둥이란 말입니다. 그래요, 당신들은 나를 알아요. 이제 우리 모두를 알아요. 당신들은 불법노동자이고 속박받는 자이고 정부情婦이고 하인이고 피부가 검은 우리를 알고 있으며, 우리는 압제자이고 살인자이고 도둑인 당신들을 알고 있습니다. 당신들은 우리를 쫓아내고 죽이고 착취했지만, 이제는 우리가 사냥꾼이 될 겁니다. 그래서 인정사정없이 당신들을 쫓아낼 것입니다. 우리는 우리 목숨을 헐값에 팔아치웠지요. 하지만, 우리 아이들의 목숨은 그렇게 하지 않을 것입니다.

비올렌이 투덜대듯 말했습니다. "어처구니없군." 지리

멸렬한 순간과 사건들이 그녀의 머릿속에 떠올랐지요. 당신이 소파에 엎드려 눕는 방법, 당신의 발바닥을 핥는 레니, '비올렌이 못 보겠지' 하며 레니에게 속삭이는 당신, 당신이 피곤할 때 두 눈을 감고 취하는 요가 자세, 당신의 녹슨 차 통, 비올렌이 당신에게 새로운 표현을 가르쳐줄 때마다 당신이 짓는 기쁜 표정, 매일같이 당신의 침실에서 비올렌의 귀에까지 들려오는 퍼트리샤 허스트의 목소리, 동네에서 만나면 네베바 선생님과 친하다며 비올렌을 부러워하는 학생들, 딸이 뒨학교 선생님과 함께 일한다며 자랑스러워하다가 결국은 두 사람이 함께 무슨 일을 하는지를 알게 된 비올렌의 부모, 보고서를 보내기 이틀 전에 걸려온 변호사의 전화, 당신의 불안, 당신의 피로, 마지막 순간에 무無에서 무엇인가를 찾아냈다는 당신의 확신……. 1975년 12월, 당신은 당신들 두 사람이 비밀을 알아내려고 애쓰는 어느 젊은 여성이 타니아도 아니고 퍼트리샤도 아니라는 사실을 직감했지요. 재판은 본보기로 삼으려는 일종의 구마식이 될 거예요. 우리는 다시 형태를 갖추어가는 과거로 결합되었지만 이제 다시 헤어지게 될 겁니다.

군이 비올렌에게 감출 생각은 없었지만, 아직 그녀에게 말을 하지 못했습니다. 처음에 거절을 당하고 난 뒤 몇 달 동안 다시 프로젝트를 발전시키느라 정신이 없었기 때문입니다. 결국 저는 그곳에서 연구를 해보라는 ('귀하를 스미스칼리지에 초청합니다'로 시작되는) 초청장을 받았습니다. 그 학교에서 저는 완전한 재판 기록(당신은 《머시 메리 패티》의 첫 부분에서 이 재판의 방청객들에 대해 묘사하고 있지요)을 6개월 동안 열람할 수 있게 된 것입니다.

사람들은 아침 7시부터 줄을 선다. 텔레비전에서 그 행적을 지켜본 퍼트리샤를 좀 더 가까이 보려고 온 어머니들은 한편으로는 자기 딸이 그녀를 따라하자 질겁하고 또 한편으로는 왜 딸을 '좀 더' 여자답게 키우지 못했을까 후회한다. 활동가 몇 명이 한쪽에 모여 이야기를 나누고 있었다. 퍼트리샤는 자신의 완전히 새로운 확신을 부인할까? 어쨌든 그녀는 특권을 누리는 여성에 대한 교육이 아무 쓸모 없다는 걸 보여주는 증거인데……. 법대 학생들은 메모장과 볼펜을 든 채 열띤 토론을 벌일 준비를 하고 있다. 모두가 퍼트리샤의 본질을 파악했다고 확신했다. 한 젊은 여성은 한 손에는 검은색 베레모를 쓴 타니아의 모습을, 다른 손에는 영성체 복장을 한 퍼트리샤의 모습을 실물 크기의 판지로 만들어 들고 이리저리 서성거렸다. 3달러를 주면 머리를 구멍 속에 집어넣고 사진을 찍을 수 있었다. 피고의 어머니는 한 신문기자와 인터뷰를 하면서 하느님이 딸을 다시 자신에게 데려다주기를 기도했다. FBI는 의기양양한 표정으로 카메라를 바라보며 말했다. "사건 해결은 시간문제라는 사실을 우리는 늘 알고 있었습니다." 피고의 아버지 역시 이리저리 왔다 갔다 하면서 "퍼트리샤가 유죄 선고를 받을 리 없다, 어쨌든 딸은 납치당한 거다"라는 말을 되풀이했다. 한 방청객은 인터뷰에서 퍼트리샤가 사회를 혼란스럽게 만들어놓았으니 시범 케이스로 중형을 선고해야 한다고 말했다. 판사가 입정하니 법정에서 조용히 해달라는 방송이 나왔다.

퍼트리샤는 피고석에 앉았다. 그녀의 손톱에 바른 매니큐어의 분홍색이 꼭 손가락의 붉은 피부로 둘러싸인 잔잔한 호수처럼 보였다. 굴곡진 밤색 머리를 머리 양쪽으로 나누어 얇은 황금색 머리핀으로 고정시킨 그녀는 검사가 피고 측에 불리한 증거를 하나하나 열거하는 것을 공손하게 듣고 있었다. 검사는 마흔셋. 그는 하루도 빠짐없이 점심 시간에 테니스 경기를 한다. 그리고 퇴근 시간을 훨씬 넘겨가면서까지 열심히 일한다. 지금까지 참전을 거부하는 젊은이들과 정부 보조금 부정수급자들을 기소했고, 지금은 테러리스트로 추정되는 자들을 기소한다. 법정의 불이 꺼졌다. 검사가 하이버니아 은행 강도사건이 녹화된 비디오테이프를 틀라고 회색 양복을 입은 FBI 요원에게 손짓했다.

어쩌면 변호사가 종이 서류함의 내용물을 다 모았을 때는 이 짧은 필름이 아직 없었을지 모르니, 1975년에는 당신이나 비올렌 모두 재판 때 큰 문제가 되었던 이 짧은 영상을 보지 못했을 것입니다.

  스미스칼리지의 고문서보관실에서 저는 이 필름을 수십 번은 되돌려보았을 겁니다. 불규칙하게 흔들리는 흑백 영상의 컷 하나하나를 자세히 살펴보았지요. 실루엣들이 리놀륨 위를 대각선으로 움직이며 꼭 춤을 추듯 같은 동작을 되풀이했어요. 손목시계를 보기도 하고, 옆 사람에게 고개를 끄덕이기도 하고, 뒤편을 흘깃거리기도 하고, 돌아서기도 하고, 무엇인가를 힐끗거리기도 하고, 무기와 시간을 확인하기도 했지요. 이 특별한 필름은 모든 희망이 집중된 한 여성을, 우선 자신의 목소리와 글을 다듬은 다음 처음으로 화면에 등장하면서 단 몇 주만에 자신의 캐릭터를 구축한 타니아라는 여성의 존재를 확실히 부각시켰습니다.

SLA는 가장 성실한 청취자들조차도 지겨워하고 있다는 사실을, 이제 더 이상 라디오 연속극을 듣는 시대가 아니라는 사실을 알고 있었습니다. "저는 남아서 싸우기를 선택했습니다I chose to stay and fight." 하지만 타니아 허스트의 사진이 보도되자마자 사람들은 안달하면서 그녀가 행동하는 것을 보고 싶어 했지요. 그래서 은행 강도를 계획했습니다. SLA 멤버들은 대학생이 할 수 있는 아르바이트를 그만두고 지하에서 활동하기 시작한 뒤로 통조림만 먹는 등 그동안 저금해놓은 돈을 아껴 썼습니다. 그들은 적당한 건물을 찾아 샌프란시스코 전역을 돌아다녔지요. 하이버니아 은행 건물 정면에는 지나가는 사람들 눈에 잘 띄도록 '무장강도행위는 감시카메라로 녹화됩니다'라고 경고하는 글이 붙어 있었지요.

미국인이 세금을 내는 완벽하게 상징적인 날짜 1974년 4월 15일, 똑같이 헐렁한 외투에 나팔바지를 입은 젊은 백인 여성 네 명과 흑인 남성 한 명이 오전 9시 40분에 은행 안으로 들어갔습니다. 이 네 사람은 얼굴이 가려지지 않는 중절모를 쓰고 있어서 사람들은 이들이 누구인지 알아볼 수 있었지요. 신케, 에밀리, 커밀라. 그리고 퍼트리샤 허스트. 그녀는 혼자 준비하고 무대에 등장했을까요, 아니면 누군가가 그녀에게 무릎까지 내려오고 굵은 쇠단추가 달린 외투를 입으로라고 내밀었을까요? 그녀는 깜짝 놀란 표정의 사람들 앞에서 이렇게 말했다. "여러분, 안녕하세요. 저는 타니아입니다. 아, 퍼트리샤, 퍼트리샤 허스트입니다." 그녀는 누군가가 미리 써준 원고를 읽었을까요, 아니면 깜짝 놀란 사람들 앞에서 즉흥적으로 본인을 소개했을까요? 마치 클레이 코트에서 테니스를 치는 여성처럼 옆으로, 앞으로, 뒤로 걷는 그 사뿐사뿐한 걸음걸이를 누군가에게 배운 것일까요? 2층 경비원이 작동시킨 감시카메라가 오전 9시 43분부터 돌아가기 시작했지요.

재생.

비록 돈이 부차적인 역할을 하기는 하지만 그래도 이것은 무장강도행위입니다. 단순한 무장강도행위가 아니라 한 가상극의 전전前前 에피소드이지요. SLA는 자신들이 총을 들고 강도질하는 모습이 감시카메라에 찍히기를 원했고, 세계 최초로 무장강도행위를 연출했습니다. 그들은 카메라를 보며 더 잘 이야기하기 위해 계속해서 눈으로 감시카메라를 찾았습니다. 그들은 이렇게 말하는 듯 했습니다. '영상은 우리를 감시할 수 있는 권리를 부당하게 가진 것인가? 그렇다면 우리는 우리가 쓰려고 하는 이야기를 말로 하기 위해 당신들의 카메라를 이용할 것이다.'

당신은 탄도학 전문가의 증언을 당신의 책에 실었지요. 이 전문가는 타니아가 그냥 흉내를 낸 것뿐이라고 주장했지요. 상속자 퍼트리샤가 혁명가 타니아처럼 행동했다는 것입니다. 이 전문가는 총을 외투 안에 단단히 챙겨두라고 누군가가 그녀에게 지시했다고 확신했지요. 그는 그녀의 오른손이 허리에 가 있어서 빨리 방아쇠에 손가락을 갖다 댈 수 없기 때문에 만일 총격전이 벌어졌다면 공격에 그대로 노출되어 경찰에게 사살되었을 거라고 주장했어요. 베트남전쟁에 참전했다가 퇴역한 사람들이 이 전문가 다음에 증언을 했는데, 그들의 주장은 완전히 달랐습니다! 퍼트리샤와 그녀의 동료들은 총을 어깨에서 허리로 비스듬히 매고 있었는데, 이렇게 매면 총알이 발사되는 순간까지는 총을 볼 수가 없다는 것입니다. 총을 쏘려면 오른쪽 주머니에 미리 뚫어놓은 구멍으로 손을 집어넣어 방아쇠를 당기기만 하면 된다는 것이었어요. 경찰이 쓰레기통에 버려진 외투를 발견했을 때 오른쪽 주머니는 표 나지 않게 잘려나가 있었습니다.

그녀는 스스로 무장을 한 것일까요, 아니면 어떤 다른 사람이 그녀를 무장시킨 것일까요? 법정에서는 화면을 확대해서 보며 설전을 벌였지요. 그중 한 화면에서 허스트는 조준을 하는 듯 보였습니다. 또 다른 화면에서는 SLA의 다른 두 멤버가 이 젊은 여성에게 총부리를 겨누고 있는 것처럼 보이기도 했지요. 한 경비원은 자기가 보기에는 타니아가 전적으로 자신의 뜻대로 행동한 것이라고 자신 있게 말했습니다. "그녀의 태도라든가 행동하는 걸 보면 분명히 알 수 있습니다…… 그녀는…… 정말 거친 여자였어요……."

검사가 샌프란시스코의 한 유명한 장애인학교에 다니는 농인 학생들에게 이 영상을 보여주자 그들은 타니아의 입술을 보고 그녀가 무슨 말을 하는지를 읽어냈습니다. "자, 우린 무장강도다, 이 개자식들아! 다들 꼼짝 마! 안 그러면 내가 너희들 대갈통을 날려버릴 거야!"

그래요, 엄마, 아빠, 저는 잘 지내고 있어요. 아주 잘 지내고 있다고요.

SLA의 주장에 동조한다고 발표한 지 12일 뒤에도, 납치당한 지 70일 뒤에도, 레지 드브레가 이 상속자에게 보내는 편지가 〈이그제미너〉에 실린 지 3일 뒤에도 그녀는 여전히 아주 잘 지내고 있었지요.

드브레가 '진짜' 혁명이라는 게 무엇인지를 마치 설교하듯 현학적으로 설명하는 이 편지를 비올렌에게 읽어주다가 웃음을 터뜨리는 당신의 모습이 상상됩니다. 요컨대 퍼트리샤가 장난감을 내려놓고 집으로 돌아갈 시간이 되었다는 것입니다. 만일 그게 아니라면, 그녀 자신이 주장하듯이 정말 혁명가가 되었다면 증명해보라는 것입니다. 오케이, 알았어요. 잘 보세요, 드브레 씨. 오전 9시 40분, 타니아는 하이버니아 은행 로비로 난입했습니다. 그녀는 그다음 메시지에서 재미있는 어조로 이 말을 덧붙이게 될 것입니다. "아저씨, 이제 저의 결심이 확실히 섰다는 것을 아셨을 테니 더 이상 신경 안 쓰셔도 될 것 같아요."

타니아-퍼트리샤의 아버지는 딸에게 이런 은행을 하나 사줄 수도 있었을 겁니다. 은행장은 허스트 가문의 오랜 친구이고 그의 딸은 퍼트리샤의 절친한 친구인 그런 은행을 말이지요.

당신은 결론 삼아 이렇게 썼지요. '만일 이 은행을 털자고 SLA에 제안한 것이 퍼트리샤라면 그녀가 탁월한 유머 감각을 가지고 있다는 사실을 인정해야 할 것이다.' 이 재판에서는 가끔 우스운 일이 벌어져 방청객들이 폭소를 터뜨리곤 했지요. 예를 들면 법정에 꽉 들어찬 사람들을 웃게 만든 한 증언처럼 말입니다. 이 증인은 무장강도들이 모자를 쓰고 헐렁한 외투를 입은 꽤나 근사한 모습으로 은행 안에 들어오는 모습을 봤지만, 그게 〈샌프란시스코의 거리〉라는 연속극 장면을 촬영하는 것이라 생각하고 전혀 두려워하지 않았던 것입니다.

방금 이야기한 에피소드들은 대학교수인 당신이 쓴 책에는 거의 등장하지 않습니다. 당신의 빈정거리는 듯한 문체가 순전히 법률적이거나 정치적인 작품을 읽게 될 것이라고 기대하고 있던 사람들을 어리둥절하게 만들 수도 있으니까요. 허스트 재판을 멀리서 지켜보는 방청객인 동시에 퍼트리샤-타니아가 하는 말을 가장 가까이서 듣는 당신은 SLA에 열광하고 싶어 하는 독자뿐만 아니라 SLA의 휴머니즘을 비웃는 독자에 대해서도 결코 호의적이지 않습니다. 서문에서 당신은 이 줄타기 곡예사의 입장을 요구합니다. '이 책에서 당신은 희생자도, 죄인도, 성녀도, 순교자도, 여자 혁명가도 발견하지 못할 것이다.'

저는 당신이 쓴《머시 메리 패티》를 읽으며 행간에서 당신이 어떤 사람인지 짐작해보려고 애씁니다. 비올렌이 제게 묘사했던 그 여성을 찾는 거지요.

저는 당신과 함께, 그리고 점점 더 커져가는 당신의 부재와 함께 자라났습니다. 저는 당신의 모든 것을 알고 있어요. 덧문이 닫혀 있는 당신 방에서 풍기는 용연향과 당신이 문손잡이에 묶어놓은 실크 스카프, 당신이 침대 다리에 동그랗게 매어놓은 청색 스웨터, 당신이 좋아하는 비스킷 상표, 당신이 비스킷을 두 개씩 입에 넣어 먹으며 즐거워한다는 것. 저는 당신이 가르치는 프랑스인 학생들이 당신의 빈정거림을 몹시 두려워했다는 사실을 알고 있지요. 그들이 눈에 눈물이 글썽글썽한 채 교실을 뛰쳐나가는 일이 자주 일어나곤 했지요. 당신의 동료 교수들도 예외는 아니었어요. 당신은 그들이 무도화를 신고 물웅덩이를 건널 때 소리 나지 않게 발끝으로 살살 걷는 모습을 그들 앞에서 흉내 내곤 했지요. 당신은 요령이 좀 부족했던 것 같아요. 사람들은 당신이 거칠고 무례해서 된학교에서 이런저런 문제를 일으키곤 했다는 이야기를 지금도 하지요. 비올렌이라고 해서 예외는 아니었습니다. 당신은 미국의 한 혁명 소집단에 관해 모든 걸 알고 있어야 한다고 그녀에게 요구했으며, 대학생들의 시신이 사지가 절단된 채 켄트주립대학교의 잔디밭에 널려 있던 장면을 아무 망설임 없이 그녀에게 묘사했습니다. 당신은 그녀에게 미국군이 1968년 3월 16일 베트남 미라이에서 여성과 아이들을 포함하여 모두 504명의 마을 주민들을 죽인 학살사건에 대해 이야기해주었지요.

그러나 당신과 비올렌이 함께 일하기 시작한지 16일째 되던 날, 당신은 SLA 멤버들의 죽음을 다룬 관련 서류를 혼자 검토해보기로 했지요. 검게 탄 척추에 멀쩡하게 붙어 있는 앤절라의 허파와 몸을 움츠리고 있는 고양이의 작은 몸뚱이 옆에서 두 손에 경련을 일으키고 있는 상태로 발견된 커밀라의 시신에 관한 〈샌프란시스코 크로니클〉의 묘사는 비올렌에게 어떤 영향을 미쳤을까요? 저는 마치 어린 소녀를 사고에서 보호하고 피를 보지 못하도록 눈을 가리듯 당신도 당신의 조수를 그녀의 집에 그냥 내버려둠으로써 이 질문에 답했다고 상상하고 싶습니다.

비올렌은 별로 그렇게 생각하지 않았지만, 내 생각에는 당신이 이 상속자에게 느끼는 공감이 '미국의 디즈니랜드에서 생중계합니다'라는 제목이 붙어 있으며 SLA의 죽음에 관해 다루는 장에 나타나 있는 것 같습니다.

애너하임이라는 도시에 있는, 디즈니랜드의 신데렐라 성이 잘 보이는 한 모텔 방에 로빈후드들(빌과 에밀리)과 함께 있던 미디어의 여왕은 텔레비전에서 나는 소리에 놀라 잠에서 깨어났다. "신사 숙녀 여러분, 지금은 실제 상황입니다. SLA 멤버들이 숨어 있는 것으로 추정되는 이 모텔은 현재 FBI에 의해 포위되어 있습니다. 지금 시각은 오전 5시 30분입니다."

그 전날, 신케는 SLA를 둘로 나누기로 결정했다. 퍼트리샤 가 멜즈 스포츠용품점에서 총격전을 벌이는 바람에 그들이 위험에 처한 것이었다. 샌프란시스코 은행 강도사건이 일어난 뒤로 그들은 로스앤젤레스를 떠나 최대한 빨리 산이나 사막으로 가야만 했다. 그들은 며칠 뒤에 다시 만나기로 했다.

퍼트리샤와 에밀리, 빌은 놀라서 텔레비전 볼륨을 높였다. 텔레비전에서는 그들에 관해, 혹은 그녀에 관해 이야기하고 있었다. 퍼트리샤는 이 생중계 방송의 스타이자 욕망의 대상이었다. 사람들은 그녀를 기다렸다. 한시라도 빨리 보고 싶어 안달했다. 퍼트리샤는 어디 있을까? 모텔 안에 있을까? 창가에 모습을 나타낼까? 뉴스 아나운서는 이런 특별 생방송에서는 언제 어느 때 무슨 일이 일어날지 모르기 때문에 FBI의 지시에 따라 목소리를 낮추어 방송하는 점을 양해해달라고 말했다. 그는 퍼트리샤가 무장강도사건을 벌이고 나서 머리를 잘랐을 테니 짧은 머리를 하고 나타날 것이라고 추측했다. 그는 그녀의 전광석화처럼 재빠른 행적을 상기시키며 두 차례에 걸쳐 과거형 동사를 사용했다가 다시 고쳐 말했다. "아, 실례했습니다. 퍼트리샤는 지난 2월 초 전향한 이후로 경찰의 수배를 받고 있으며, 지금 현재는 살아 있는 것으로 추측됩니다."

퍼트리샤는 소리 없이 요소요소에 배치된 무장경찰들

의 수를 세어본다. 수백 명은 되는 것 같다. 지붕에는 스나이퍼들이 배치되고, 모텔 뒤편으로는 기동대원들이 탈출로를 봉쇄했다. 잔뜩 흥분한 뉴스 해설자가 논평한다. "자신의 사형선고가 집행되는 걸 지켜보는 당사자들의 심정은 어떨까요? 적에게 벌을 내리지도 않고 용서해주어서는 안 됩니다." 자, 타니아 허스트, 이 배은망덕한 배신자 같으니! 감히 너의 그 신성한 돈에 침을 뱉다니, 넌 이제 끝이다!

당신은 다음과 같이 썼지요. '퍼트리샤가 실제로 그 정도까지 과격해지지는 않았다고 치자. 하지만 경찰이 꼭 두 달 동안 모욕당한 걸 복수하려고 물불 안 가리며 갱처럼 행동하는 것을 보았다면 결국은 과격해질 수밖에 없을 것이다. 그러므로 그녀가 두려워해야 하는 건 SLA가 아니라 FBI라며 그녀에게 예고했던 SLA가 옳았던 것이다.' 당신은 이 부분에서 퍼트리샤에게 공감한 것입니다. 당신이 마치 비난이라도 하듯 '이 영상들이 과연 이 젊은 미국 여성에게 어떤 영향을 미쳤을까?'라고 묻는 짧은 장에서 말이지요. 퍼트리샤-타니아는 끝없이 이어지는 이 처형 장면을 무려 일곱 시간 동안이나 지켜봤습니다. 그 순간 현장에 있었던 행인들이 증언한 것처럼, 경찰은 아무 사전 경고 없이 공격을 시작했지요. 이 흑인 게토의 집 세 채가 완전히 파괴되었지만 집주인들에게는 단 한 푼도 보상하지 않았습니다. 스무 채의 집이 총격으로 크게 손상되었고, 자동차 두 대가 불에 완전히 탔으며, 남녀 각각 한 명이 큰 부상을 입었습니다. 그리고 또 한 여성은 자신의 개 두 마리가 베란다에서 '유탄'에 맞아 숨지는 것을 보았지요. 당신은 단어들보다 아무 설명 없이 죽 열거되기만 하는 이 괴상한 숫자들을 더 좋아하지요. 로스앤젤레스 경찰은 38구경 총알 5,371발, 9밀리미터 총알 223발, 12연발 엽총 총알 1,010발, 최루탄 125발, 모두 9,000발을 발사했지요. 현장에는 경찰차 321대, 헬리콥터 3대, 기동경찰 410명, 구경꾼들을 통제하는 임무를 맡은 경찰 196명이 동원되었습니다. SLA를 제압하는 데 든 비용은 총 675만 7655달러였습니다.

저는 스미스칼리지 데이터베이스에서 1974년 5월 17일의 영상을 하루 종일 찾았으나 발견하지 못했습니다. 결국 저는 네 개의 키워드('기술적 혁신', '미디어의 역사', 'SLA', '퍼트리샤 허스트')를 서로 교차시킴으로써 그걸 찾아내는 데 성공했지요. 스미스칼리지 미디어센터에서 일하는 아르바이트 학생이 테이프를 조심스럽게 제게 내밀며 말하더군요. "지금까지 이걸 빌려간 사람은 아무도 없었어요. 죄송하지만 이 VHS 테이프를 어떻게 재생하는지 전혀 몰라요."

1974년 5월 17일 자 텔레비전 뉴스는 방송이 시작되자마자 예고했습니다. "친애하는 시청자 여러분, 맥주나 코카콜라, 커피를 충분히 준비해주시고 샌드위치도 많이 만들어놓으시기 바랍니다. 아침 5시 반에 방송이 시작되면 여러분은 이 모든 것이 종료되기 전에는 채널을 돌리지 못할 테니까요. 이것은 여러분이 단 한 번도 보지 못한 역사적 사건입니다. 최초의 24시간 뉴스 생방송에 오신 걸 환영합니다!"

푸른색과 분홍색 줄이 흐릿한 화면을 가로지르고, 남청색 점선들이 최루가스가 자욱한 하늘을 뒤덮었습니다. 실루엣들이 몸을 웅크린 채 전진했고, 땅바닥에는 커피 잔과 냅킨, 기름에 전 도넛 포장지, 마요네즈와 겨자, 케첩이 묻은 으깨진 감자튀김 등 서둘러 버린 것들이 널려 있었어요. 점점이 이어진 누르스름한 자국들이 공포에 사로잡힌 현장을 보여주는 증거로 촬영되었지요. 강의를 빼먹은 대학생들과 약속이 있다고 핑계 대고 사무실에서 빠져나온 회사 간부들, 실업자들, FBI에 의해 트럭이 가로막힌 청소부들, 첫 번째 총소리가 울리자마자 바로 가게 문을 닫은 푸른색 가운 차림의 미용실 주인들, 통학 차량에서 내린 초등학생들⋯⋯ "SLA가 이 동네에 숨어 있대요, 퍼트리샤 허스트가 저격당하는 모습이 생방송으로 중계될 거라는데요⋯⋯" 도시의 모든 동네에서 사람들이 몰려왔지요.

사람들은 방호벽에 밀어붙여진 채 앞으로 나아갔다가 다시 물러서기를 되풀이했지요. 몸뚱이들이 앞으로도 흔들리고 옆으로도 흔들리다가 최루탄에 숨 가빠하고 눈물을 질질 흘렸습니다. 아이들이 다가갔고, 그중 한 명은 FBI가 쳐놓은 붉은색과 흰색 띠를 통과하는 데 성공했으나 경찰의 주먹에 맞아 단숨에 제압당했지요. 그러자 그는 자기는 잘

못한 거 없다, 나는 저 집에 산다, 라고 고함치며 폭발성 유탄에 의해 여기저기 손상된 집을 손가락으로 가리켰지요. 회색 조깅복 차림에 목을 보호하기 위해 흰색 타월을 두른 한 남자는 카메라가 있든 말든 신경 안 쓰고 뛰어 지나가다가 방금 그의 앞으로 느닷없이 뛰어든 한 10대 소녀와 부딪쳐 몸의 균형을 잃었습니다. 그러자 남자 세 명이 이 소녀를 둘러싸더니 화면 밖으로 끌어내더군요. 목에 있는 경정맥이 팽창하면서 "할머니! 할머니!"라고 울부짖는 그녀의 입에 쇄골선이 그려졌지요. "할머니, 할머니! 할머니가 저기 살고 계세요!" 소녀는 어느 나이 든 흑인 여성이 엎드려 있는 방의 허술한 벽에 총알이 마치 물수제비를 뜨듯 자국을 남겨놓는 것을 보며 흐느껴 울었습니다. 총소리가 나는 쪽을 향해 눈이 뒤집혀 기계적으로 미친 듯이 짖어대던 개가 시끄럽다며 거기서 쫓겨나, 팬티 차림에 양말이나 구두도 신지 않고 공포로 얼빠진 표정을 짓고 있는 한 노인의 야윈 발밑에 납작 엎드렸지요. 이 노인은 머리끝에서 발끝까지 검은색 옷을 입고 정렬해 있는 남자들에게 등을 돌렸습니다. 이 특수기동대원들이 무기에 총알을 다시 장전하자 여자들이 몸을 피할 수 있는 곳으로 서둘러 달려갔지요. 그들은 얼굴을 뒤로 젖히고 멀거니 입을 벌린 채 하늘에 난 길을 올려다보고 있는 아이들의 팔을 잡아끌었습니다. 하늘에서는 헬리콥터 세 대가 출발 자세를 취하고 있었지요. 여자의 실루엣이 포위당한 집에서 비틀거리며 나오더니 흰색 티셔츠를 흔들어대다가 경찰의 품에 무너지듯 안겼습니다. 모든 카메라가 인도에 찰싹 엎드린 그 실루엣 쪽으로 향했지요. 네 명의 신문기자들이 실루엣의 목을 누르고 있는 경찰의 구두 뒤축을 가장 좋은 앵글에서 찍으려고 서로 밀쳐댔어요. 그녀는 남자의 몸무게에 숨 막혀 하면서 꼭 물에 빠진 사람처럼 허우적댔지요. 그녀의 다 해지고 낡은 베이지색 샌들의 끈 하나가 아킬레스건 위에서 미끄러지듯 움직였습니다. 경보가 잘못 울린 것이었어요. 그녀는 SLA 대원이 아니라 그들이 숨어 있는 모텔의 주인이었던 것이지요. 그녀는 경찰차에 실려 갔습니다. 한 작은 벽돌집의 문이 천천히 열리더니 꽃무늬 원피스를 입은 나이 든 흑인 여성이 현관 앞 층계까지 몇 걸음 걸어 나왔습니다. 그녀는 움직이지 않는 꾸러미 하나를 품에 안고 있었는데, 사실 그것은 다리가 불에 새까맣게 타서 이미 온몸이 뻣뻣해진 그녀의 개였습니다. 그녀에게 집으로 다시 돌아가라고 손짓하자 그녀는 머리를 흔들더니 불에 새까맣게 그을린 개를 치켜올려 보여주며 큰 소리로 외쳤어요. "이거 좀 봐요! 이거 좀 보라고요!" 하지만 그녀의 외침은 사람들의 귀에 들려오지 않았습니다. 그녀는 부서진 시멘트 잔해들이 여기저기 굴러다니는 자기 집 잔디밭을 맨발로 계속해서 걸어갔습니다. 마이크를 건네받은 한 남자가 되풀이해서 말했지요. "아무도 사전에 통보받지 못했어요! 소개疏開 계획 같은 것도 아예 안 세웠고요! 나이 든 사람들은 자기 집에서 빠져나오지 못했고, 여자들도 아이들과 함께 아직 집에 남아 있단 말입니다! 백인 다섯 명과 백만장자 한 사람 때문에 아이들이 다 죽게 생겼어요! 이건 우리의 전쟁이 아니라고요! 우리가 통조림 두 개랑 말라붙은 햄 한 장 받아먹었다는 이유로 저 사람들이랑 같이 죽어야 된다는 겁니까?" 카메라맨이 그의 말을 끊더니 종려나무 쪽으로 돌아섰습니다. 아나운서는 한쪽 귀를 집게손가락으로 막더니 카메라를 보며 계속 말을 이어나갔지요. "퍼트리샤 허스트는 저 모텔 안에 무사히 잘 있습니다. 아니, 무사히 잘 있을 걸로 예상됩니다. 여러 차례 경고가 있었습니다. 아니, 여러 차례 경고가 있었을 것입니다. 테러리스트들은 경찰에 맞설 수 있을 만큼 중무장을 하고 있습니다. 경찰은 M16을 233회 발사했습니다. 기관단총으로 무장한 특공대원은 집 뒤편에 배치되어 있고, 보시다시피 로스앤젤레스 경찰은 오점형으로 배치되었습니다. 친애하는 시청자 여러분, 우리는 지금 역사적인 순간을 맞이하고 있습니다. 이 생방송을 가능하게 해준 저희 동료들과 그들의 소형 카메라에 심심한 감사를 표합니다. 본 방송이 종료되기 전에는 채널을 돌리지 마시기 바랍니다. 퍼트리샤는 모텔 안에 있는 것으로 알려졌습니다. 그녀는 조금 전 창가에서 경찰을 향해 총격을 가하는 모습이 목격된 그 여성들 중 한 명이었을까요? SLA는 믿을 수 없을 만큼 강력한 무기들을 보유하고 있는 것으로 알려져 있습니다. 그래서 그들과 교전을 벌이던 특수기동대는 탄약이 떨어져가기 시작했지만, 다행스럽게도 방금 전에 FBI가 개입했습니다. 모텔 건물 정면에 반자동화기를 60회에 걸쳐 일제사격하고 소이탄을 16회 발사한 것으로 미루어 최종 공격을 준비하고 있는 것으로 보입니다. 아, 이게 무슨 소리일까요? 방금 창문이 폭발했군요. 진한 연기가 모텔 뒤쪽에서 솟아나고 있습니다. 오오! 저 모텔에서는 아무도 빠져나올 수 없을 것입니다. 친애하는 관객 여러분…… 아니, 친애하는 시청자 여러분, 저런 장면을 볼 수 있다니, 여러분은 운이 좋은 겁니다! 신형 소이탄을 사용하는 우리 경찰의 프로 정신을 다시 한번 칭찬해주어야 할 것 같습니다. 이 신형 소이탄이 사람 몸에 닿으면 그걸 15퍼센트 더 연소시키기 때문에 3도 화상을 입은 사람은 더 이상 상대를 공격할 수 없게 됩니다. 자, 제 옆에 베트남 전쟁에 참전한 적이 있는 저의 동료가 나와 있는데요. SLA가 사용하는 무기는 무엇인가요? 중화기 맞지요? 예. 그들은 무장하고 있습니다. 그러나 그들이 이길 가능성은 없습니다…… 음, 전혀 없습니다. 군대라고 해도 될 만큼 엄청난 병력과 맞서는 거니까요. 매우 유용한 증언, 감사드립니다. SLA는 자포자기해 무슨 짓을 저지를지 모릅니다. 불행하게도 퍼트리샤는 한 가지를 선택했고, 그 선택의 결과에 책임을 져야 합니다.”

저는 소리가 나지 않는 영상들이 연이어 지나가도록 내버려둔 채 이어폰을 잠시 책상에 올려놓았습니다.

거대한 연기가 SLA가 숨어 있는 모텔을 향해 빠르게 치솟았고, 솜털처럼 생긴 파상波狀이 밀려오더니 잔디밭을 뒤덮었습니다. 잔디밭에서는 썩은 과일 몇 개가 끓어오르는 펙틴* 속에서 뒹굴고 있었으며, 병마개의 물렁물렁해진 붉은색 고무가 녹아 우유병을 따라 흘러내리더니 깔판 위로 퍼져나가다가 신문지에 불을 붙였지요. 창문의 퍼티**가 쪼그라들었고, 이 접착제의 기포들은 면으로 만든 커튼을 따라 천천히 흘러갔습니다. 전구가 터지는 둔탁한 소리에 이어 지글거리는 소리가 들려왔지요. 케이블 피복이 노란색 스파크를 일으키며 비죽 솟아올랐고, 색종이는 천천히 오그라들었습니다. 타고 남은 푸른빛의 분홍색 진달래꽃 부스러기, 폴리스티렌 모켓 위에 남은 재. 저는 정지 버튼을 눌렀습니다.

저는 낸시와 커밀라가 모텔에서 빠져나오는 장면을 보지 않을 겁니다. 그들은 이미 절반쯤 질식하여 비틀거리고

- 과일에 많이 들어 있는 다당류의 하나.
- •• 페이스트 상태의 접합제로 창유리를 장착하거나 철판 이음매를 고정할 때 사용한다.

있었어요. 한 사람은 무장을 했고 다른 한 사람은 무장하지 않았습니다. 경찰은 즉시 커밀라의 머리에 총알을 여러 발 발사하여 사살했지요. 낸시는 움직이지 않는 커밀라의 시신을 모텔 안으로 끌고 가려 애썼지만, 자동화기들이 일제히 불을 뿜었습니다. 분홍색 살덩어리가 떨어져나갔고, 붉은 피가 흘렀습니다. 그녀는 무릎을 꿇고 손을 들었습니다. 그러고 나서…… 모든 것이 막을 내렸습니다.

　　바람이 불자 그들의 목까지 내려온 가느다란 머리카락이 타는 냄새, 티셔츠의 폴리아미드섬유가 그들의 가슴 위에서 녹으면서 나는 냄새, 브래지어에 달린 호크에 불이 붙어 나는 냄새가 멀리 퍼져나갔지요. 안전 방벽 뒤에 모여 있던 사람들은 구역질도 안 나는지 섭씨 2,000도로 타오르며 강렬한 청색에서 암청색으로, 그리고 다시 청흑색으로 변해가는 그 화형대 앞에 끝까지 남아 있더군요. 그날 1974년 5월 17일, 신케와 낸시, 앤절라, 커밀라, 윌리, 그리고 조야가 죽어가는 것을 카메라를 통해 보았던 사람들은 몇 시에 텔레비전을 껐을까요? 무너진 벽에서 악취가 올라오고 검은색 방수포에 쌓인 시신들이 하나씩 끄집어내지는 동안 그들은 미지근한 피자와 김빠진 소다수를 너무 많이 먹고 마신 탓에 메스꺼워하며 몽롱한 상태로 잠을 자러 갔을까요? 그다음 날 아침, 전문가들은 단서를 찾아 무너진 건물의 잔해 위를 천천히 걸어갔습니다. 경찰 한 사람이 어느 신문기자와 인터뷰를 하고 있었습니다. 기자가 물었습니다. "여기서 단죄가 이루어졌다고 생각하십니까? 솔직히 말씀해주세요." "아, 물론입니다. 샌프란시스코 경찰이 해내지 못한 임무를 저희가 맡아서 무사히 완수하였습니다. 덕분에 납세자분들이 200만 달러가 들어가는 소송을 하지 않아도 되는 것입니다."

《머시 메리 패티》, 298쪽

1974년 5월 17일은 고의적으로 공포심을 불러일으키는 선전 활동을 하고 미국 경찰을 찬양하는 광고를 낸 날이다. 이렇게 해서 미국 경찰 덕분에 SLA는 그들이 살아 있을 때는 갖지 못했던 것, 즉 지지자들을 갖게 되었다. 살아가는 데 큰 어려움을 느꼈던 그들은 경찰이 신원 확인 작업을 벌이고 있던 5월 18일 아침, 죽음 속에서 다시 태어났다. 로스앤젤레스 곳곳에 수많은 낙서가 등장했다. '신케여, 영원하라. 커밀라는 살아 있다.' 이들을 죽이는 데 500명이나 되는 주구走狗가 필요했다. 흑인들이 사는 동네에는 소년들이 눈에 눈물이 그렁그렁한 채 얼빠진 듯한 표정으로 길거리를 돌아다녔다. 그들이 그렇게 죽어갈 수도 있었을 것이다. 그들은 결코 푸드 프로그램을 잊지 않을 것이다. 수천 명이나 되는 사람들이 로스앤젤레스의 길거리에서 신케의 시신이 들어 있는 관을 따라 걸으면서 "SLA여, 영원하라!"라고 외쳤다. FBI가 카메라를 들이댔지만, 그런 것은 상관없었다. "도주 중인 SLA 요원들을 사랑하고 지지하고 숨겨주고 격려합시다!" 버클리대학교 캠퍼스에 모인 대학생들은 타니아 허스트의 사진을 들고 흔들어댔다. 신문 및 방송 기자들은 다시 허스트가의 저택으로 몰려들어 타니아 허스트를 키운 여성, 즉 그녀의 유모이자 허스트가의 요리사를 인터뷰했다. 그녀의 유모는 이렇게 말하며 아쉬워했다. "퍼트리샤는 모텔에 불이 났을 때 죽었어야만 했는데, 아쉽네요. 그랬더라면 잔 다르크 같은 고결하고 숭고한 영웅이 될 수 있었을 텐데. 살아서 부모님에게 불명예를 안겨주느니 차라리 불에 타 죽었다면 그 아이의 죄가 정화되었을 거예요." 퍼트리샤는 전향하기 전에 마지막으로 보낸 메시지에서 이미 다음과 같이 말했다.

그 누구도 더 이상은 저를 어떻게 할 수 없다는 결론에 이르게 되어 유감이네요. 저에게 인간존재로서의 중요성이 전혀 없다는 느낌이 들어요.

그녀의 말에 동의하지 않기란 어려울 것이다.

녹음테이프 5, 1974년 6월 7일 방송

저는 학살당한 우리 여섯 동지들에 대해 말하고 싶습니다. 왜냐하면 파시스트 언론이 그들에 관해 완전히 날조된 이야기를 늘어놓았기 때문입니다. 스물세 살인 쿠조-윌리는 정말 온화한 성격을 가진 남자였어요. 우리는 서로 진짜 좋아했죠⋯⋯. 그가 학살당하는 걸 보고 제 가슴이 찢겨나가는 것 같았어요. 자기 가족이 경찰 손에 죽어나가는 걸 본 이 나라의 수많은 형제자매들처럼 말입니다. 스물다섯 살인 젤리나-앤절라 역시 멋진 사람이었지요. 그녀는 시인이었어요. 그녀가 쓴 시들은 지금 아마 FBI의 신상 자료에 들어가 있을 거예요. 그녀는 모두의 마음속에 살고 있는 우리의 적을 식별하고 물리치는 법을 제게 가르쳐주었어요. 스물아홉 살 커밀라는, 생존하고 승리하는 데 필요한 끈기와 규율을 제게 가르쳐주었지요. 스물네 살인 조야는 저더러 강해지라며 격려해주었고요. 낸시는 스물여섯 살…… 자유를 너무도 사랑해서 타협 같은 건 전혀 하지 않았습니다. 다정다감하고 정중한 신케는 우리가 어린아이들을 구하기 위해 질주하듯 그렇게 살았지요. 그는 저에게 모든 걸 다 가르쳐주었어요. 그는 우리에게 의욕을 불어넣어주었지요. 그는 우리가 갖고 있는 시간이 중요한 게 아니라 어떻게 살아야 할 것인지 그 방법이 중요하다는 사실을 저에게 가르쳐 주었습니다. 무엇을 하며 살 것인지를 결정하는 게 중요하다는 사실도 그에게서 배웠지요. 1974년 2월 4일, 그들은 저를 납치함으로써 저의 생명을 구해주었습니다. 저의 동지들이 산 채로 불태워지는 걸 보았을 때의 제 심정을 어떻게 설명해야 할지요. 저의 동지들을 체포하는 유일한 방법이 그들을 불태워 죽이는 거였다니……. 저는 죽었습니다. 이 화재에서 저도 불에 타 죽은 거예요…… 하지만 저는 이 잿더미에서 다시 살아났습니다.

그리고 저는 무엇을 해야 하는지 알고 있어요. 타협은 일절 없습니다. 그 모텔 안에 있던 사람 누구도 자폭하지 않았습니다. 오히려 확고한 태도로 열의에 가득 차 있었지요. 어느 날 저는 다른 사람들과 같이 우리 부모님이 어떻게 해서 제 인생을 뒤죽박죽으로 망쳐놓았는지에 대해 이야기했지요. 경찰은 흑인 지도자를 또 한 명 죽였다며 자랑스러워했습니다. 하지만 인간이 품는 이상까지 소멸시킬 수는 없습니다. 그들이 행사하는 폭력은 그들이 두려워한다는 사실을 보여주는 하나의 증거에 불과해요. 그들은 아마 우리 여섯 명을 붙잡을 수만 있다면 모텔 주변에 살고 있던 사람들 모두를 죽일 수도 있었을 거예요……. 저는 죽고 싶은 생각이 전혀 없지만, 그렇다고 해서 죽음이 두렵지도 않아요. 제가 세뇌당했다는 소문을 듣고 어이가 없어서 웃었답니다. 저는 신케와 다른 동지들이 저에게 타니아라는 새 이름을 붙여주는 순간 제가 누렸던 계급 특권을 포기했어요. 삶은 소중합니다. 하지만 저는 감옥에서의 삶에 대해 전혀 아무 허상도 갖고 있지 않으며, 저의 남은 삶을 허스트가 사람들 같은 쓰레기들과 자진해서 함께 살지는 않을 겁니다.

타니아 허스트

저는 뭘 읽지도, 쓰지도 않고 이틀을 보냈습니다. 이 이틀은 죽음에서 벗어나기 위한 이틀이었고, 저의 잘못을 깨닫기 위한 이틀이었지요. 사실 당신은 1975년에 허스트가를 위해 온 힘을 다해 일하지는 않았습니다. 당신은 한 젊은 여성이 흐릿한 상태로 남겨놓은 흔적을 좇으려고 애썼습니다. 희생자도 아니고 범죄자도 아닌 젊은 여성의 흔적을……. 당신은 언제 퍼트리샤 허스트의 변호를 그만둔 건가요? 그리고 언제 그녀가 하는 이야기를 더 잘 듣기 위해 그녀 곁에 머무르기로 한 건가요? 그녀는 어디서 이 마지막 테이프를, 이 추도사를 녹음했을까요? 그녀의 아버지는 이 녹음테이프를 듣고 실망하여 이렇게 말했지요. "오, 퍼트리샤가 멀고 먼 곳으로 떠나 다시는 돌아오지 않을 것 같습니다. 두 달 전만 해도 퍼트리샤는 사랑스러운 아이였는데 이제는 손에 무기를 들고 있군요."

그렇게 48시간 동안 휴식을 취했지만 저는 바람과는 달리 몸도 마음도 편해지지가 않았습니다. 스미스칼리지에서 몸에 익숙해져 있던 생활 리듬이 깨지면서 저는 회의에 사로잡혔지요. 당신을 찾으러 갈 엄두를 내지 못할 겁니다. 제가 거기서 뭘 하겠어요? 저는 당신이 가르치는 여학생들의 어머니뻘이 될 수도 있을 텐데 말이에요.

저는 매일같이 오전에는 고문서보관실에, 오후에는 도서관에 갔습니다. 그리고 저녁 시간에도 열심히 공부했지요. 600쪽에 달하는 허스트 재판 기록을 읽는다는 것은 당신의 강의를 듣기 위한 조건 중 하나였으니까요. 제가 나이가 있어서 이렇게 고행자처럼 살 수 있었던 것 같아요. 저는 당신 학생들의 파티에 초대받지 못했습니다. 이 젊은 여성들은 제가 교수라고 생각한 게 분명했거든요. 지난주 목요일, 마치 무엇인가가 계단을 따라 굴러 떨어지듯 시간이 빠르게 과거로 회귀했습니다. 검색을 하루 이틀 계속함에 따라 시간이 1981년에서 1976년으로, 다시 1976년에서 1975년으로 돌아간 것이지요. "다른 건 필요 없으세요?" 고문서보관실 직원이 퇴근을 서두르며 물었습니다. 그래서 저는 당신을 살짝 무대로 밀어내며 진 네베바가 1975년에 퍼트리샤 허스트를 변호하기 위해 작성한 보고서 사본을 찾았지요. 그런데 직원이 당황해하며 물었습니다. "1975년이 분명한가요? 아무것도 찾을 수가 없어요. 네베바가 허스트가의 일을 했다는 게 확실한가요? 내 생각에 그건 있을 수가 없는 일인데! 왜 네베바에게 직접 물어보지 그러세요? 얼마 안 있으면 돌아올 텐데."

당신은 제가 4주 전 스미스칼리지 캠퍼스에 도착했을 때 그곳에 없었습니다. 서점에서 당신 작품에 대해 토론하게 될 독자와의 만남 일정표는 당신의 사무실 문에 압정으로 붙어 있었지요. 저의 다이어리에는 포스트잇이 여기저기 붙어 있었고요.

그 주 주말에 스미스칼리지에서는 여러 가지 행사가 열릴 예정이었습니다. 개최될 축하 행사가 팸플릿에 차례로 소개되어 있었고, 흰옷을 입은 졸업 예정자들이 졸업생들과 팔짱을 끼고 연속성을 상징하는 담쟁이를 한 그루씩 심으러 가는 아이비데이 행렬을 캠퍼스에서 가장 잘 볼 수 있는 장소도 나와 있더군요. '등촉燈燭의 밤' 때 집단으로 포크송을 부르고 합창을 하게 될 구체적인 장소도 나와 있었고요. 저는 헤이마켓 카페로 점심 식사를 하러 갔다가 행진할 때 입을 의상을 아직 구하지 못한 학생들을 만났습니다. 그들은 초초해하는 젊은이들로, 이미 발 디딜 틈 없는 노샘프턴의 헌옷 가게로 서둘러 달려가서 1920년대의 술이 달린 드레스와 양말, 반쯤 떨어져나간 유리구슬로 장식된 1950년대 결혼 예복, 테니스 반바지, 혹은 레이스 세공이 된 잠옷 차림으로 탈의실에서 다시 나왔지요. 이렇게 차려입은 그들은 사람들이 자기를 어떻게 생각할까 해서 안절부절못합니다. 그들은 잠도 제대로 못 자고 막대 초콜릿을 먹으며 버틴 지난 1년의 시간을 진한 베이지색 천 아래 감추지요. 그들의 부모들은 오후에 도착하여 그들이 짐을 꾸리도록 도와줄 것입니다. 전통에 따라 졸업장을 받자마자 바로 방을 비워주어야 하기 때문이지요. 내일 밤에는 캠퍼스의 가로등과 구내식당의 네온등, 도서관의 오렌지색 조명은 다 꺼지고 오직 나무와 덤불에 매달린 초롱들만 희미하게 흔들리는 빛으로 대각선을 이룰 것입니다.

구내식당에서 학생들이 말하는 걸 들으니 '등촉의 밤' 행사는 1888년에 처음으로 개최되었다고 하더군요. 그럼 틀림없이 네베바도 이 행사에 참석했을 것입니다. 일부 학생의 경우에는 당신이 그들의 어머니를 가르쳤을지도 모르겠네요. "오, 그 교수님은 도대체 나이가 몇 살이야? 그 양반, 죽을 때까지 가르칠 건가 봐!" 당신의 강의를 듣기 위해 신청서를 작성하고, 면담을 하고, 대기 명단에 등록할 수 있는 권리를 획득하는 등 엄격한 절차를 거친 학생들이 짐짓 과장된 말투로 소리쳤습니다. 아마도 당신이 보수적인 성향의 대학에서 별로 달갑게 여기지 않는 인물이라는 사실이 당신의 아우라에 더해진 듯합니다. 오늘날 스미스칼리지는 당신의 유일한 영토이며 안식처입니다.

노샘프턴은 과거에 이 학교를 다닌 사람들을 맞느라 주초부터 분주했습니다. 자리가 아직 남아 있는 곳에 버스들이 주차했고, 저의 원룸이 있는 빨간색 벽돌 건물의 아파트들은 모두 임대되었지요. 그들의 블라우스에 매달려 있는 작은 배지를 보면 그들이 언제 이 학교를 다녔는지 알 수 있었어요. 팔에 아이를 안고 있는 여성들은 2000년도 학번이고, 서로 팔짱을 끼며 다시 우정 어린 제스처를 취하고 있는 나이 든 여성들은 1958년도 학번이었습니다. 그들은 스미스칼리지를 다닐 때 입었던 푸른색 블레이저코트를 다시 입고 마치 여기 처음 오는 사람들처럼 이곳저곳 다니며 캠퍼스를 구경했지요. 도서관 문을 조심스럽게 열고 들어가 낮은 목소리로 아직 그대로인 것(바다녹색 소파와 회색 독서용 램프, 다른 나라 신문과 잡지를 볼 수 있는 코너)과 달라진 것(컴퓨터, 흡연 금지)을 보며 낮은 목소리로 이야기를 나누기도 했고요. 그들은 주저주저하다가 잔디밭에 앉더니 흰색과 보라색 프리지아 모종과 호수의 바위에 닿을락 말락 피어 있는 수련, 작은 폭포가 보이는 그네를 보며 감탄사를 연발했어요. 서로에게 즐겁게 인사하고 서로의 이름을 부르던 그들은 시간이 모두의 얼굴에 난폭하게 굴었다는 사실을 확인하고 내심 당혹스러워하며, 아이들을 돌보느라, 집을 사느라, 프로젝트 책임자다 보니 정신이 없어서, 신문기자라 바빠서 등의 핑계를 서둘러 찾았습니다.

만일 제가 대담한 성격이었다면 1969년도 학번임을 보여주는 배지를 자랑스럽게 달고 있는 여성들에게 접근해 진 네베바가 어떤 사람이었는지 물었을 것입니다. '진 네베바의 동문이신데, 그녀는 어떤 사람이었나요?' 한 신문기자가 퍼트리샤 허스트 재판이 열리기 전날인 1975년 12월 자 노샘프턴 신문에 증인의 정당성에 관한 기사를 실었습니다.

　　"변절자 퍼트리샤 허스트는 전문가들로 이루어진 대규모 변호인단을 꾸렸으며, 시위 당시 두 번이나 체포돼 유명해진 매사추세츠주 출신의 진 네베바도 그중 한 명이다. 네베바의 전문 분야는 일단 뭐든지 다 비판하고 보는 것이며, 그녀가 가장 최근에 달성한 위업은 《롤링스톤》이라는 좌파 잡지에 남성우월론을 주장하는 그녀의 옛 동지들을 비난하는 독설을 실은 것이다. 틀림없이 타니아 허스트는 이 기사를 무척 마음에 들어 했을 것이다. 그녀는 타니아 허스트로 불리고 싶어 했으며, 사람들 말에 따르면 교도소에 갇힌 뒤로는 자기가 페미니스트라고 주장했다니까 말이다."

　　이 공격적인 몇 줄의 기사는 당신이 재판에 참여했다는 것을 보여주는 유일한 증거였지요. 저는 이 사실을 증명하는 증거를 고문서보관실에서 열심히 찾았지만, 실제로 찾아낸 증거는 이것 하나뿐이었습니다. 이 기사는 매우 간략하긴 하지만 나름 흥미롭습니다. 1975년 12월 초에 변호사가 처음

당신에게 전화해서 알려주었던 비밀스러운 정보를 변호인
단 중 누군가가 먼저 언론에 흘렸다는 사실을 보여주지요.

당신은 그 전화를 애타게 기다렸지요. 전화가 오면 혹시 이틀이나 사흘 정도 더 시간을 줄 수 있을지 물어볼 거라면서 말이죠. 당신이 벨소리가 울리자마자 수화기를 들었을 때 비올렌은 당신 옆에 있었어요. 당신은 뒷학교에서 제공해준 신형 전화기 텔릭 75를 갖고 있었는데, 이 전화기에는 스피커가 달려 있어서 비올렌은 통화 내용을 기록할 수 있었습니다. 당신은 비올렌이 옆에 있어 다행이라는 말을 계속 되풀이했지요. 어제 당신은 레니에게 사료 주는 걸 잊어버렸고, 빨래는 세탁기 속에서 곰팡이가 슬어가고 있었어요. 당신은 변호사가 하는 말 중에서 오직 당신에게 도움이 되는 것만을 기억하게 될까 봐 걱정했지요. *시작.* 캘리포니아주 변호사의 비음 섞인 목소리가 찍찍거렸습니다.

  "우리 패티는 면회실에서 트리시라는 친구에게 안

해도 될 이야기를 했고, 모든 대화 내용이 녹음되었습니다……. 이제 우리가 할 수 있는 일은 녹음테이프가 증거물에 첨부되지 않게 해달라고 기도하는 것뿐이에요. 게다가 지난주 심문 때 패티는 SLA가 자신의 눈을 뜨게 해주었고, 자기는 이전보다 더 많은 걸 알고 있으며, 변화가 일어나야 한다는 생각을 가지고 있다고 FBI에게 말했어요……. 그녀는 이 "변화가 일어나야 한다"는 문장 때문에 비싼 대가를 치르게 될 겁니다. 마지막으로 정신과 의사 때문에 우리는 곤란한 상황에 처하게 되었습니다. 그 사람은 패티와 여러 차례 면담을 하고 나서 다음과 같은 결론을 내렸어요. '그녀가 무장강도행위를 할 때 그처럼 신속한 결정을 내린 걸로 보아 그녀가 정신적으로 쇠약한 상태에 있었을 가능성은 전혀 없습니다. 불안에 떠는 사람이 그렇게 시간을 딱딱 맞추어 행동할 수는 없는 법이니까요. 이 90초의 시간은 마치 한 편의 영화를 보는 것처럼 완벽했지요. 퍼트리샤 허스트는 SLA에 의해 조종되는 전사가 아니라 SLA의 여왕이었던 것입니다!' 이 정신과 의사는 우리 편인데도 패티가 SLA의 여왕이라는 결론을 내린 거예요! 네베바, 이런 사람들이 패티를 변호한다고 나서는 판국이니 그녀는 이제 전기의자에서 순식간에 통닭처럼 구워질 겁니다. 그러니 당신의 보고서가 결정적인 역할을 하게 될 거예요."

그러자 당신은 깜짝 놀란 비올렌 앞에서 냉담하게 대꾸

했지요.

"그녀를 패티라고 부르지 마세요. 꼭 그녀가 당신 딸이나 여자 친구여서 잘 알고 있기라도 한 것처럼 애칭으로 부르는 거 그만두라고요. 아무도 그녀를 몰라요. 다른 게 문제가 아니라 이게 문제예요!"

당신은 수화기를 내려놓자마자 불같이 화를 냈지요. "역겨운 인간들 같으니! 그녀가 저질렀다고 사람들이 비난하는 그 새로운 죄라는 게 도대체 뭐지? 이전보다 더 많은 걸 알고 있는 죄? 참, 누가 들으면 엄청나게 큰 죄라도 저지른 줄 알겠네! 그녀가 SLA에게서 많은 걸 배운 건 분명한 사실이지. 그녀는 미국의 이면을 본 거야."

비올렌은 당신이 의사疑似 전문가로서 2주일 전부터 무엇을 읽었는지를 알지 못했습니다. 정신과 의사는 퍼트리샤가 "전혀 아무것도 기억하지 못하기 때문에 미래 속으로 뛰어들 수가 없으며, 자신의 정체성에 관한 한 매우 불확실하고 비정상적일 정도로 유난히 고집이 센 사람"이라고 결론지었습니다. 요컨대 비올렌이 될 수도 있고, 다른 10대 청소년 누군가가 될 수도 있다는 거지요. 당신을 설득한 건 "세뇌는 보편적인 인간의 경험으로, 사람이 다른 사람에게 미치는 영향을 의미한다"라고 쓴 작가 토마스 사스뿐이었습니다. 이 변호사는 당신을 피곤하게 만들고, 수수께끼 놀이를 하기 시작했습니다. 타니아와 퍼트리샤 중에서 과연 누가 진짜일까? …… 그런데 만일 둘 중 아무도 진짜가 아니라면?

제가 대강 읽어본 1976년도 정기간행물에서는 트리시를 간결한 한 문장으로 요약하고 있었습니다. '트리시는 만일 퍼트리샤 허스트가 납치당하지 않았더라면 틀림없이 그녀처럼 되었을 여성이다.' 두 사람은 열세 살 때 처음 만났고, 그들의 부모들은 같은 컨트리클럽을 다녔지요. 높은 철책과 거대한 삼나무로 둘러싸인 이 드넓은 컨트리클럽은 현 회원의 추천을 받아야만 터무니없이 비싼 가입비를 납부하고 신입회원으로 들어올 수 있었습니다. 소박한 우아함을 갖춘 이 키 큰 두 젊은 여성 모두 승마와 테니스, 허스트가 대저택의 테라스에서 마리화나를 피우며 벌이는 파자마 파티를 좋아했지요. 만일 그것이 매우 부유한 자들의 그 여유 있는 자신감이 아니라면 전혀 주목할 만한 게 아니었겠지요. 변호사들은 퍼트리샤 허스트의 친구들이 그녀를 면회해서 판사들에게 이 상속자의 사회적 위치를 상기시키고 타니아를 잊게 하기를 초조하게 기다리고 있었어요. 하지만, 트리시는 그런 일을 하기에 이상적인 친구가 아니었습니다. 교도소 앞에 모여 있던 신문, 방송 기자들은 트리시가 그들이 터트리는 카메라 플래시를 피하려고 애쓰는 동안 질문을 퍼부었지요. "이봐요, 트리시 씨, 친구를 면회 오다니 착하군요. 두 사람은 여전히 친구지요? 패티가 트리시 아버지의 은행을 털었는데, 거기에 대해 어떻게 생각해요?"

퍼트리샤는 면회실에서 나누는 대화가 녹음된다는 것을 알고 있었을까요? 아니면 절친한 친구를 만난다는 생각에 흥분해서 그 사실을 잊어버린 것일까요? 그것도 아니라면 퍼트리샤가 면회실에서 했던 말 한 마디 한 마디는 체포하면 그녀가 입을 다물 거라고 생각한 사람들에 대한 도발이었는지도 모릅니다. 제가 FBI 소유인 녹음테이프를 들어본다는 건 불가능한 일이었습니다. 저는 전직 수사관 출신에게 연락했고, 그는 변호사 사무장에게 편지를 써보라고 권했습니다. 이 사무장은 처음에는 더 이상 기억이 나지 않고, 그 녹음테이프는 알아듣기 힘들다고 대답했어요. 퍼트리샤와 트리시의 목소리는 면회실에서 항상 들려오는 웅성거림과 의자 밀치는 소리, 재소자들을 부르는 큰 소리, 열쇠 짤랑거리는 소리에 묻혀 잘 들리지 않는다는 것이었습니다. 그런데 그다음 날 사무장은 다시 이메일을 보내 자기가 1975년 12월에 간단하게 메모해놓은 걸 찾아냈다고 알려 왔습니다.

트리시   뭐라고? 퍼트리샤, 방금 뭐라고 했어? 내가 잘못 들은
         거야? 우리 부모님이 대신 안부 좀 전해달래. 네가 살
         아 돌아와서 너무 좋으시대. 네가 죽을지도 모른다고
         생각하셨나 봐……

퍼트리샤 FBI한테 붙잡혀서, 너무 화나. 지난 몇 달 동안 어떻게
         살았는지 이야기해줄 수 있어. 아마 믿기 힘들걸. 틀
         림없이 그게 사실이냐고 묻겠지.
         우리가 지난번에 마지막으로 만난 뒤로 내 관점이 바
         뀌었기 때문이야. 나는 페미니스트적 관점에서 나를
         변호하기로 결정했어. 하지만 확실한 건 페미니즘은
         원래의 요구사항이 아니라는 거야…… (…) 그래, 그
         건 변호 차원에서 여러 가지 문제를 일으킬 거야. 분명
         해. (퍼트리샤의 웃음소리)

트리시   그래, 그래, 맞아. (침묵. 속삭이는 소리)

트리시   퍼트리샤, 네 변호사들이 널 여기서 꺼내줄 테니 불안
         해하지 마, 알았지? 뭐라고 그랬어, 패티? 못 들었네.

퍼트리샤 ……변호사는 나를 꺼내줄 거라고 말하지만, 내가 원
         하는 건…… 트리시, 난 두려워…… 만일 풀려나면
         죽을 때까지 갇혀 살게 될까 봐 두려워…… 부모님 집
         에…….

당신은 《머시 메리 패티》에서 이 대화가 결국 배심원

들에게 공개되는 순간 파랗게 질리던 퍼트리샤 허스트의 얼굴을 묘사했지요. 당신은 다음과 같이 썼습니다. "피고의 모습은 고통받는 순교자의 모습이었다. 그녀는 야위고 창백한 모습으로 꼼짝도 하지 않았다. 이따금 그녀의 눈에 눈물이 방울방울 맺혔다. 그녀의 발밑에는 한 여성의 시신이,《뉴스위크》의 표지를 장식했던, 어깨에서 허리로 비스듬히 총을 멘 그 금빛 안색의 날렵한 타니아가 누워 있었다."《머시 메리 패티》에서 당신은 심문이 끝난 뒤에 한 신문기자가 동료 기자에게 자기는 당혹스럽다고 털어놓았다고 썼습니다. "도대체 퍼트리샤 허스트의 죄목이 뭐지? 무장강도행위인가? 아니면 퍼트리샤의 메시지인가? 그것도 아니면 그녀의 견해인가? 그녀가 기소되어 유죄 판결을 받은 건 그녀의 행위 때문인가, 아니면 그녀의 전향 때문인가?" 그리고 그 기자는 깊은 생각에 잠겨 있다가 덧붙였지요. "트리시와 퍼트리샤가 나눈 대화에 대해 한마디 하자면…… 페미니즘은 단 한 번도 사람을 죽인 적이 없어."

당신의 강의를 듣기 위한 지원 서류를 인터넷을 통해 내려받았는데, 대기 명단 순위 14번이라고 명기되어 있었습니다. 그런데 한 학생이 당신을 직접 찾아가보라고 귀띔해주더군요. "네베바와의 면담은 모 아니면 도예요. 만일 당신이 마음에 들면 대기 명단 따위는 싹 무시해버릴 거예요." 이 젊은 여성은 당신의 학생이자 조교였지만, 3주일 뒤에 그만두겠다는 의사를 표명했다더군요. 우리는 구내식당에 붙어 있는 오렌지색 응접실에 앉아 있었습니다. 팔걸이 없는 쿠션 의자가 벽난로 주변에 놓여 있었어요. 낮은 목소리로 이야기를 나눌 수 있는 이 방은 문을 연 지 얼마 안 되어서 벽돌색 모켓에 커피나 초콜릿 얼룩이 아직 져 있지 않았어요. 당신의 조교인 로리는 당신이 그녀에게 정해준 변경 가능한 시간표를 마땅찮게 생각해서 잘 지키지 않았습니다. 그녀는 많은 걸 배웠지요. 당신은 감금 상태에 관한 그녀의 관점을 완전히 바꿔놓았습니다. "완-전-히-요." 그녀는 강조했어요. 하지만 두 번 다시 당신을 위해 일하고 싶지는 않다더군요. 그녀는 이렇게 말했어요. "그 선생님은 자신이 어떤 사명을 부여받았다고 느끼는 것 같았어요. 그건 놀랄 만한 일이기는 해요. 하지만 사람을 피곤하게 만들기도 하죠. 게다가 그분은 생전 고맙다는 인사를 안 하세요. 그거야말로 사람 힘 빠지게 하죠."

당신은 비올렌에게도 역시 고맙다는 인사를 하지 않았어요. 《머시 메리 패티》의 마지막 쪽에는 이름이 죽 열거되어 있고, 당신은 그들이 "1975년에서 1977년 사이에 내가 쓴 글을 다시 읽어주고 격려해주고 지원해준" 데 대해 감사의 뜻을 표했습니다. 하지만 다시 읽어주고 격려해주고 지원해주고 청소해주고 정돈해주고 스크랩해주고 풀로 붙여주고 번역해주고 기다려주고 귀 기울여준 비올렌의 이름은 거기 들어 있지 않았어요. 그녀의 부재는 곧 저의 부재이기도 했습니다. 당신이 생략해버린 과거 속에 그녀가 없다면 저 역시 없기 때문이지요. 반대로 당신은 당신이 침묵시킨 여성의 수첩 속에 완전하게 존재합니다. 17일째 되던 날 그녀에게 문을 열어주었을 때 당신의 맨발에 달라붙어 있던 모래알에서까지 살아 있었던 것입니다.

17일째

당신들 간의 역할이 바뀌면서 균열이 일어나기 시작한 날, 비올렌은 당신을 질책했습니다. "변호사가 짜증 낼지도 모르니까 불평 좀 그만하세요. 선생님의 보고서를 오늘 부치진 않을 거예요. 선생님은 어디 멀리 가서 바람도 좀 쐬면서 여유를 가지셔야 해요. 그리고 뭘 좀 드세요. 차 한 잔, 땅콩 세 알만으로는 제대로 된 생각을 할 수가 없다고요." 당신이 평상시와는 다르게 고분고분한 태도로 비올렌의 말에 따른 날, 당신은 그녀 뒤를 따라 숲속을 한 시간 동안 걸었지요. 뭐라고 계속 투덜거리면서요. 당신은 소나무에 걸린 송진받는 통을 들여다보기도 하고 백리향 향기를 맡기도 했죠. 수업을 빼먹기 위해 '병을 앓기로' 결정한 당신은 쉰 목소리로 뒌학교 여자 학장에게 전화해서 목구멍이 따끔거리고 온

몸에 오한이 들어 집에서 쉬어야겠다고 말했습니다.

이 17일째 되던 날은 비올렌이 꼭 어린 시절로 돌아간 듯 당신 집에서 그녀의 침실로, 해변에서 당신의 응접실로, 당신의 질문에서 그녀의 요약으로, 당신에게서 퍼트리샤에게로, 퍼트리샤에게서 타니아에게로 옮겨 다닌 날이었습니다. 마치 무슨 레크리에이션을 하듯 말입니다. 2주일 전에 조수라는 애매모호한 직함에 임명된 비올렌은 당신의 대변인이 되어 자기가 만나는 사람들에게 당신의 증상을 꾸며내 상세히 이야기해주었고, 그 순간 자신의 품격이 높아지는 것을 보았지요. 그녀는 당신이 피우는 무필터 골르와즈 담배를 사러 간 가게에서 자신이 불러일으킨 관심에 도취되었을까요? 옅게 바랜 청록색 티셔츠를 입고 반짝거리는 장신구를 주렁주렁 매단 청소년들이 생전 처음 경건한 자세로 그녀의 말에 귀를 기울이자 그녀는 코스를 조금 더 연장하여 수예 재료도 팔고 식료품도 파는 가게와 우체국에서 재능을 확실하게 발휘해가며 자신의 심정을 토로하고 당신에게 해준 충고를 써놓기까지 할 것입니다. 비올렌의 순회는 장 조레스 거리에 있는 미용실에서 끝이 났습니다. 미용사에 관한 일화는 비올렌의 수첩에 기록되지 않았지요. 비올렌은 이 에피소드를 좀 곤란해하며 제게 들려주었지요. 그다지 흥미로운 이야기는 아니었습니다. 하지만 그녀가 거기간 것은 자기가 맡은 '일'을 꼭 해야만 했기 때문입니다. 즉 당신이 아프다는 소문을 널리 퍼뜨려야 했기 때문이죠.

문에 달린 작은 종이 울려 비올렌이 들어왔다는 걸 알려주었습니다. 부드럽게 속삭이는 듯한 헤어스프레이 소리는 날카롭게 윙윙거리는 드라이어 소리 때문에 잘 들리지 않았습니다. 인조 꿀처럼 생긴 샴푸가 쏟아져 뒤죽박죽되면서 암모니아 냄새가 확 풍겼지요. 그녀를 어릴 때부터 봐온 여자 손님들은 머리를 자주색으로 물들이거나 파마용 드라이어를 머리에 쓰고 꼼짝하지 않은 채 다리를 꼬고 나란히 앉아 있었습니다. 매일 밤 항상 같은 시간에 덧문을 닫는 이 보라색 머리칼의 할머니들, 시원한 음료나 한잔 마시고 오겠다는 핑계를 대고 서너 시간 동안 집을 떠나 있는 이 주부들, 그녀 어머니의 친구들과 테니스 파트너들은 그녀가 힘든 고3 시절을 보내느라 엄청나게 야위었다는 소문을 들은 바 있었지요. 성모마리아…… 어쩌면 비올렌은 그 미국 여자와 그녀의 개와 함께 집에 갇혀 시간을 보냈으니 성모마리아만큼 고결하진 않을지도 모르겠습니다.

비올렌의 말에 따르면, 비올렌은 네베바가 된학교를 떠나 미국으로 가게 되면 그녀로부터 "해방"될 텐데, 그 후엔 어떻게 시간을 보낼 것인지 묻는 그 금발머리 미용사의 물음에 그렇게 오랫동안 대답할 생각은 전혀 없었다고 합니다. "그 미국 여자, 잘 가라고 그래." "아니, 그냥 미국에 갔다가 다시 오시는 거예요.” 비올렌은 그녀가 놀랄 틈도 주지 않고 이렇게 반박했습니다. 당신은 좌절감을 느꼈다는 말을 비올렌에게 하지 않았지요. “네베바 선생님은 일이 끝나면 곧바로 프랑스로 돌아올 거예요. 그리고 선생님이 힘들어하는 건 이 일이 사람을 너무 피곤하게 만들어서예요. 상상할 수 없을 정도로 힘든 일이라니까요. 변호사들은 캘리포니아에서 쉴 새 없이 전화를 해 오고, 정치인들의 성명서도 요약해야 하고, 녹음테이프도 되풀이해서 들어야 하고, 전문가들의 소송 자료도 번역해야 하거든요.” 비올렌은 높게 쌓아 올려진 잡지를 손가락으로 가리키며 말했습니다. “이 재판을 다룬 기사는 아마《파리 마치》에도 나와 있을 거예요. 네베바 선생님은 거기서 중요한 역할을 하실 거예요. 그건 교수가 하는 일과는 다른 일이죠.”

손님들은 긴장감이 감도는 토론을 더 잘 지켜보기 위해 파마용 드라이어 밖으로 머리를 내밀었고, 서너 명은《파리 마치》를 열심히 넘기는 미용사 주위에 모여들었지요. 미용사는 결국 지난주에 발행된《파리 마치》에서 원하는 기사 (‘퍼트리샤, 도시게릴라들의 백만장자: 세기의 재판 준비’)를 찾아냈습니다.

당신 집으로 돌아온 비올렌은 미용실에서 사람들이 당신을 두고 빈정대더라는 이야기는 아예 하지 않았습니다. 아마도 그녀는 그게 단지 소문에 불과하다고 생각했을지도 모릅니다. 비올렌은 흥분해서 열을 내가며 말했지요. "선생님은 미용실에서 아줌마들이 무슨 이야기를 했는지 알면 놀라실 거예요. 어떤 아줌마들은 당당하게 자신의 주장을 폈어요. '난 퍼트리샤가 이해가 가. 그럴 수도 있는 거지. 어쩌면 우리도 퍼트리샤처럼 했을지 몰라. 살아남기 위해 2년 전 비행기 사고에서 서로를 먹었던 그 사람들처럼 말이야. 내가 조금만 더 젊었어도 불의에 맞서 더 적극적으로 행동했을 텐데.' 그러고 나서 아줌마들이 또 뭐라고 그랬냐면……"

그때 당신이 비올렌의 말을 끊고 물었습니다. "비행기 사고라니, 무슨 비행기 사고를 말하는 거지?"

랜드 지방에 있는 한 작은 미용실에서 당신의 귀에까지 날아오고 《머시 메리 패티》의 321쪽 〈나쁜 희생자〉라는 장에 등장하는 그 비행 코스는 길고 괴기했습니다.

　1972년 10월 13일, 571 비행편이 안데스산맥에 추락했지요. 해발 3,000미터가 넘는 곳에 고립되어 몇 주 동안 구조를 기다리던 생존자들은 꽁꽁 얼어붙은 사망자들의 시신을 먹기로 결심했습니다. 당신은 이 사실을 축으로 삼아 추론을 시작했지요. 이 항공기 추락 사고의 예외적인 언론 보도는 미국인들이 영웅들을 숭배한다는 사실을 잘 보여주지요. 생존을 위해서라면 그 무엇 앞에서도 물러서지 않는, 심지어는 죽은 사람까지 먹는 사람들 말입니다. 즉 당신은 다음과 같이 썼습니다. "퍼트리샤 허스트의 전향도 같은 식으로 설명할 수 있을 것이다. 즉 SLA에 동화된 것은 일종의 생존 전략이라는 것이다. 그러기 위해서는 그녀가 자신의 메시지 하나하나를 통해 드러낸 것을 법정에서 이야기하도록 내버려두어야 할 것이다. 그렇다, 그녀를 감시하던 자들이 그녀로 하여금 깊이 생각하도록 만든 것이다. 그렇다, 푸드 프로그램은 아주 좋은 아이디어였다. 그렇다, 그녀는 매혹된 것이다(설득당한 것은 아니다). 그녀의 변호사들은 그녀를 푸른색 카디건 차림에 진주목걸이를 차고 회개하는 어린 여성으로 위장시키는 쪽을 택했다. 그들은 세뇌당한 것이라는 주장을 펴라고 그녀에게 집요하게 요구했다. 그리하여 배심원들은 변호인들과 그녀의 부모, SLA에 의해 조각조각 나뉘었다가 다시 결합된 한 인물을, 맞추기 힘든 퍼즐을 연상시키는 한 여성을 마주하게 되었다."

당신은 이 재판이 진행된 시대 배경을, 즉 1960년대 생들의 이른바 '절대자유주의적 순진함'을 조롱하기 시작했던 1975년의 미국을 상기시킵니다. "1980년대가 서서히 다가오기 시작했고, 사람들은 레이건이라는 인물을 통해 구체화되기 시작한 이 보수주의 찬가('살아 있는 거야Staying Alive', '살아남을 거야I Will Survive')를 벌써부터 노래하기 시작했다. 얼마 지나지 않아 모든 것이 1인칭 단수로 변화하고, 사유와 생명으로 이루어진 공동체는 막을 내린다. 그리고 의심과 망설임이 처세술의 원칙이 된다. 사람들은 냉혹한 육체들(터미네이터, 로보캅)을 찬양할 준비를 한다. 모험적인 산책과 〈제레미아 존슨〉*의 침묵은 먼 곳에 있다."

"침묵하는 다수(이것은 불만을 갖고 1972년 공화당에 투표한 백인 중산층을 정의하기 위해 닉슨이 사용한 표현이다)에게 퍼트리샤는 악의 절대적 상징이 될 것이다. 이 허스트가의 딸은 히피의 도시인 버클리대학교에서 공부하며 돈을 낭비했고, 자신들의 권리를 위해 투쟁하는 흑인들과 더 이상 영웅을 구경하는 관객으로 만족하지 않는 여성들처럼 적으로 여겨지는 자들과 타협하고 연대한다고 선언했다. 단 한 순간도 탈출을 시도하지 않았고, 게다가 FBI를 비웃기까지 한 이 '나쁜 희생자'는 유해하다. 사람들은 그녀가 악영향을 미치지 않을까 걱정했다. 감옥에 있는 그녀에게 온 우편물의 80퍼센트는 타니아를 열렬히 지지했다." 당신은 계속 다음과 같이 썼습니다. "재판이 벌어지는 동안 '좀비'라는 단어는 퍼트리샤 허스트의 윤기 없고 창백한 안색과 표정의 부재를 묘사하기 위해 자주 사용되었다. 영화에서 좀비는 다른 좀비에게 전염되었지만 치료법도 없고 구원될 수도 없는 희생자를 말한다. 영화에서 좀비는 신원을 확인하여 제거해야 한다. 그녀의 변호사가 배심원들에게 '범죄를 저지르지 않기 위해 죽는 것이 그녀의 의무였을까요?'라고 물었을 때 대부분의 어른들은 분명히 그렇다고, 전향하느니 차라리 죽는 게 더 나았다고 대답하고 싶었을 것이다."

• 　제레미아 존슨이라는 백인이 원주민과 함께 살며 벌이는 모험을 다룬 영화.

저는 비올렌에게 전화를 걸어 이 장을 전부 다 읽어주었습니다. 당황스럽긴 했지만, 저는 그녀의 수첩에 《머시 메리 패티》의 근원과 시초가 담겨 있다고 확신했지요. 비올렌의 수첩에는 비행기 사고 말고도 1975년 12월에 둘이 함께 개괄적으로 세운 이론의 거의 대부분이 나와 있었습니다. 그전에는 결코 저에게 목소리를 높이지 않았던 비올렌이 화를 내더군요. "아니, 어떻게 애매모호한 메모 몇 개를 하나의 작품과 비교할 수 있어? 만일 네베바가 내 앞에 있다면 나는 지적知的으로 연타당했을 거야." 하지만 당신의 전문가적 능력이 퍼트리샤 허스트의 운명을 바꾸었습니다. 그건 단지 한 10대 소녀의 일기장이 아니었어요.

제가 스미스칼리지에 도착한 뒤부터 당신의 보고서를 찾아다녔다는 말을 비올렌에게 하지 않았습니다. 당신의 보고서는 허스트 재판을 다룬 책 그 어디에도 인용되어 있지 않았어요. 당신은 그 분류된 과거 속에 존재하지 않았어요. 아니면 그 속에 꽁꽁 숨겨져 있었던지요. 당신의 발자취, 당신이 세운 이론의 자취는 오직 태어난 뒤로 프랑스 랑드 지방의 어느 마을에서만 살고 있는 이 62세의 여성과만 관계있습니다. 저는 당신에게 닿기 위해 언제든 그녀에게 돌아갈 것입니다.

17일째 밤

당신은 커튼을 빨고 접시와 수저 등을 서랍에 정리하느라 하루를 다 보냈습니다. 신문 기사와 사진이 삐져나와 있는 서류 홀더들은 미국에서 만든 종이상자 속에 들어 있었고, 활짝 열린 채 카펫 위에 놓여 있는 당신의 여행용 가방은 차곡차곡 접은 옷과 책으로 절반쯤 가득 차 있었어요. 그런데 밤 10시가 넘은 시간에 당신이 비올렌에게 백지 뭉치를 내밀며 받아 적으라고 말했지요. '아니, 이게 뭐야.' 밤 시간을 이용해 지난주에 문제가 되었던 당신의 프랑스 복귀와 파리에서 함께 보내게 될 주말에 대해 이야기할 생각이었던 비올렌은 짜증이 났습니다. 그녀는 영화감독의 기록 담당 비서나 법원 서기처럼 그날 밤 당신이 하는 말을 전부 다 기록했지요. 그날 밤에는 일종의 리허설이 이루어졌습니다. 당신네 두 사람은 차고에서 발견한 철제 밑판이 달린 낡은 야전침대를 폈지요. 당신은 비올렌의 어머니에게 전화를 걸어 그녀를 납치해서 죄송하다며 오늘 밤에만 일하면 다 끝날 것이라고 약속했지요. 당신은 그녀에게 스웨터를 빌려주고 커피를 타주었습니다. 밤을 새워야 할 테니까요.

당신은 당신 책의 서문에서 재키 케네디를 언급하면 좋겠다고 생각했지요. 퍼트리샤와 재키 케네디는 사회적 출신이 같고 똑같이 호화판 사립학교를 다녔다는 공통점을 갖고 있었습니다. 당신은 재키의 목소리가 녹음된 테이프를 틀어놓고 귀를 기울였지요. 재키의 목소리는 퍼트리샤처럼 모든 것에 흥미를 잃은 듯 무덤덤했고 좀 단조로웠습니다. 퍼트리샤가 녹음테이프에서 자신의 생각을 표현하는 방식은 분명 세뇌의 결과입니다, 라며 당신은 변호인 측의 견해에 동의했지요. 하지만 비난해야 하는 건 SLA가 아닙니다. 재키와 마찬가지로 퍼트리샤도 자신이 속한 사회집단에 의해 세뇌된 것입니다.

변호 논리의 모든 것이 조리에 맞지 않았어요. 특히 이 젊은 여성이 세뇌를 당해 강제로 무장강도행위를 했기 때문에 죄가 없다, 라는 논리는 더더욱 그랬지요. 자, 만일 어떤 사람이 다른 누군가의 영향하에 있다면 그 다른 누군가는 이 사람에게 강요할 필요조차 없는 것입니다. 이건 모순적이에요. 변호사는 그의 변론을 재검토해야 합니다. 그의 변론은 형편없는 수준이거든요.

SLA와 함께 많은 걸 배웠다는 사실을 인정한 퍼트리샤의 진술은 명백한 사실입니다. 그녀는 공동체 생활을 하는 법과 자신을 보호하는 법, 다른 사람을 보호하는 법을 배웠고, 매일같이 체계적으로 훈련해서 퍼트리샤의 몸은 이제 더 이상 그냥 값비싼 의상을 걸친 비쩍 마른 불안의 대상이 아닙니다. 또 퍼트리샤는 자신을 교육한 사람들이 터무니없는 거짓말을 했다는 사실을 알아냈습니다. 가족이 사는 대저택에서 1킬로미터도 채 떨어지지 않은 곳에서 사람들이 배고파 죽어가고 있다는 것을 부모는 오래전부터 알고 있었던 것입니다. 마지막으로(마지막이라고 해서 가장 덜 중요한 것은 아닙니다), 자신의 결혼을 위해 자기瓷器 제품을 고르는 것으로 미래가 요약되었던 퍼트리샤는 자신의 부모와 약혼자를 전 세계 모든 사람 앞에서 재판에 회부한 것이었어요. 그것은 거의 모든 여성의 환상이었습니다. 물론 비올렌은 그런 환상을 품지 않았지만 말예요. 허스트는 자신에게 하나의 이름을, 아니, 두 개의 이름을 지어주었다고 말할 수 있지요.

당신은 까칠까칠한 촉감의 카펫 위에 길게 드러누운 채 두 팔을 뒤로 쭉 뻗으며 말했습니다. "딸 교육을 잘 시켰다며 만족스러워 해야 할 사람이 있어…… 오리를 사냥하듯 그렇게 가족을 사냥한 게 결코 헛된 일은 아니었어. 총을 든

271

타니아는 무척 편해 보이더군." 당신은 웃음을 터뜨렸다가 한숨을 내쉬었습니다. "하긴, 이게 기분 좋아할 일은 아니지. 아, 미안해. 다시 시작해보자고."

당신은 한 성의학자의 평가서를 읽어 내려가다가 경악했지요. 이 성의학자는 퍼트리샤가 약혼자에게서는 느끼지 못한 오르가즘을 손에 M16을 든 상태에서는 느꼈다고 증언할 계획이었습니다. 당신은 손바닥을 펴서 비올렌에게 내밀었고, 비올렌은 자신의 손을 그 위에 포갰지요. "무장한 여성이 실제로 페니스를 갖고 싶어 한다고? 정말 형편없는 평가서로군. 이건 퍼트리샤가 SLA의 한 여성 멤버, 그리고 윌리와 잤을 거라고 은근히 암시하는 신문 기사들만큼이나 형편없는 평가서야. 설사 그게 사실이라 해도 도대체 그녀가 고발당한 것과 무슨 관계가 있다는 거지? 모든 잡지에는 FBI가 퍼트리샤를 체포했을 때 그녀가 브래지어를 입고 있지 않았다는 내용의 기사가 실렸지. 이 기사에는 그게 하나의 증거가 될 수도 있다고 쓰여 있어. 그게 도대체 무엇의 증거가 될 수도 있다는 거야? 비올렌, 퍼트리샤의 '혼란'이 언론에 몇 차례나 언급되었는지를 기억하지? 퍼트리샤가 집 안 청소도 안 하고 설거지도 안 하는 약혼자에게 화가 나서 무기를 들었다고? 말도 안 돼. 퍼트리샤는 '대의를 찾아 저항하는 여성'이 될 거야. 요컨대 이 전문가들은 다른 어느 누구라도 그런 여성이 될 수 있다고 주장하는 거야. 심지어 그들은 퍼트리샤가 그 사실을 자각하지 못한 채 SLA 멤버가 되었으며 이 모든 것은 그녀의 마음속에 있다는 말까지 했어. 자기들이 보기에 지나치게 대담한 젊은 여성들이 '귀신에 사로잡혔다'고 공언하는 신부들과 이 평가서는 별반 차이가 없지. 퍼트리샤가 조금씩 자신을 만들어가는 중이라고 생각하는 기자는 단 한 사람도 없어. 그녀가 두뇌를 가지고 있다고 생각하는 기자 역시 단 한 명도 없고. 퍼트리샤는 그 사실을 알고 있었지. 기자들의 이런 생각을 비웃기까지 했고……." 당신이 수첩을 흔들었어요. 그러고 나서 또 다른 수첩을 흔드는데 거기서 종잇조각 하나가 떨어졌습니다. 당신은 여기에 쓰인 글을 정말 좋아했지요. 그 글에서는 이 젊은 여성의 활기와 조롱기가 잘 느껴졌습니다. 그녀는 생전 처음 부드러운 목소리로 '엄마, 아빠아아'라고 말한 뒤로 어떤 길을 걸어왔을까요…….

경찰들은 저의 첫 번째 메시지가 녹음된 테이프를 분석하여 제가 24시간 동안 잠을 못 자고 고문당했다고 주장했지요. 저는 그다음 녹음테이프에서 이 새빨간 거짓말을 반박했습니다. 그들은 제가 SLA와 합류하겠다고 알릴 때까지는 제 말을 믿는 듯했지요. 그러다가 돌연 제가 "강압에 의해" 그런 거라고 주장하고 나서더군요. 만일 신문, 방송에서 하는 이야기를 믿는다면 저는 정말 이상한 사람이 됩니다. 제가 하는 말을 단 한 마디도 책임지지 않는 사람이 되는 거지요. 사실은 하고 싶지도 않은 말을 하는 사람, 무슨 말을 하는지 생각도 하지 않고 말하는 사람, 다른 사람들이 시키는 것만 하는 사람이 되는 것입니다.

타니아 허스트

수천 쪽이나 되는 그녀의 변호 서류에서 돈이 목적이 아니라 수단인 세계를 발견했을 때 그녀가 얼마나 혼란스러워했을지에 대해 언급하는 부분은 단 한 줄도 없었습니다. SLA는 허스트가가 내놓은 거액 중에서 단 1원도 챙기지 않았지요. SLA 멤버들이 그녀 나이 또래라는 사실도 변호 서류에는 일절 언급되지 않았고요. 그리고 그들이 처음 만났을 때 서로에 대해 놀라워했다는 사실도 언급되지 않았습니다. 퍼트리샤는 그들이 상상했던 그 역겨운 부잣집 딸이 아니었지요. 그리고 SLA는…… 세상에, 그들에 관한 간략한 묘사를 읽다 보면 앤절라가 오직 연극만이 세상을 바꿀 수 있다고 확신하며 체호프를 인용하곤 했다는 사실을, 윌리가 많은 점에서 퍼트리샤를 닮았고, 마르크스의 작품보다는 소로의 작품을 읽었으며, 쿨 앤드 더 갱의 음악에 맞추어 춤을 추곤 했고, 등반이 취미였으며, 고고학자가 되고 싶어 했다는 사실을 잊어버리게 됩니다. 그들은 어느 날 아침, 잠에서 깨어나 '흠, 로빈후드 놀이를 하고 싶은데, 부잣집 딸이나 한번 납치해볼까?'라고 생각한 게 아닙니다. 그들은 다른 10대들이 텔레비전 앞에서 시간을 보내고 있을 때 자원봉사를 했지요. 교도소를 방문했고 전쟁에 반대하는 행진도 했어요……. 낸시는 보수적인 집안 출신이고, 10대 때는 자원봉사자로 매주 일요일에 아이들을 가르쳤지요. 이들 모두 자기들보다 나이가 많은 사람들(다시 말하자면, 우리 같은 사람들)이 수동적 태도를 버리고 적극적으로 행동하게끔 노력했다는 공통점을 갖고 있었습니다.

비올렌은 당신이 하는 말을 최대한 빨리 받아 적고 있었지요. 그런데 당신이 그녀 앞에 우뚝 서더니 잠깐, 이라고 말했습니다. 당신은 방금 SLA의 젊은이들이 경찰의 수배를 받자 로스앤젤레스와 샌프란시스코에서 믿을 수 없을 만큼 순진하게 모르는 사람들의 집 문을 두드렸다는 생각을 해낸 것이었죠. 그래서 과연 무슨 일이 벌어졌을까요? 사람들은 문을 열어주었습니다. 같이 식사하자고 초대했습니다. 밤이 되자 사람들은 오랜 시간 관심을 갖고 그들의 말에 귀를 기울였고 그들이 쓴 글을 읽었습니다. 사람들은 그들이 좀 엉뚱하긴 하지만 매력적이라고 생각했습니다. 사람들은 그들이 푸드 프로그램을 만든 걸 칭찬했고, 패티 허스트를 즉시 알아보았다고 털어놓기까지 했습니다. 자동차 때문에 인질로 잡혔다가 "너무 호감이 가는" 타니아를 "밀고하고 싶지 않아" 몇 주일 동안 기다렸다가 경찰에 알린 그 젊은 청년에게 박수를 보냅시다. 비록 SLA에 합류하도록 사람들을 설득하지는 못했지만 사람들은 아무도 그들을 밀고하지 않았습니다.

비올렌은 심문 중에 퍼트리샤가 왜 기회가 있었는데도 도망치지 않았느냐는 질문을 받고 뭐라고 대답했는지를 알고 있었을까요? "제가 도망쳐서 어디로 간단 말인가요?" 이것은 어른들은 귀 기울이지 않는 대답이었습니다. SLA를 떠나 누구에게로, 무엇을 위해 간단 말인가요? 미친 듯이 화가 나 있어서 퍼트리샤를 죽일지도 모르는 경찰의 팔에 자신을 내던진단 말인가요? 그녀를 어린애 취급하고 성관계를 원할 때마다 응할 것을 요구한 약혼자에게 돌아간단 말인가요? 아니면 자신들의 사회적 지위에만 관심을 갖는 부모에게 돌아간단 말인가요? 그것도 아니면 자신의 대저택으로, 로스앤젤레스 방송에 나와 그녀가 산 채로 불에 타 죽지 않아서 실망했다고 말하는 유모에게 돌아간단 말인가요? 퍼트리샤는 돌아갈 곳이 없었던 겁니다. 그렇다면 모든 남성과 여성이 항상 안전하게 먹고 치료받고 거주하고 교육받고 옷 입을 수 있게 될 것이라고 약속하는 SLA에게 어떻게 매혹당하지 않을 수 있겠어요……?

이 말은 당신의 뇌리에 계속 머물러 있습니다. 하지만, 당신은 퍼트리샤 – 타니아의 메시지 중 어디에서, 그리고 어느 순간에 타니아가 퍼트리샤에게 등을 돌렸는지 알 수가 없었습니다. 그러자 비올렌은 어린아이처럼 혼자 뭐라고 중얼거리는 당신의 독백을 중단시키며 퍼트리샤는 첫 번째 녹음테이프에서부터 이미 자신을 납치한 사람들이 미치광이가 아니라는 사실을 강조했다고 말했지요. 퍼트리샤는 이 생각을 결코 바꾸지 않았습니다.

당신이 잠자러 갈 시간이라고 느닷없이 말했습니다. 비올렌이 레니의 목줄을 건네받아 산책을 시키고 돌아와 보니 당신은 분홍색과 푸른색이 뒤섞인 인도 마드라스산 무명 베개 위에 엉클어진 머리를 올려놓은 채 벌써 잠들어 있었지요. 그다음 날, 새벽 5시쯤 당신의 담배 연기가 비올렌을 깨웠습니다. 당신은 언제부터인가 응접실 책상에 앉아 있었는데, 눈언저리의 다크서클 때문인지 안색이 어두웠습니다. 당신이 숨을 몰아쉬었어요. 재판은 막장이 될 거고, 당신은 그 결과를 결코 받아들일 수 없을 겁니다. 그들은 퍼트리샤의 사건을 하나의 시범 케이스로, 그녀를 모방하고 싶어 하는 모든 여성에 대한 경고로 삼을 것입니다. 퍼트리샤는 시장에 괴물로 전시될 것이고, 사람들은 그녀를 다시 이 세계로 데려올 것입니다. 만일 판사가 그녀에게 유죄를 선고한다면 수백 명의 타니아가 생겨날 것이고, 이들은 단지 가게 건물 정면에만 총을 쏘지는 않을 것입니다. 그날 밤 당신의 정신은 끊임없이 표류하다가 결국은 당신이 쓰는 논문에 등장하는 억류된 여성들에까지 흘러갔지요. 머시 쇼트. 메리 제미선. 자기를 낳아준 가족을 버리고 아메리카 원주민들을 더 좋아했던 여성들. 이들에게는 군대와 사제가 파견되었지요. 그 여성들은 공개적으로 해명하고 반성했어요. 하지만 뭘 반성한다는 건가요?

비올렌이 제안했지요. "그걸 쓰세요." 당신은 몸을 일으키더니 그 자리에서 깡충깡충 뛰었습니다. 발에 쥐가 났지만 계속해야만 했습니다. 보고서가 형체를 갖추어갔지요. 당신은 FBI의 수배 전단을 다시 읽었습니다. 그들은 정확한 표현을 사용했지요. 퍼트리샤는 "매우 탁월한 결단력을 갖추고 있었습니다." 하지만 당신은 그녀가 SLA 대원들과 함께 싸우겠다는 결심은 하지 않았을지도 모른다는 전문가들의 견해에 동조했습니다. 퍼트리샤는 자신의 미래에서 빠져나오기로 결심한 것입니다. 자유로워지기로 결심한 것이죠. "그걸 쓰세요." 당신이 계속해서 보고서의 결론을 구상하고 있는 걸 본 비올렌이 열광하며 같은 말을 되풀이했지요. 비올렌은 받아 적었습니다. 당신이 기지개를 폈지요. 아직 새벽 5시가 되기 전이었습니다. "너무 큰 소리로 말해서 우리 레니가 깨어나겠는데." 당신은 이렇게 말하더니 레니가 잘 자고 있나 보겠다며 잠깐 쉬자고 제안했지요. 비올렌이 미소 지었어요. 그 모든 게 당신이 레니에게 가서 뺨을 그 얼굴에 갖다 대고 손을 그 옆구리에 올린 채 영어로 허튼소리를 하고, 레니의 숨결에 맞춰 숨을 쉬기 위한 핑계라는 사실을 알고 있었으니까요. 레니는 당신과 함께 마을로 장을 보러 가고, 당신 사무실과 된학교에서 당신을 기다렸습니다. 침대에 누워 책을 읽으면 레니는 당신 발밑에 누워 있었지요. "넌 어디에 쓸모가 있지? 아이고, 널 어쩌면 좋니?" 레니가 당신을 다시 만나게 되어 너무 좋다는 듯 당신 주변을 맴돌면 당신은 짐짓 힘들다는 어조로 이렇게 물었지요. 아주 잠시 동안 레니와 떨어져 있었을 뿐인데요. "아이고, 널 어쩌면 좋니?" 레니가 머리를 당신 무릎에 올려놓고 잠시 후면 그를 꾸벅꾸벅 졸게 만들 사랑에 도취되어 당신을 뚫어지게 응시하면 당신은 이렇게 속삭였지요. 비올렌은 레니가 당신을 감동시킬 때마다 이 질문을 되풀이한다는 사실을 알고 있었습니다. 그러자 당신이 웃더니 레니가 멍청한 것 같다며 한탄했지요. "레니는 붕어보다도 머리가 나쁜 것 같아." 레니는 당신의 랑탕플랑•이었지요. 당신은 레니를 무척 좋아했지요. 레니와 당신은 비올렌이 감히 끼어들 수 없을 만큼 돈독한 관계를 유지하며 서로 의지하고 있었습니다. 당신은 된학교에 갔다 온 후 아무 말 없이 레니의 목에 얼굴을 파묻는가 하면, 또 어느 날은 레니가 잠을 너무 오래 잔다며 혹시 독을 마신 게 아닐까 몹시 걱정을 하기도 했지요.

• 모리스와 르네 고시니의 만화에 등장하는 멍청하고 어리석은 사냥개.

"레니가 어디 갔지?" 당신은 방문을 활짝 열고 침대 아래와 부엌을 들여다보더니 다시 응접실을 찾아보았습니다. 레니의 담요는 차가웠지요. 당신은 레니를 부르며 마치 생쥐 한 마리가 숨기라도 한 것처럼 문 뒤쪽까지 샅샅이 살펴보았어요. "레니?" 당신은 집 밖으로 나가 휘파람을 불고 레니의 이름을 외치다가 다시 집 안으로 들어왔습니다. "말도 안 돼. 불과 몇 분 전만 해도, 아니, 1분 전까지만 해도 여기 있었는데……" 비올렌도 밖으로 나가보았지만 너무 크게 소리 지를 엄두는 내지 못했지요. 하지만 당신은 레니를 소리쳐 불렀습니다. 당신의 목소리는 점점이 길게 이어지다가 밀려드는 어둠 속으로 사라져갔고, 당신이 느끼는 두려움은 차가운 대기를 뚫고 퍼져나갔지요. 비올렌도 모랫길을 걸어가면서 당신처럼 휘파람을 불어보기도 하고 레니라는 이름을 외쳐보기도 했습니다. 그녀는 레니가 덤불숲에서 불쑥 나타나지는 않을 거라는 사실을 알고 있었지요. 비올렌은 침묵하고 있어서 더 이상 아무 소리도 들려오지 않는 당신에게 돌아가지 않기 위해 계속 걸어갔지요.

비올렌은 계속 말했어요. 당신은 그녀가 두서없이 늘어놓는 이야기를 단 한 마디도 놓치지 않고 들었습니다. 날이 밝으면 사람들과 함께 레니를 찾아보기로 했어요. "저의 아버지가 앞장서실 거예요. 개들은 이따금 이웃 마을에서 발견되기도 해요. 사슴이나 멧돼지 냄새가 나면 쏜살같이 달려가거든요." 당신은 비올렌의 말을 듣고 있었지요. 하지만 두 뺨에 눈물이 흐르고 상기된 얼굴을 한 채 레니의 담요 위에 무릎을 가슴 쪽으로 끌어당겨 쭈그리고 앉아 겁먹은 표정을 짓고 있는 모습은 평소의 당신 모습이 결코 아니었습니다. 당신이 영어로 뭐라고 중얼거렸지만 비올렌은 잘 알아듣지 못했지요. 당신의 신경은 온통 레니에게 가 있었습니다. 마치 그 문장이 뭔가를 변화시킬 것처럼, 마치 누군가가 당신에게 벌을 주기 위해 레니를 납치하기라도 한 것처럼, 마치 레니를 돌려받기 위해 거래를 하자고 그 누군가를 설득하려 애쓰기라도 하는 것처럼 말이죠. 당신은 마치 비올렌은 결코 중요한 존재가 아니었다고 분명히 말하려는 듯 격분해서 "레니밖에 없어, 레니밖에 없다고"라는 말만 되풀이했습니다.

비올렌은 당신을 위해 차를 끓였고, 당신은 그걸 마셨

습니다. 그녀는 당신에게 스웨터를 내밀었고, 당신은 그걸 입었습니다. 그녀가 덧문과 창을 닫자 당신이 말렸지요. "혹시라도 레니가……?" 비올렌은 레니가 돌아오면 문을 긁어 댈 것이니 일단 자고 내일 다시 보자고 말했습니다. 출입문이 삐걱거리자 비올렌은 잠에서 깨어났지요. 아직 날이 밝지 않았습니다. 당신이 자전거를 타고 숲속을 10킬로미터가량 돌아다니며 레니를 찾다가 돌아온 것이었어요. 당신은 그날 아침에 뒨학교에 가야 했습니다. 레니는 공원을 잘알고 있었지요. 당신은 한 마디 할 때마다 한참 동안 침통한 표정을 짓곤 했습니다. 비올렌은 그럴 때마다 당신의 말에 맞장구를 치곤 했지만, 보도에 깔린 자갈에 고슴도치의 피나 고양이 창자가 묻어 있는 광경이 정기적으로 목격된다는 말은 하지 않았어요. 파리에서 샌프란시스코까지 가는(뉴욕 경유) 당신의 비행기표는 식탁에 놓여 있었습니다.

비올렌의 수첩에서 그다음 날인 1975년 12월 12일을 다룬 페이지에는 아무것도 나와 있지 않습니다. 그다음 페이지에는 레니를 찾느라 돌아다닌 장소들이 죽 나와 있어요. 지난겨울 태풍이 불어서 쓰러진 소나무들이 삐뚜름하게 자라고 있는 모래언덕 뒤편의 움푹 팬 곳, 사냥개 두 마리를 키우고 있어서 레니가 자주 찾아가곤 하던 농가가 끝에 있는 길, 레니가 소금쟁이를 입속에 집어넣었다가 다시 뱉곤 하던 강가, 서퍼들이 밴을 세워두는 주차장, 레니의 생김새

를 알려주고 실종 신고를 한 경찰서, 바, 우체국, 수예 재료
도 팔고 식료품도 파는 가게. 그리고 불에 탄 나뭇더미 뒤에
이따금 치즈 부스러기와 커다란 빵 덩어리가 숨겨져 있어
레니가 끄집어내곤 했던 곳도 찾아갔고, 군청 게시판에 레
니 실종 전단을 붙이기도 했지요.

수첩은 1975년 12월 15일에서 끝이 납니다. 네 개의 단
어로 이루어진 한 문장이 당신이 그날 오후에 보르도로, 그
리고 다시 파리로 떠난다는 사실을 알려주었지요.

가구들은 시트로 덮고, 카펫은 둘둘 말아놓았습니다. 그리고 퍼트리샤 허스트를 다룬 기사와 녹음테이프는 상자에 집어넣은 다음 정성 들여 스카치테이프로 붙였습니다. 당신은 이 상자를 여행용 가방 속에 집어넣을 수가 없어 비올렌에게 맡겼지요. 당신은 당신 아버지와 친한 친구의 전화번호가 적힌 종이를 비올렌에게 내밀었습니다. 재판이 끝날 때까지 샌프란시스코 어디에서 먹고 잘지에 대해서는 아무 계획이 없었습니다. "자, 여기 레니의 붉은색 목줄이랑 털 빗겨줄 빗, 그리고 레니가 발견되면 바로 미국에 전화해야 할 테니 통화 요금 100프랑……"

비올렌은 첫날로 되돌아가고 있는 게 아닌가 하는 생각이 들었습니다. 얼마 안 있으면 당신은 SLA의 글을 전혀 이해하지 못했다며 비올렌을 야단칠 것이고, 시간순으로 읽으라고 요구할 것입니다. 당신은 문득 침묵하더니 의자를 끌어당겼어요. 당신은 두 손으로 비올렌의 두 손을 꽉 잡으며 말했습니다. "비올렌, 제발 부탁이니, 제발 부탁이니 항상⋯⋯" 집 밖에서는 지루하고 황량한 세계의 부자연스러운 평온이 위협했지만, 담배 냄새를 날려 보내기 위해 켜놓은 초의 용연향이 남아 있는 당신 아파트의 닫힌 덧문 뒤에서는 모든 것이 가능했지요.

1976년 1월 2일, 한 노동자가 당신 집에서 10여 킬로미터 떨어진 한 가건물에서 극도로 쇠약해진 상태의 레니를 발견했습니다. 사람들은 피골이 상접할 정도로 마르고 탈수증에 빠진 레니를 군청 사무실로 데려가 담요를 덮어주었지요. 수의사는 레니가 건강을 회복할 수 있을지는 며칠 더 기다려봐야 한다며 신중한 태도를 보였어요. 이 수의사는 레니를 주변의 농장 주인들에게 데려가 입양하라고 제안했는데, 그들이 레니를 알아보았습니다. "아, 그 미국 여자가 키우던 개 아냐?" 하지만 그들은 레니를 원하진 않았습니다. "총소리도 무서워하는 사냥개를 어디다 써?" "그럼 이 개를 어떻게 하지?" 군청에서 신문에 광고를 냈지요. 당신이 LP판을 들고 찾아갔던 카페의 종업원이 레니를 비올렌에게 데려갔습니다.

레니는 아침에 일어나면 들릴락 말락한 소리로 끙끙

거리곤 했지요. 거친 숨결에서 시작된 이 신음에는 26킬로
그램이나 되는 덩치와 어울리지 않는 몹시 날카롭고 떨리
는 음 하나가 덧붙여졌습니다. 레니는 여러 번 이름을 불러
야 겨우 일어나서 다가오곤 했지요. "레니…… 레 - 에 - 니 -
이……" 그러면 레니는 신음을 멈추고 다시 현재로 돌아오
곤 했어요. 비올렌은 레니를 산책시킬 때 꼭 자기가 무장을
하고 있는 듯했습니다. 양로원 건물 뒤쪽에서 밤 늦게까지
죽치고 있는 아이들이 레니가 지나가면 뒤로 물러서서 길을
비켜주었던 것입니다. 이따금 레니는 집에 들어가지 않으려
고 갑자기 멈추어 서곤 했지요. 그럴 때마다 비올렌이 레니
의 목줄을 처음에는 너무 아프지 않게 살짝 잡아당겼다가
다시 더 세게 잡아당겼고, 목줄이 레니의 목을 조르면서 목
부분의 살이 두개골 위로 주름을 만들어냈지요. 그래도 레
니는 끌려가지 않으려고 몸을 빳빳하게 세운 채 고집을 피
웠습니다. 레니의 눈은 뭐라 설명할 수 없는 확신에 차 있었
습니다. 일요일마다 카페 카운터 주위에 모이곤 하는 노인
들은 그녀에게 조언했습니다. 쌀을 먹여라, 고기를 조금 줘
라, 너무 자주 쓰다듬으면 안 된다 등등. 그들은 어릴 때부
터 알고 지낸 어린 비올레트를 동정했지요. "그 미국 여자는
절대 다시 안 올 거다."

　물론 비올렌은 당신이 주고 간 전화번호로 전화해 당신
아버지에게 이 반가운 소식을 알렸죠. 그러자 그분은 비올

렌에게 누구냐고 물었습니다. 두 번째 번호로 전화를 걸었더니 (당신의 친한 친구인 듯한) 한 여성이 받았습니다. 그 여성은 마치 무대 뒤를 향해 말하듯 "레니가 돌아왔다고요?"라고 외치더니 비올렌에게 고맙다고, 레니가 돌아왔다는 말을 전하겠다고 약속했어요. 3주 뒤에 비올렌은 진 네베바라고 서명된 샌프란시스코 그림엽서를 받았습니다. "정말 기쁜 소식이야! 추신. 내가 곧 전화할게." 퍼트리샤 허스트의 재판이 이제 막 시작되었을 때였습니다.

비올렌은 뒷학교 근처에서 당신이 가르쳤던 학생들과 마주쳤습니다. 그들은 레니에게 딱 달라붙더니 크루아상을 내밀었지요. 비올렌이 레니에게 먹을 걸 주면 안 된다고 하자 학생들은 레니가 불쌍하다면서 앞머리를 쓰다듬으며 말했지요. "꼭 아기 같아!" 그리고 레니가 다리를 내밀자 감탄하며 소리쳤지요. "그래도 아직 레니를 돌볼 수 있으니 얼마나 좋아요, 비올렌?" 그들은 비올렌이 네베바를 보고 싶어 할 거라고 확신하며 혹시 소식을 알고 있느냐고 물었습니다. 비올렌은 주머니에서 봉투에 들어 있는 두 번째 엽서를 꺼냈지요. 얼마 전에 받은 것이었습니다. 비올렌은 약간 과장하며 이야기했어요. 그녀는 당신이 아버지와 해결해야 할 문제가 있다는 사실을 알고 있었지만, 그게 무슨 문제인지는 말하지 않기로 했습니다. 당신은 "비올렌도 알겠지만As you know"의 A를 단호하게 둥글게 말 정도로 단어 하나하나 철저

288

하게 분석해서 사용했어요. 이 문장의 시작("비올렌도 알겠지만……")이, 다시 말하자면 당신과 함께했던 시간에 대한 상기가 그녀를 자부심으로 가득 채웠지요. 하지만, 또 한편으로는 당신이 쓴 글("비올렌도 알겠지만, 퍼트리샤는 7년 형을 선고받았어")이 너무 짧아서 당황스러웠지요. 그녀는 당신이 미국에서 상속자를 구하지 못했다는 비난을 받고 혼자 쓸쓸하게 지내며 심신이 황폐해졌을 것이라고 생각했습니다. 그녀는 일주일에 한 번씩 진 네베바에게 보낸 편지에서 레니가 어떻게 지내는지, 그리고 영화 애호인 클럽에서 무슨 영화를 보았는지에 대해서는 길게 썼지만 당신의 이 같은 침묵에 대해 언급하지 않았어요. 비올렌은 당신이 퍼트리샤의 면회를 갔는지 물어볼 엄두를 내지 못했고, 마을에서 점점 더 커져가는 소문에 대해서도 일절 언급하지 않았습니다. 이 소문은 마치 어떤 아이가 다른 아이의 그림이 너무 멋져 보이자 질투가 나서 보라색 찰흙으로 더럽혀놓은 것처럼 널리 퍼져나갔지요. 사람들은 몹시 불쾌한 단어들로 이루어진 소문("……라고들 하더라고요", "누가 그러는데……")을 퍼뜨리고 다녔습니다.

당신이 마을을 떠나자마자 결코 당신과 맞설 엄두를 내지 못했을 마을 사람들은 안도의 한숨을 내쉬었지요. 당신은 실제로 무엇으로 학위를 받았지요? 당신이 공부해 오라고 시킨 그 글들은 학생들에게 트라우마를 안겨주었지요. 당신은 학생들을 학장 허락도 없이 바닷가에 데려갔고, 학생들에게 선크림을 발라주는 모습이 목격되기도 했습니다. 어떤 학생들은 자기도 당신처럼 생리를 한다고 자랑스러워하기도 했지요. 물론 생리를 화제로 삼는 건, 더구나 미성년자인 학생들과 이야기하는 건 추잡스러운 일이 아니지만요. 당신은 자랑스럽지 않은 이유로 미국의 한 대학에서 해고당했습니다. 당신은 꼭 남자처럼 등산화를 신고 단호한 목소리로 모든 사람에게 강의를 했지요. 비올렌은 이처럼 격렬한 토론이 당신을 꼭 기분 나쁘게 하지는 않는다고 느꼈습니다. 근처 실업고등학교 학생들이라든가 읍사무소 앞 광장에서 롤러스케이트를 타는 여자들, 심지어 당신의 '엄청난 열정'을 칭찬하는 내용의 편지를 쓰는 부모들까지(비올렌은 당신이 이들을 자주 만나곤 했다는 사실을 알지 못했지요) 나서서 당신이 마치 무슨 유명 인사라도 되는 듯 팔을 흔들고 당신의 이름을 부르며 환호했으니까요. "진 네베바 선생은 미국 문명의 토대를 이루는 것보다 훨씬 많은 것을 우리 딸들에게 전해주었습니다. 그녀는 모든 관점에서 사유하는 법을 그들에게 가르쳐주었지요."

비올렌의 부모는 이처럼 무책임한 지지에 대해 화를 냈지요. 어쨌든 이건 납치고 테러인데 당신이 어른들에게는 알리지 않은 채 학생들 모두를 매혹시키고, 이상한 생각으로 학생들을 홀렸으며, 비올렌을 제정신이 아닌 사람으로 만드는 바람에 비올렌이 오직 당신만을 떠받든다고 말이죠. 그러나 얼마 안 있으면 모든 게 정상으로 돌아갈 겁니다. 딸에게서 눈을 떼지 않을 테니까 말이죠.

비올렌은 저녁 식사를 위해 식탁에 앉았습니다. 아무런 두려움도 느끼지 않았지요. 그녀 앞에서 이루어지고 있는 대화를 드디어 해독했거든요. 그녀의 부모는 그동안 너그러운 사람들이라는 소리를 들어왔는데 사실은 그게 아니라는 사실이 밝혀진 것입니다. *저는 너무나 많은 것을 깨달았기 때문에 이전의 삶으로는 절대 되돌아갈 수가 없어요.* 그녀의 아버지가 눈을 찡긋거리며("네베바 이야기는 하지 말고 분위기를 가볍게 만들어라") 새로 온 가정부에 대해 언급했습니다. 그러자 어머니가 이 가정부를 싸고돌았지요. "우둔하진 않아. 단순하긴 하지만…… 이런 사람들은 가정부의 피를 갖고 태어난 거 같아." 비올렌은 머리도 어지럽고 피곤하기도 하고 책도 마저 읽어야 한다는 핑계를 대고 자기 방으로 돌아가 문을 걸어 잠근 다음 레니 옆에 무릎을 꿇고 앉았습니다. "이봐, 레니 보이Lenny Boy!" 레니가 당황한 표정을 짓더니 귀를 쫑긋 세우며 머리를 숙였어요. 어떤 목소리와 어떤 냄새, 어떤 놀이를 기억해낸 것입니다. 비올렌은 레니를 충분히 사랑하지 못하게 될까 봐, 아니면 너무 사랑하게 될까 봐 두려워했습니다. 레니가 죽을까 봐, 레니가 당신 없이 자기와 있으면서 지루해할까 봐 두려웠습니다. 비올렌은 도서관에 있는 백과사전에서 개들은 주인의 슬픔에 영향을 받는다는 글을 읽었습니다. 그녀는 레니에게 등을 돌린 채 소리 내지 않고 흐느껴 울었어요.

봄이 되자 비올렌의 어머니는 그녀를 위해 심리상담사와 약속을 잡았습니다. 며칠 동안 아무도 만나지 않고 오직 책만 읽고 레니를 산책시키며 시간을 보내는 딸을 그대로 내버려둘 수 없어서였지요. 이 심리상담사는 진찰실에서 비올렌 앞에 그림을 펼쳐놓고 무엇이 보이냐고 묻더니 대답을 듣고 다음과 같은 결론을 내렸지요. 즉 그녀가 성장하기를,

여자가 되기를 거부하고 있으며, 그건 정말 심각한 일이라
는 것이었습니다.

　여름이 되자 비올렌의 어머니는 그녀가 새 학기가 되어
공부를 다시 시작하게 되면 레니를 맡아줄 가정을 찾아보는
게 어떻겠느냐고 제안했지요. 어머니는 일주일을 기다렸고,
비올렌은 당신이 크리스마스 전에 돌아올 것이라고 알리는
내용으로 엽서를 만들었습니다. 비올렌은 부모에게 당신을
다시 만나지는 않겠지만 레니는 돌려줄 것이라고 약속했지
요. 그리고 통신 강좌가 자신에게는 잘 맞을 것 같고, 보르
도에 있는 학교에서 받는 것과 똑같이 2개 국어를 구사하는
비서 자격증을 받을 수 있으니 그걸 하겠다고 말했지요.

비올렌의 삶에 대한 당신의 추억은, 시간을 초월해 영원한 하나의 놀라운 그림자와도 같습니다. 시간은 비올렌과 결합해 당신이라는 사람을 마치 로큰롤 음악에 맞춰 춤췄지만 이제는 아무도 그녀의 부재에 대해 묻지 않는 메리 포핀스처럼, 대서양 가장자리에 있는 이 마을을 스쳐 지나간 이국적인 미국 여성으로 다시 써냈습니다.

당신은 일정한 간격을 두고 평범하고 사소한 것을 통해 종종 다시 나타나곤 했지요. 비올렌이 한 골동품 가게에서 손가락으로 가리켜 보이며 "네베바 선생님 집에도 저거랑 똑같이 생긴 등이 있었어"라고 말했던 분홍색 등, 그녀가 버리려고 하지 않았던 청록색 실크 스카프, 담배를 하도 많이 피워서 노랗게 변한 짧은 손톱, 영화에 등장하는 실루엣들, 특히 캐서린 로스˙의 실루엣(비올렌은 날짜가 기록된 현재형을 사용하여 "네베바 선생님이 캐서린 로스랑 닮았어"라고 말했요). 제가 알고 있는 이 여성은 당신이 언급했던 도시에 가지 않았고, 추천받은 학업 과정에도 등록하지 않았습니다. 비올렌은 하려고 했던 일들을 하지 않았습니다. 원래는 하려고 계획했고, 하겠다고 생각했습니다. 하지만 거기에 발을 내디딜 엄두가 나지 않아서, 어디서부터 시작해야 할지 알 수가 없어서 지연시킨 것이었지요.

우리는 결코 시간을 잃어버리지 않습니다. 반대로 우리는 시간이라는 것이 세월이 흐르면서 무관심으로 방치된 곳에 저장된다는 사실을 잘 알고 있지요. 하지만 비올렌이 판지로 만든 낡은 일정표에 푸른색 빅 볼펜으로 기입한 다음 당신의 사무용 책상 서랍에 넣어둔 단어들은 남아 있습니다. *1974, 월요일, 12~19시, 네베바. 화요일, 10~15시, 네베바. 목요일, 08~19시, 네베바.* 언뜻 당신이 10대 소녀 비올렌의 지주 같은 존재로 보였지만 사실은 비올렌이 당신의 지주였지요. 그녀는 매일같이 당신에게 전화해서 허스트가와 변호사의 환심을 사고 싶어 하는 당신의 욕망을 억눌렀지요. 비올렌은 당신의 파수꾼이었던 것입니다. 그리고 비올렌은 지금 저의 추측을, 즉 당신의 보고서가 재판에서 쓰이지 않았다는 사실을 알지 못했습니다(하기야 미국에서 그렇게 멀리 떨어진 곳에 사는 비올렌이 어떻게 그걸 알 수 있겠습니

• 〈내일을 향해 쏴라〉, 〈졸업〉 등에 출연한 미국 영화배우.

까?). 변호인단이 당신의 보고서를 받아들이지 않는 바람에 당신이 퍼트리샤 허스트의 재판에서 증언을 못했을지도 모른다는 겁니다. 그래서 당신은 배심원 평결이 끝나고 23개월 후에 퍼트리샤가 가석방될 때까지 아무 기여도 못하게 된 것이지요.

인터넷에는 재판이 끝나고 10년이 지난 1986년 당신이 했던 강연을 녹화한 동영상이 올라와 있습니다. 당신은 손에 담배를 든 채 당신의 청중(여자 대학생들?) 앞에 서 있다가 연단에서 내려와 맨 앞줄의 청중을 마주 보았지요. 당신은 종이 한 장을 손에 들고 있었는데, 그걸 곁눈질하지는 않았어요. 오래된 테이프라서 그런지 소리가 엉망이었습니다. 당신이 하는 말은 분노의 웅성거림에 뒤덮였고, 이어서 박수갈채가 쏟아졌지요. 당신은 조용히 하라며 손을 들었다가 질문을 던졌는데, 무슨 내용인지는 들리지 않았어요. 이 사람 저 사람이 서둘러 대답했지만, 당신은 틀렸다며 고개를 흔들었지요. 비올렌의 표현처럼, 당신은 분노와 경멸이 뒤섞인 오만한 눈길을 하고 있었어요. 아마도 이번에는 당신 목소리가 또렷하게 들리자 누군가가 조용히 할 것을 요구했기 때문인 것 같았습니다.

"…… 우리, 허스트 사건을 다룬 이 희곡을 한번 살펴봅시다. 예를 들어 '가지다'라는 동사는 자기 딸이 SLA에 가담한 것에 대해 묻는 퍼트리샤 아버지의 문장과 박자가 맞습니다. '그 아이는 20년 동안 우리의 딸이었는데, 그 자들은 그 아이를 60일 만에 차지했단 말입니다. 전 퍼트리샤가 그렇게 순식간에 달라졌다는 게 믿기지 않아요.' 이 문장은 정교하고 설득력 있지요. 그렇지만 같은 단어들로 구성된 퍼트리샤의 반박은 관객들을 충격에 빠뜨리죠. '저는 20년 동안 조종당했지만, SLA 덕분에 60일 만에 정상으로 돌아갈 수 있었어요.'

왜? 퍼트리샤가 재치 있게 답할 수 있는 능력이 있다는 걸 증명해 보여서? 그녀의 관점이 선과 악, 참과 거짓에 대한 우리의 기준을 뒤죽박죽 흔들어놓아서? 퍼트리샤 허스트의 이야기는 곧 혁명가 신케와 그녀의 약혼자, 그녀의 아버지 등 그녀에 대한 소유권을 주장했던 남자들 사이에 끼어 꼼짝 못 하고 발버둥친 한 젊은 여성의 이야기이기도 합니다. 허스트가와 경찰은 어쩌면 단지 퍼트리샤를 구하고 싶었을 뿐만 아니라 퍼트리샤 대신, 그녀보다 더 큰 소리로 이야기하고 싶었던 것일지도 모릅니다. 그녀가 메시지에서 뭐라고 말했지요? 자기가 정말 어떤 감옥에 갇히기보다는 차라리 다른 감옥에 갇히기를 원하는 것은 아닌지, 그게 확실하지가 않다고 말했습니다. '엄마, 아빠, 저를 힘들게 하는 건 SLA가 아니에요. FBI와 가난한 사람들에 대한 엄마, 아빠의 무관심이 저를 힘들게 하는 거라고요.'"

청중이 함성을 내지르자 당신은 미소 지었지요. 1981년에 쓰인 퍼트리샤의 회고록에서 발췌한 인용문이 화면 위를 연이어 지나가는 동안 당신은 담배에 불을 붙였습니다. 원래 동영상에는 해설이 들어가 있었지만 삭제되었습니다.

저는 제 부모가 저의 가치를 공개적으로 흥정한다고 느꼈어요. 제가 200만 달러의 가치는 있지만 1,000만 달러의 가치는 없다는 것이었지요. 제 부모가 저를 달러와 센트로 환산한다는 건 정말이지 끔찍한 일이었어요. 구역질이 났습니다.

퍼트리샤 허스트

어제 아침 저는 그 전날처럼 티셔츠를 입고 그 위에 목이 긴 스웨터를 받쳐 입었지요. 하지만, 집 문을 여는 순간 어제만 해도 눈이 쌓여 있던 집 측면에 진흙만 조금 남기고 하룻밤 사이에 겨울이 물러간 것을 보았지요. 여자 대학생들은 나무에 등을 기대고 책을 읽거나 소매를 걷어붙이거나 바지를 걷어 올린 채 캠퍼스 잔디밭에서 꾸벅꾸벅 졸고 있었지요. 점심 시간이 되자 그들은 단체로 약국에 갔습니다. 선견지명이 있는 학생들이 몇 주 전에 특별히 매사추세츠주에서 바르는 모기 퇴치 크림을 예약해놓았는데, 그걸 찾으러 간 것이었어요. '저녁때가 되어서야 학생들이 왜 약국으로 그걸 사러 갔는지 알게 되었지요'라고 이메일에 썼습니다. 도서관에서 나오자마자 살진 곤충 떼가 흥분해서 저를 쫓아왔지요. 불과 200미터도 걷지 않는데 제 팔과 종아리는 모기에 물려 빨갛게 부풀어 오르고 상처로 뒤덮였습니다.

저는 이곳에 머무르는 동안 매일 밤 비올렌에게 이메일을 보냈지요. 그녀를 위해 일상의 속도를 늦췄고, 늦춰진 일상의 속도는 비올렌이 살아보지 못한 그녀의 일상이 되었습니다. 저는 복습하느라 정신이 없어 안색이 창백한 여자 대학생들의 사진을 찍었지요. 그들은 실내복에 모자 달린 스웨터를 걸치고 슬리퍼를 신은 채 기숙사와 구내식당을 왔다 갔다 했어요. 제가 1956년도 학번인 나이 든 여성들에게 다가가 질문을 던지자 그들은 몹시 좋아하면서 구내식당에 촛불을 켜놓고 긴 실내복 차림으로 생일파티를 했다고 이야기해주더군요. 60대 여성 몇 명이 흑백사진 주위에 모여 있었고, 저는 반점이 있는 손가락으로 머뭇거리며 그 사진을 가리키고 있는 지니의 모습을 찍었습니다. 지니가 말했지요. "어머, 세상에! 이거 나야." 이제 그녀의 젊음은 산산조각 나 흔적도 없이 사라져버렸습니다. 이런 거야 너무 흔하게 일어나는 파국이긴 하지만요. 저는 파라다이스 연못과 호수, 떡갈나무 가지에 매달려 있는 그네 사진도 찍었습니다. 열여덟 살의 실비아 플라스가 소매 없는 하늘색 원피스를 입고 이 나무 아래에서 포즈를 취했지요. 저는 또 서너 명의 학생들이 잔디밭에 앉아 벌이는 토론도 녹음했습니다. "반드시 교칙을 바꿔야 해! 트랜스젠더도 우리 학교에 입학할 수 있어야 한다니까!" 당신은 캠퍼스 근처의 U자형 골목길에 살고 있었지요. 저는 높이가 30미터가 넘는 떡갈나무의 사진을 찍는 데는 실패했습니다. 떡갈나무는 하늘 높이 솟아올라 프레임 밖으로 튀어나왔고, 마치 우산을 쓰고 있는 듯 넓게 펼쳐진 나뭇가지들에 가려 생사生絲 빛깔을 띤 당신의 집을 보진 못했습니다.

그다음 날 오후 5시에 당신 사무실에서 당신을 만나기로 약속했지요. 제가 보낸 이메일의 답장에서 당신은 다 끝난 작업의 일부와 정보 수집에 쓰인 증거자료를 가져와달라고 했고, 우리는 무엇이 최상의 선택이 될지를 결정하기 위해 그 증거자료를 훑어보았습니다. 어쩌면 당신은 당신의 강의보다 인기가 덜한 강의를 들을 수 있도록 다른 선생님에게 저를 소개시켜주실 수 있을지도 모르겠습니다.

스미스칼리지 웹사이트에서는 식당이나 호텔에 평점을 주듯 교수들에게 평점을 줄 수 있게 되어 있습니다. 당신은 10점 만점에 평균 5.5점을 받았더군요. '진 네베바 교수: 엄격하고 퉁명스러움. 하루에 12시간 이상 공부할 거 아니면 이 수업은 듣지 말 것. 10점 만점에 4점./성격이 고약하긴 하지만 나는 모든 걸 이 교수님에게 배웠다. 10점 만점에 8점./이 교수는 다른 대학에서 테러리즘을 찬양했다며 다섯 번 이상 지적당했다. 그녀는 신랄한 페미니스트다. 한 마디로 바보. 10점 만점에 0점./그대들은 진 네베바 선생님을 전혀 이해하지 못했다. 죽을 때까지 잊지 못할 것 같다. 10점 만점에 10점.'

당신은 그 학기 당신 강의에 빈자리가 없다고 말했지요, 이론적으로는. 당신은 많이 웃었습니다. 당신은 저에게 이야기하면서 책상을 정리하기도 하고, 원고지 위에 펼쳐진 채 쌓여 있던 책들과 페이지가 헝클어진 일간지를 덮기도 하다가 코를 찡긋거리기도 했지요. 당신에게는 이것저것 정돈할 시간이 없었습니다. 당신은 제 비위를 맞춰주었어요. "내가 이런 영어를 어디서 배웠지?" 당신은 파리는 좋아하지만 라탱가는 안 좋아한다고 말했지요. 68혁명의 현장을 순례하며 황홀한 표정을 짓고 있는 당신 세대의 미국인은 모두 바보라는 것이었어요. 당신은 말했지요. "열정은 살아생전에 불태워야 견고한 기존 질서를 무너뜨릴 수 있는 거예요. 그건 사람들이 숭배하는 성유물이 아니라고요! 이거야말로 엄청난 모순이지." 파리의 빵집은 바지를 팔기 위해 예술 관련 서적들을 전시해놓는 생제르맹데프레의 고급 부티크만큼은 당신을 놀라게 하지 않습니다. 그러나 당신은 탄내 나는 고무와 먼지투성이 쇠가 그 뜨거운 입김을 내뿜는 지하철뿐만 아니라 울퉁불퉁한 포도鋪道 여기저기서 뜻밖에도 풀이 자라는 생뱅상의 좁은 인도도 좋아했지요. 당신은 이 파리 18구의 골목길에서 여름 한 철을 났습니다. 당신은 맥주가 쏟아지고 쓰고 난 콘돔이 아무렇게나 버려져 끈적끈적한 새벽녘의 18구 골목길을 좋아했어요. "이 골목길은 정오가 되면 관광객들을 위해 깨끗한 판지로 만든 연극무대라고 할 수 있는 몽마르트르로 바뀌지요." 저는 그 말에 동의했습니다. "저는 18구에서 살았지만, 수스통이라는 도시에서 멀지 않은 프랑스 남서부의 한 마을에서 올라왔어요." 당신은 고개를 끄덕였습니다. 당신은 그곳의 바닷가가 미국 동부 해안의 바닷가와 상당히 비슷하다는 것을 대략 알고 있었지요.

"강의를 나중에 다시 듣는 거야 상관없는 일이지만, 왜 퍼트리샤 허스트지요? 내가 어떤 점에서 나의 연구 주제와 밀접하게 연관된 건가요?" 저는 당신 책을 요약한 것을 떠올리며 대답할 준비를 했지요. 하지만 당신은 제 말을 중단시켰습니다. 당신은 그 책을 알고 있으니까요. "그 이야기가 어떤 점에서 나랑 상관이 있는 거지요?" 이상한 일이었어요. 노샘프턴의 서점 주인도 저에게 같은 질문을 던졌거든요. 당신은 하품을 하더니 책상 밑으로 두 다리를 뻗고 등 뒤로 늘어뜨린 긴 백발을 다시 묶었습니다. 당신의 하늘색

와이셔츠가 가는 주름이 있는 주근깨투성이의 목을 살짝 가리고 있었습니다. 당신은 일흔두 살이 다 되어가고 있었지요. 어느 소설에선가 '주름은 당신이 짓는 미소의 흔적을 간직하고 있다, 당신은 나이에 비해 아름답다'는 구절을 읽었던 기억이 납니다. 하지만 당신은 육체와 매력을 진부하게 늘어놓은 상투적인 생각과 숫자, 날짜를 무효로 만들어버리지요. 창문을 통해 환호하고 박수갈채를 보내는 소리가 멀리 들려왔습니다. 학위수여식 리허설이 이제 막 시작된 것이었지요. 당신은 제가 당황하는 걸 보자 짜증이 난 것 같았습니다. 이마를 덮은 머리카락에 입김을 내불고 연필을 깎더니 꼭 내게 굉장한 소식을 전해주기라도 하려는 듯 저를 보며 활짝 웃었지요.

"요컨대 당신은 배우를 좋아하듯 퍼트리샤 허스트를 좋아하는 거로군요. 멋진 포스터를 좋아하듯 말이에요. 그녀의 메시지 들어본 적 있어요?"

그날 밤, 저는 마음이 왠지 편치 않아서 당신에게 이메일을 보냈지요. "죄송하지만 한 번 더 뵐 수 있을까요?" 당신은 날짜와 시간만 써서 짧은 답장을 보내왔습니다. 제가 두 번째로 당신 사무실에 들어가 당신과 악수를 나누었을 때 당신은 꼭 시합 전에 상대 선수와 악수를 나누는 유도선수처럼 보였어요. 물론 당신은 저와 싸우지 않고도 알아보았지요. 저는 준비해 간 것을 읽었고, 당신은 제게 눈길 한 번 주지 않고 공책에 뭐라고 휘갈겨 썼습니다. 당신은 질문할 게 한 가지 있었지만 이렇게 말했습니다. "물이나 소다수 한잔 마셨으면 좋겠네요. 우리, 구내식당에 가서 뭐라도 마시고 와서 면담 계속할까요?" 뜻밖에도 당신이 이렇게 마음을 써 주자 마음이 흔들렸습니다. 어쩌면 당신은 저의 머리칼이 땀에 젖어 관자놀이에 달라붙어 있는 걸 봤는지도 모르겠네요. 당신 사무실의 창문은 5월인데도 탐욕스럽게 벌써 찾아온 여름을 향해 활짝 열려 있었습니다.

요란한 소리를 내가며 남은 음료수를 빨대로 들이마시는 어린아이처럼, 당신은 얼음밖에 남지 않은 아이스커피를 홀짝거리며 마지막 한 방울까지 다 마셨지요. 저는 퍼트리샤가 어떻게 그렇게 가벼운 형을 받았는지 알고 있었을까요? 2년 형은 예외적이라 할 정도로 너무 가벼운 형이지요. 퍼트리샤는 오로지 무장강도행위만으로도 최소 35년 형을 받을 가능성이 있었습니다.

당신은 그 보고서에 대해 이야기할 것입니다. 비올렌에 대해서도 이야기할 테고요. 뒷학교에 대해서도 이야기할 겁니다. 틀림없이 당신의 이야기는 완벽한 논리를 갖출 겁니다. 당신이 변호인단의 검열을 받았다는 건 곧 당신이 급진적이라는 걸 보여주는 증거이기 때문입니다. 당신은 재판이 끝나고 나서도 프랑스에 돌아오지 않았지요. 왜냐하면 당신의 훼손된 명성을 다시 쌓아올리느라 정신이 없었고, 다른 할 일이 너무 많았던 것입니다. 당신을 더 이상 원하지 않는 시골 학교와 신경성 식욕부진증을 앓는 여자 조수, 그리고 개에게 굳이 다시 돌아올 필요가 뭐 있었겠습니까?

"퍼트리샤의 유죄를 입증할 만한 증거는 차고 넘치지요. 하지만 그녀는 부자였기 때문에 이번 재판에서 무거운 처벌을 받지 않을 수 있었던 거예요. 허스트가는 퍼트리샤가 석방되도록 애썼고 1979년에는 캠페인까지 해서 성공을 거두었어요. 카터가 그녀를 특별 사면해주고, 클린턴이 복권시켰지요. 매우 예외적인 경우라고 할 수 있죠. 미국에서 이런 특혜를 받은 사람은 단 한 명도 없었으니까. 많은 미국인들은 이보다 훨씬 더 가벼운 죄를 짓고도 감방에서 몇 년씩 썩어야 하는데 말예요⋯⋯. 하지만 허스트가는 현실을 자기네 독자들의 욕망에 맞추는 그런 놀라운 재능을 발휘했어요. 그 반대의 경우가 아니라면 말이죠. 퍼트리샤가 감옥에서 나오던 날, 100여 명의 기자들이 몰려와서 어린아이처럼 어쩔 줄 몰라 하는 그녀의 미소와 '용서해주세요'라고 쓰인 티셔츠를 사람들의 기억 속에 영원히 남겼지요. 말하자면 퍼트리샤는 타니아를 땅에 묻는 데 동의한 거예요. 그렇지만 타니아가 존재했던 건 사실이죠. 잠깐 동안이긴 했지만⋯⋯."

당신은 나를 향해 고개를 돌렸지요. 그때 당신은 매혹적이었고 활기에 가득 차 있었습니다. 그리고 당신은 우리가 구내식당에 들어가자 여자 대학생들이 사소한 것 하나 놓치지 않으려고 몰래 관찰하는 진 네베바라는 사실에, 잠시나마 당신 곁에 존재했던 조수를 잊어버린 스미스칼리지의 아이콘이라는 사실에 만족스러워했습니다.

우리는 빠르게 대화를 나누었습니다. 그건 선택을 둘러싼 정중한 토론이었어요. "우리는 우리 안에 자신의 미래를 담고 있을까요? 만남이란 결정적인 것일까요? 선생님은 수많은 젊은 여성들을 만났지요. 선생님은 자신이 그들에게 영향을 미친다고 생각하나요? 선생님은 그들 중 일부가 선생님께 지나칠 정도의 영향을 받는다고 생각하나요, 아니면 반대로 그 일부가 선생님을 처음 만났을 때의 상태 그대로 머물러 있는 걸로 보아 선생님의 가르침이 그들을 전혀 변화시키지 않았다고 생각하나요?" 당신은 제가 갑자기 너무 많은 걸 묻는다는 표정을 짓더니 손을 들며 잠깐, 이라고 말했지요. "당신에게는 힘이 없으니 내가 빌려줄게요. 그래서 우리 퍼트리샤는 이렇게 말했지요. '어떤 사람들이 전향이라고 부르거나 갑작스러운 변화로 간주하는 것은 전향이나 갑작스러운 변화가 아니라 마치 사진을 만들 때처럼 느리게 이루어지는 현상 과정입니다.'"

당신은 자기가 하는 말을 이해했느냐고 물었지요. 그런데 저는 알 수가 없었어요. 제가 무슨 말을 하는지를 당신이 알고 있는 것인지, 아니면 우리가 말하지 않은 것에 대해 당신이 아주 잘 알고 있다고 제가 그냥 생각만 하는 것인지……. 당신은 그 상냥하면서도 명확한 교수의 말투로 되돌아갔어요. 저를 수강생으로 받게 되어 기쁘다고 말했습니다. 그건 예외적인 경우였죠. 왜냐하면 스미스칼리지의 다른 교수들과는 달리 당신은 성인을 받는 걸 싫어했기 때문이지요. "성인은 허비한 시간을 만회하려 하고, 빠르게 전개되는 이야기에 심취하는 경향이 있어요. 그들은 단순한 이야기를 너무 좋아해요."

저는 당신을 아직 만나지 못했다는 내용의 편지를 비올렌에게 보냈습니다. 그 외에는 거짓말을 하지 않았지요. 저는 축제가 시작되는 날, 학위수여식에 참석하려고 아침 8시부터 모여드는 사람들의 모습을 포함해서 단 하나도 빼놓지 않고 그녀에게 다 이야기해주려고 애썼습니다. 그들은 제 옆에서 자신들의 딸이 연단 위로 불려나가는 순간을 영원불멸하게 만들기 위해 가져온 사진기와 전화, 비디오카메라를 만지작거리고 있었지요. 여기저기 흘깃거리던 부모들은 티셔츠를 입은 1학년 학생들이 이마에 초록색 머리카락을 늘어뜨리고 장미색 머리를 한 것을 보고 너무 소리 내어 웃지 않으려 애쓰고 있었지요. 주변 사람 모두와 악수를 나누는 젊은 여성의 늙수그레한 부모. 이 여성은 페미니스트 기독교인이었지요. 사람들은 그녀와 함께 예배당 앞에서 춤을 추며 이 좋은 날을 즐기고 싶어 했습니다. 머리에 두건을 쓴 두 이란 출신 젊은 여성의 부모. 이 두 여성은 두 시간 뒤에 신경과학 분야의 학위를 받게 될 것입니다. 딸의 안색이 초췌하고 피부가 탄력을 잃은 걸로 보아 밤새도록 데킬라를 들이킨 게 분명하다며 잔뜩 화가 나 있는 부모. 텍사스주 오스틴에서 자동차를 타고 밤새도록 달려와 눈이 붉게 충혈된 부모. 그들의 딸이 한 유명한 텔레비전 연속극의 작가가 되기 전에 이 벽돌색 건물에서 살았다고 인터뷰하는 부모.

저는 이 축제의 드레스코드가 뭔지도 몰랐고, 여러 가지 의상의 의미가 뭔지도 몰랐어요. 교수들은 중세 때 대학 교수들이 입던 가운과 벨벳 모자를 자랑스럽게 보여주며 연단에 삼삼오오 모여 있었지요. 계급과 규율을 나타내기 위해 그렇게 입는 것일까요. 적자색 벨벳이 에메랄드빛 청록색 법의보다 더 인정받지요. 수를 놓은 저 헐렁한 소매와 황금색 방울술은 어떤 우월함의 표시인가요. 교수들이 마주 보이는 잔디밭에는 졸업생들이 서로 몸을 바짝 붙인 채 일정표로 부채질을 하기도 하고, 번쩍거리는 금속 조각과 슬로건으로 장식된 졸업 가운을 들어 올려 이마를 닦기도 했습니다. 연설에 매혹돼 내지르는 거친 고함소리는 그들의 화려한 의상과 대조되었지요. 당신은 바지 위로 반쯤 벌어지는 흰색 벨벳 가운을 입고 끝에서 두 번째로 연설을 했지요. 학생들이 환호성을 지르며 당신을 맞이했어요. 하지만, 당신은 아랑곳하지 않고 마이크가 잘 작동되는지 확인했습니다. 졸업생들이 서로 팔짱을 끼고 당신 이름을 또박또박 끊어 외쳤지요. "네 – 베 – 바! 네 – 베 – 바!" 당신 뒤에 앉아 있던 한 교수가 잠시 고개를 들어 하늘을 쳐다보더군요. 학생 대표가 엄숙한 어조로 다음과 같이 말하자 학위수여식은 막을 내렸습니다. "오늘 스미스칼리지의 문을 나설 준비가 됐음을 느낍니다."

저는 당신 강의가 마치 미사를 올릴 때처럼 엄숙한 분위기에서 이루어질 거라고 걱정했지만 실제로는 그렇지 않았습니다. 물론 수강생들이 혼란스러울 정도로 열성적이어서 샌드위치와 물, 견과까지 미리 준비하고 강의실로 모여들어 계단식 좌석 사이까지 층층이 꽉 채우기는 했지만 말이죠. 첫날 당신은 우리에게 경고했지요. "여러분은 내 강의를 끝까지 듣는다고 해도 기쁘지도 않을 거고 어떤 확신을 갖게 되지도 않을 겁니다. 정말이지, 확신 같은 건 안 생길 거예요."

한 주가 지나가고 두 주가 지나갔습니다. 저는 눈코 뜰 새 없이 바빠서 다른 일은 할 수가 없었습니다. 노샘프턴을 산책할 수도 없었고, 호수를 바라보며 점심을 먹을 수도 없었으며, 심지어는 비올렌에게 긴 편지를 쓸 수도 없었어요. 당신이 우리에게 들려준 18~19세기의 억류 이야기('야만인'들이 젊고 가냘픈 여성을 납치하지만, 문명의 옹호자들이 야만인

312

들을 죽이고 그녀를 구해낸 다음 다시 그녀의 집에 가두어둔다는 하나같이 동일한 모델을 토대로 구성한 이야기)를 배우고 공부하느라 너무 바빠서 도저히 시간이 나질 않았거든요. 저는 강의가 시작되고 한 달 뒤에 있을 구두 발표를 준비하기 위해 메리 로랜드슨과 메리 제미선을 선택했어요. 목사의 딸로서 1682년 매사추세츠주 랭커스터에서 원주민들에게 납치당했던 메리 로랜드슨은 11주 동안 억류되었던 이야기를 직접 책으로 써서 미국 최초의 베스트셀러로 만들었고, 이 책은 1913년까지 계속 재쇄를 찍었지요. 메리 제미선으로 말하자면, 1753년 열다섯에 세네카 원주민들에게 납치당하여 입양되었다는 이야기를 1823년에 한 신학자에게 털어놓았습니다. 2학년 학생들은 구두 발표를 한 어떤 학생에게 당신이 두 시간 동안 이것저것 질문을 퍼부었다는 이야기를 깔깔대며 제게 해주었습니다. 또 어떤 학생이 발표를 시작하자마자 바로 "진부한 생각으로 가득 차 있다"고 지적하며 발표를 중단시키더니 학생이 들고 있던 발표 자료를 빼앗아 갔다는 이야기도 들었어요. 그들은 꼭 핑퐁게임을 하듯 당신이 어떻게 이미 "그들을 살려주었는지"를 과장된 말투로 회상하기도 했지요. 즉 당신은 학생들이 의기소침해 있다고 느끼면 일요일에 부르기도 하고, 복습을 하느라 지쳐 있으면 말린 과일을 작은 봉지에 싸 들고 학생들을 데리고 예정에 없는 소풍을 가기도 했다더군요.

발표 날 아침, 저는 학생들이 어깨를 한 번씩 두드려주며 격려하는 가운데 연단으로 향했습니다. 저는 별로 두려워하지 않고 당신이 질문을 던지기를 기다렸어요. 메리 로랜드슨과 메리 제미선이 쓴 글은 거의 다 외우고 있었으니까요. 그런데 당신이 제게 던진 질문은 딱 하나였습니다. 당신이 물었지요.

"왜 이 두 이야기는 그때나 지금이나 그렇게 큰 성공을 거두는 걸까요?"

당신이 이 두 작가나 그들이 쓴 글에 대해서는 아무것도 묻지 않고 이런 질문을 던지자 학생들은 어안이 벙벙해서 침묵을 지켰지요. 침묵이 저를 엄습했습니다. 몇 달 동안 잠을 거의 못 자서 쌓인 피로가 밀려들면서 저의 단어들은 계제에 맞지 않게 프랑스어와 포개졌고, 그때까지 읽은 모든 논문이 서로 겹쳐졌습니다. 머릿속에 떠오르는 건 단 하나 당신의 저서뿐이었지만, 당신은 그 책이 인용되는 걸 무척 싫어했죠. 당신의 회백색 눈동자가 저를 응시하고 있었지요. 이런 식으로 비올렌도 당신의 주장을 그저 듣기만 하는 사람 중 한 명이 되었던 겁니다. 당신이 허리를 숙여 저를 내려다보며 말했지요. "괜찮아요? 캐슈너트 몇 알 줄까요?" 당신은 점심 시간이 되었으니 잠시 쉬자고 제안하고는 강의실을 빠져나갔습니다. 학생들은 저도 드디어 희생자의 대열에 낀 것을 기뻐하면서 격려해주었지요. 이것은 네베바 선생이 학생을 대하는 전형적인 방식이었습니다.

며칠이 지난 후 저는 용기를 내어 당신에게 이메일로 대답했지요. 그 두 이야기가 성공을 거둔 건 아마도 그걸 쓴 여성 작가들이 다음과 같이 언급했기 때문일 거라고 말입니다. 즉 처신을 잘 하고 복종하는 법은 배웠지만, 그건 그들이 살아남는 데 전혀 아무 도움도 안 되었다고 말이지요. "만일 이 작가들이 그렇게 했다가는 아메리카 원주민들 사이에서 살아남을 수 없었을 겁니다."

"스미스칼리지에서도 살아남을 수 없었지요." 당신은 이렇게 알 듯 모를 듯 엉뚱한 답장을 보내왔지요. 그리고 이렇게 덧붙였습니다. "이 두 이야기는 매우 사실적이기는 하지만 권력에 의해 정치적으로 이용되었다는 사실을 잊으면 안 돼요. 즉 그 이야기는 공격받은 우리 문명의 이름으로 아메리카 원주민들을 징벌하기 위한 핑계가 된 거예요. 그 이야기를 읽을 때는 더 거리를 두어야 해요."

지난주 어느 날 아침, 강의를 하던 당신은 학생들의 가벼운 저항에 부딪쳤습니다. "머시, 메리, 좋아요. 그런데…… 퍼트리샤에 대해서는 언제 공부하죠?" 그러자 당신은 격분하여 소리쳤지요. "우리는 수업 첫날부터 퍼트리샤 이야기를 하고 있었어요!"

저는 스미스칼리지에 석 달 조금 넘게 다녔습니다. 그때 저는 초록 총서°에 들어 있는 어떤 작품의 배경 속으로, 즉 아무도 제게 출신이나 성적 지향, 종교를 묻지 않는 꿈의 기숙학교에 다니고 있으며, 그 안에서 자상한 교수들이 진심을 다해 가르치려 애쓰는 닫힌 세계 속으로 들어와 있다는 느낌을 자주 받곤 했지요. 제가 도착한 날 아침, 제 방문 앞에는 스미스칼리지에 온 걸 환영한다고 쓴 엽서와 사탕이 놓여 있었습니다. 그다음 날 도서관으로 가는데 다시 공부를 하기로 한 결정을 응원한다는 글이 아스팔트 위에 분필로 쓰여 있었어요. '빅시브-리틀시브Big Sib·Little Sib' 프로그램이 이제 막 시작되어 모든 신입생은 일주일 동안 재학생의 보살핌을 받게 됩니다. 지난달에는 '나쁜 질문은 없다'

• 1923년 아세트 출판사가 청소년들을 대상으로 발행한 총서로, 표지가 초록색이라서 초록 총서라는 이름이 붙었다.

라는 이름의 행사가 하루 동안 열렸는데 정말 재미있었어요. 캠퍼스에서 사회학과 교수나 학생을 만나면 사회와 관련하여 궁금한 건 뭐든지 다 물어볼 수 있었죠. 그들은 '뭐든지 물어보세요!'라고 쓰인 배지를 달고 다녔습니다. 저는 이 행사에 참여하지는 않고 지켜보기만 했지요. 시험 보기 전날 학생들이 오랫동안 긴장을 풀고 불안을 떨쳐버리기 위해 기숙사 창가에 불쑥 나타나 입을 모아 함께 고함을 내지르고 각자 복습을 하러 돌아갈 때도 저는 함께하지 않았어요.

스미스칼리지에서 저는 제가 젊었을 때와는 다른 젊은 여성들에게 둘러싸인 나이 마흔의 임시 학생이었습니다. 저는 마치 그들의 후배라도 되는 듯 주눅이 들었어요. 저는 학생들이 단수 1인칭과 '선택하다'라는 동사를 사용할 때의 그 무사태평함이 부러웠습니다. "나는 남아서 싸우기를 선택했다. 나는 남아서 싸우기를 선택했다I chose to stay and fight. j'ai choisi de rester et de me battre."

아이비데이에 저는 제 딸도, 제 여동생도, 제 친구도 아닌 여성들에게 박수갈채를 보냈지요. 그들의 부모들 옆에 앉아서요. 포동포동한 팔이 드러나는 얇은 망사와 새틴, 레이스로 만들어진 드레스, 경보용 구두와 맞춰 입은 쇼트팬츠, 브래지어의 어깨끈이 보이는 면 탱크톱 차림을 한 수백 명의 학생들이 행진했지요. 그들은 그들을 연결시켜주는 월

계수 사슬이 어깨에서 떨어지지 않도록 조심하면서 우리를
향해 천천히 걸어왔습니다.

스미스칼리지에서 저는 퍼트리샤 허스트의 녹음테이프를 처음부터 끝까지 전부 다 듣고, 1980년대에 쓰였지만 지금은 잊힌 논문들도 읽었습니다. 어느 우호적인 무정부주의자가 SLA를 지지하고 타니아에게 매료된 그 당시의 대학교 동인지를 열람하도록 해주었습니다. 고문서보관실에서 1969년에 당신이 체포되었다는 소식을 보도한 일간지들을 찾아냈지요. 당신을 스미스칼리지에서 해고한다는 공고문도 찾아냈고, 당신의 복직을 요구하는 전단도 찾아냈으며, 당신을 지지하는 시위 현장을 찍은 사진도 찾아냈습니다. 1995년 당신이 교육공로훈장을 받을 자격이 충분히 있으니 받게 해달라는 내용의 탄원서도 찾아냈고요. 네베바 교수는 공산주의자들이 들끓는 대학에서 레즈비언들을 가르친 것뿐인데《머시 메리 패티》가 재판을 찍었다며 유감스러워하는 최근 기사도 찾아냈습니다. 하지만 당신의 보고서에는 이런 기록이나 문서, 기사가 전혀 나와 있지 않았어요. 이제 저는 당신이 구경꾼으로서 재판을 방청했다고 주장할 수 있을 것 같습니다.

어느 날 저는 한 학생에게 당신이 허스트 사건에 개인적으로 연루되어 있었다고 말했습니다. 그러자 그 학생은 깜짝 놀라면서 수업 시간에 그 이야기를 했으면 열띤 토론이 벌어질 수도 있었을 텐데 왜 안 했느냐고 묻더군요. 이 학생은 우리가 한 팀을 이뤄 보고서를 더 빨리 읽고, 경우에 따라서는 그걸 우리 논문에 포함시킬 수도 있지 않겠느냐고 저에게 제안했어요. 그 말을 듣고 저는 한 걸음 물러섰지요. "어쩌면 소문에 불과할지도 모르니까 네베바 선생님에게 물어봐야 할 것 같아." 그리고 이 학생은 그다음 수업 시간에 당신에게 소문이 사실이냐고 물었습니다. 그러자 당신은 얼마 동안 눈 한 번 깜박이지 않았지요. 당신은 제 얼굴이 빨개지는 걸 유심히 쳐다보더니 어깨를 한 번 으쓱거리고는 질문에 대답하는 대신 사소한 에피소드를 들려주었습니다. 실제로 그 당시 다른 수십 명처럼 당신도 도와달라는 변호인단의 부탁을 받았지만 일은 더 이상 진척되지 않았지요. 그리고 당신은 공적과 위업을 인정받긴 했지만 또 한편으로는 지금으로부터 100년 전의 캠퍼스에서 수갑이 채워진 거나 마찬가지인 신세가 되었지요. 이 과거가 우리를 앞으로 나아가게 하는 것일까요? 그렇지 않습니다. 우리는 이제 현재로 되돌아왔을 뿐입니다.

　제가 프랑스로 떠나기 전날, 당신은 제게 전화를 했지요. "안녕, 네베바 선생이에요." 그리고 짐이 많을 테니 보스턴까지 자동차로 데려다주겠다고 말했습니다. "이런 더운 날씨엔 차를 타고 가는 게 나을 거예요. 보스턴에서 친구들도 만나야 할 테니까……."

당신은 자동차 상태가 엉망이라며 미안해했지요. 케이크 포장지가 자동차 바닥에 굴러다니고 있었고, 좌석에는 빵 부스러기가 떨어져 있었으며, 뒷좌석에는 담요와 파카가 둘둘 말려 놓여 있었습니다. 또 좌석 아래에는 펜으로 쓴 강의 안이 쌓여 있었고, 앞 유리창에는 전단이 붙어 있었어요. 우리는 메인 스트리트를 지나갔지요. 당신이 그다음 주 주말에 사인회를 개최할 거라는 광고가 서점에 붙어 있더군요. 출간된 지 40년이 지났는데도 당신의 책이 그처럼 큰 반응을 불러일으키는 걸 보니 역시 당신은 유명 인사였습니다. 제가 이렇게 말하자 당신은 눈살을 찌푸리며 말했지요. "난 유명하지 않아요. 폭스뉴스가 '청소년들의 테러 행위를 찬양했다'며 나를 비난하고 나선 덕분에 이름이 조금 알려진 건 사실이지만……" 그리고 결론짓듯 덧붙였습니다. "스미스칼리지는 나의 유일한 왕국으로 남을 거예요. 여기에 캘리포니아를 덧붙일 수도 있겠지요. 미국은 불확실한 영역은 결코 인정하지 않았고, 난 그 사실을 널리 알리려고 지난 40년 동안 애써온 거예요."

당신은 CD로 가득 찬 사물함을 가리켰고, 저의 선택에 놀랐지요. 사실 패티 스미스는 우리 세대 취향이 아니었거든요. 저는 어렸을 때 '헤이 조$_{\text{Hey Joe}}$'(당신이 비올렌에게 준 그 음반 말이에요)를 즐겨 듣곤 했다고 대답했지요. 우리는 패티 스미스가 타니아 허스트에 대해 노래하는 동안 침묵했습니다.

넌 네 아버지가 무슨 말을 했는지 알고 있지, 패티? 그래, 그는 말했어. 내 딸은 어릴 때는 너무 귀여운 아이였는데, 이제는 손에 총을 들고 있어.

당신은 퍼트리샤 허스트가 법정에 들어갈 때 한쪽에서는 사람들이 고함을 지르기도 하고 휘파람을 불며 야유하기도 했지만 또 한편에서는 길게 늘어선 10대들이 손에 그녀의 사진을 들고 흔들어대며 "사랑해, 타니아, 사랑해"라고 외쳤다고 이야기해주었습니다. 또 퍼트리샤가 마치 차를 따를 때처럼 조심스럽게 변호사들의 종이컵에 물을 따라주더라는 이야기도 했습니다. 한평생 다른 사람의 시중을 받으며 살 수도 있었을 그녀가 말이지요.

그녀의 어머니는 사랑하는 딸이 죽었다는 의미로 머리 끝부터 발끝까지 검은색 옷을 입고 한 손에는 무도화를, 다른 손에는 핸드백을 들고 있었지요. SLA가 미국과 전쟁을 하는 외국 군대라고 비난하는 내용의 변론이 이어졌습니다. 퍼트리샤는 그녀가 SLA의 한 멤버로부터 성폭행을 당했다며 눈물을 흘리는 배심원들 앞에서 말을 더듬었지요. 검사가 퍼트리샤에게 그녀를 성폭행한 SLA 대원이 그녀가 마지막으로 녹음한 테이프에서 사랑의 감정을 내비쳤던 그 남자가 맞느냐고 묻는 순간, 아주 짧은 연민의 순간은 막을 내렸습니다. 바로 그 순간부터 배심원들은 그녀를 거짓말쟁이, 조작자로 간주했어요. 모든 게 어쩌면 사실일지 몰랐음에도 불구하고 겉으로는 모순에 가득 차 보였습니다. 당신은 아주 큰 소리로 안 된다고 말하지 않았다며 비난받고, 동의했다고 의심받는 한 젊은 여성의 이야기를 주제로《머시 메리 패티》의 한 장을 쓰지 않은 게 후회된다고 제게 털어놓았지요.

당신은 배심원들이 법정에 입장하는 순간 퍼트리샤의 얼굴이 핏기 하나 없이 창백해졌다는 이야기를 제게 해주었지요. 그들이 판결을 내리기도 전에 말입니다. 퍼트리샤는 "유죄 판결이 나겠군"이라고 중얼거렸습니다. 혐오스러운 일이 벌어졌던 것입니다. 퍼트리샤의 자유의지라는 쟁점은 뒷전으로 밀려나고 거의 종교적이라고 할 수 있는 토론이 끝없이 이어졌지요. 그녀가 남긴 메시지는 이단 종교의 문

서로 취급되었습니다. 퍼트리샤는 범죄를 저지른 혐의로 재판을 받았을 뿐만 아니라 SLA의 '악랄한' 이념을 믿고 미국을 비난한 혐의로도 재판을 받은 것입니다.

저는 당신의 말에 귀를 기울였고, 아직 젊고 감정이 격양되어 법정에서 전문가들의 주장(그게 맞든 맞지 않든, 사실이든 거짓이든, 좋든 나쁘든, 무죄든 유죄든)을 반박하지 못하는 당신의 모습을 상상했습니다. 우유부단한 영혼과 불안정한 정체성에 대해 300쪽 넘게 글을 쓴 당신의 모습을 상상했습니다. 당신은 불을 붙여달라고 제게 담배를 내밀며 씁쓸한 표정으로 결론짓듯 말했지요. "이 나라에서는 견해를 절대 바꾸지 않는 정치인들을 찬양하지. 그건 정신력이 강하다는 징후이기도 해. 판사에게 '전 몰라요, 더 이상 몰라요'라고 끊임없이 대답하는 퍼트리샤는 그에 대한 대가를 치르고 있는 거야."

저는 당신이 당신 역시 그에 대한 대가를 치렀다고 말하리라 예상했지만, 당신은 손바닥으로 자기 얼굴을 한 번 때리는 시늉만 하고 말았지요. "여기는 강의실이 아냐, 그만해, 진, 그만해!"

우리는 스프링필드에서 음료수와 아이스크림을 사 잠시 쉬기로 했습니다. 커피숍에서 젊은 아프리카계 미국인들이 텔레비전 앞에 모여 볼티모어에 비상사태가 선포되었다는 뉴스를 보고 있었어요. 화면에서 증언들이 이어졌습니다. 격렬한 어조의 경찰. 울고 있는 여인. 그렇지만 이야기의 결말은 똑같았습니다. 목이 졸리고 맞아 죽어 시트로 뒤덮여 있는 한 청소년의 시신. 그의 두 발이 들것 밖으로 삐져나와 있었고, 그가 신고 있는 농구화의 끈이 반쯤 풀려 있었어요. 경찰은 변론에서 정당방위라고 주장해 무죄로 풀려나겠지요. 우리는 스미스칼리지와 품행이 단정한 젊은 백인과 아시아, 흑인 여성들을 받아들이는 걸 자랑스러워하는 이 학교의 팸플릿에서 16킬로미터도 채 떨어지지 않은 곳에 있었습니다. 팸플릿의 여성들은 책을 들여다보거나, 아니면 화학자들이 입는 흰색 가운 차림으로 포즈를 취하고 있지요. 이 팸플릿은 제가 믿고 있던 가상 이야기의 예고편이었고, 우리는 빅토리아 여왕풍의 높은 철책 뒤에서의, 즉 울타리로 둘러싸인 세계에서의 평등에 관해 이야기를 나누었지요.

저는 시간이 많지 않았기 때문에 조금 빠르다 싶을 정도로 말을 하면서 제 나름대로 입장을 정리해보려 했지만 쉽지 않았어요. 당신은 계속해서 운전에 집중했고, 저는 계속해서 이야기했습니다. "저는 선생님 수업 듣는 게 좋았지만, 납치사건이 일어나고 며칠 뒤 SLA가 흑인들로만 이루어져 있다고 확신, 텔레비전을 통해 '우리는 그 흑인들을 잘 알고 있습니다'라고 넌지시 말했던 그 FBI 요원에 대해 신케가 어떻게 반박했는지를 공부하지 않은 건 유감이라고 생각했어요." 그러자 당신은 처음으로 당혹스러운 표정을 지었지요. 저는 그로부터 몇 년 전에 당신이 그걸 학생들에게 읽어주었다는 이유로 프랑스의 한 사이비 자유주의 학교에서 쫓겨났다는 사실을 알고 있었지만, 그것에 대해서는 일절 거론하지 않았습니다. 우리는 한 사람이 단어가 생각나지 않으면 다른 사람이 이어받으면서 그걸 암송하려고 애썼지요.

> 당신들은 나를 알고 있습니다. 당신들은 항상 나를 알고 있었지요. 나는 사람들이 두려워하며 쫓아낸 그 검둥이입니다. 당신들은 나를 찾아내기 위해 검둥이들을 수백 명 죽였지요. 하지만 나는 이제 더 이상 빼앗기고 살해당하는 사람이 아니에요. (…) 그래요, 당신들은 우리를 알고 있으며, 우리는 당신들을 알고 있습니다. (…)

우리 두 사람은 침묵을 지켰지요. 닫혀 있는 자동차의 공간이 시간의 흐름을 흐트러뜨려 놓았습니다. 저는 우리가 영원히 보스턴에 도착하지 않으면 좋겠다고 생각했죠. 느닷없이 비가 쏟아지기 시작하더니 어느새 지평선이 사라져버렸어요. 처음으로 여름 장대비가 퍼붓자 우리는 어쩔 수 없이 한 청년과 그의 개 말고는 아무도 없이 텅 비어 있는 주차장에 차를 세워야만 했습니다. 개는 주인이 방금 던진 막대기와 반대 방향으로 종종걸음을 쳤어요. 개는 사냥에 성공하지 못하자 결국 포기하고 제대로 해내지 못했다는 사실에 멋쩍어하며 쩔뚝쩔뚝 돌아왔지요. 청년이 개를 어루만져주더군요. 비쩍 마른 개의 뒷다리가 바들바들 떨리자 청년은 혼자서는 차에 타지 못하는 개를 들어 올려 품에 안았습니다. 개는 기진맥진해서 자동차 뒷좌석에 몸을 웅크리고 앉았지요. 저는 낮은 담을 뛰어넘다가 처음으로 실패하자 어쩔 줄 몰라 하던 늙은 레니의 눈길을 생각했어요. 비올렌과 제가 달려갔을 때 레니는 얼이 빠져나간 듯 거친 숨을 몰아쉬고 있었지요. 레니는 마치 위협에서 벗어나려는 듯 서둘러 몸을 일으켰습니다. "프랑스 남서부로 돌아오시겠어요?" 저는 당신을 보지 않고 물었습니다.

제 가방엔 손수건이 없었고 당신도 손수건을 갖고 있지 않았습니다. 어디서부터 시작해야 할지 알 수가 없었지요. 이야기는 이미 시작되었고, 시작 부분에서 당신과 제가 만나지 않았기 때문이었습니다. 아니면 우리가 완전히 만나지 않았기 때문이었습니다. 당신과 저는 서로의 말을 자르곤 했지요. "미안합니다, 미안해요." 시간을 되돌려야 했습니다. 핸들에 놓인 당신의 손이 떨리고 있었어요. 그게 어떻게 발음되었지. 비 – 올 – 렌. 당신은 결코 알지 못했어요. 당신은 잠시 눈을 감았습니다. 그게 전부였죠. 공항에 도착하자 저는 우리가 다시 만나게 될지 어떨지 모르겠다, 우리가 만난 첫날 당신이 정확히 알아봤다, 제가 그 어떤 것도 필적하지 못할 그림을 좋아하듯 퍼트리샤를 좋아했다, 라고 떠듬 떠듬 말했지요. 저는 몇 년 동안 아무것도 선택하지 못했습니다. 우리를 황폐하게 만드는 것에 맞서 이기려면 무엇을 해야만 했을까요? 어떤 SLA의 어떤 깃발을 흔들어야 했을까요? 만약에 완전히 타니아 편이 아니라면 어떤 깃발 아래, 어떤 쪽에 서야만 했을까요?

　"마지막으로, 당신의 보고서에는 무엇이 있었을까요?"

　당신은 꼭 제가 무슨 재미있는 말이라도 했다는 듯 웃음을 터뜨렸죠. 우리는 국제선이 출발하는 홀에 도착했고, 당신은 저를 잠깐 포옹했습니다. 당신은 공항에 오래 머물러 있을 시간이 없었지요. 읽어야 할 책이 너무 많다며 1학년 학생들이 당신 사무실 문 앞에서 불평을 늘어놓고 있었기 때문이지요. 우리가 항공사 카운터 앞에서 헤어지는 순간 당신은 제 가방 안에《머시 메리 패티》가 들어 있는지 물었는데, 책은 여행용 가방에 들어 있었어요. 그래서 우리는 무장한 남자들 앞에 쭈그리고 앉은 채 그 가방을 열어서 티셔츠와 속바지, 치마, 공책 등을 끄집어냈습니다. 당신은 책을 넘기더니 50쪽과 65쪽의 귀를 접은 다음 이렇게 말하며 제게 돌려주었지요. "자, 이게 보고서예요." 당신은 제 손을 잡더니 꼭 감싸 쥐며 덧붙였어요. "단순한 이야기를 섣불리 믿으면 안 돼요." 진 네베바가 퍼트리샤 허스트와 비올렌 이야기를 한 것인지, 아니면 제 이야기를 한 것인지는 잘 모르겠습니다.

흐릿하게 남겨진 흔적을 쫓아가면서, 잡아 늘인 시간 속에 흩어져 있어 우리 귀에는 도달하지 않는 목소리에 항상 귀 기울이는 여성에게는 어떤 우아함이 존재하지요. 당신은 퍼트리샤 허스트를 구하진 못했지만, 법과는 거리가 먼 보고서를 완벽하게 썼습니다.

당신은 이 보고서를 머시 쇼트를 위해 썼지요. 그녀는 1690년에 16세였으며, 일주일 전부터 자기 방에 갇혀 있었습니다. 그녀의 침대 주위에는 인근 마을 목사들과 또래 소년들을 비롯한 쉰 명가량의 사람이 모여 그녀에게서 눈을 떼지 않은 채 그녀가 무엇을 먹는지 지켜보고 그녀가 어떤 식으로 말하는지 귀를 세우고 있었지요. 또 그녀는 소강당으로 가서 자기가 무슨 꿈을 꾸었는지를 아주 상세하게 이야기해야만 했습니다. 사람들은 그녀가 쓰는 단어 하나하나에 신경을 곤두세우며 악마퇴치연합 회원들과 함께 동이틀 때까지 노래하고 기도했지요. 머시를 구해야만 했습니다. 그녀는 그녀를 납치한 원주민들에게 영향을 받은 듯 풀려나고 나서는 이전의 모습을 찾아보기 어려울 만큼 완전히 변해버려 툭하면 잘난 척을 하고 예의도 지키지 않았어요. 그냥 이대로 내버려두었다가는 얼마 지나지 않아 자기 여자 주인도 아무렇게나 막 대할 겁니다. 그녀는 아버지가 신에게 기도하는 걸 듣자 그를 위선자 취급했지요. 그녀의 옷차림으로 말하자면, 입고 있는 옷의 맨 위 단추가 언제 봐도 떨어져나가고 없었어요. 머시 쇼트의 영혼을 구원해야만 했습니다. 사람들이 알고 있던 그녀의 원래 모습을 되찾도록, 그녀가 사랑스러운 머시로 되돌아가도록 그녀의 영혼을 구원해야 하는 것입니다. 코튼 매더 목사는 그녀를 다룬 이야기에서 이렇게 결론짓고 있어요. "그녀의 상상력은 뒤죽박죽 엉켜 있습니다. 그렇기 때문에 말투가 믿을 수 없을 만큼 자유롭고 기이해서 사람들의 걱정을 불러일으킵니다."

당신은 모호크족 양부모가 가톨릭교로 개종시키면서 마거리트(마르가리타)라는 세례명을 붙인 유니스 윌리엄스를 위해서도 보고서를 썼지요. 유니스-마거리트는 1704년 2월 28일 디어필드에서 프랑스 병사들 및 그들과 동맹한 아베나키족, 모호크족 원주민으로 이루어진 군대에 납치당했습니다. 어느 날 한 남자가 유니스-마거리트를 찾아왔습니다. 그 남자는 아마도 추워서인 듯 말을 더듬었고, 눈에서

는 눈물이 흘러내렸지요. 그는 가벼운 동상에 걸린 거칠거
칠한 손으로 눈물을 훔쳤어요. 그는 그녀를 찾아 매사추세
츠주 전역과 뉴햄프셔주를 몇 달 동안 돌아다닌 것이었습니
다. 그녀는 그에게 차를 대접하고, 베로 짠 담요를 씌운 가
장 따뜻한 짐승 가죽 위에 앉으라고 권했지요. 그는 마치 그
녀가 자기 말을 알아듣지 못한다는 듯 조금 큰 목소리로, 단
어를 하나씩 하나씩 떼어 또박또박 말했습니다. 그녀는 그
를 어르신이라고 부르지 말았어야 했습니다. 그는 어르신
이 아니라 그녀의 아버지였던 것입니다. 그러나 이 10대 소
녀는 고개를 저었어요. 그녀의 아버지는 저기, 어머니와 함
께 있었던 것입니다. 그녀는 손으로 모호크족 부부를 가리
켰고, 두 사람은 그녀에게 손 인사를 한 다음 나무를 주웠지
요. 그러자 존 윌리엄스 신부는 "아냐, 네 아버지는 나란다"
라고 소리쳤습니다. 그는 언젠가는 그녀를 만날 수 있을 거
라 확신하고 결코 절망하지 않았어요. 부모와 자식 간의 인
연은 끊으려야 끊을 수 없는 것이니까요. 그는 자유의 몸이
되자 딸을 계속 찾아다녔지요. 그리고 드디어 이렇게 만난
것입니다. 그는 그녀에게 말했지요. "이제 자유의 몸이야.
악몽은 이제 끝났어. 디어필드까지 며칠만 걸어가면 안전해
질 거야. 이제 아무 일도 일어나지 않을 거야. 맹세컨대, 디
어필드에 가면 내가 널 지켜줄게." 그러자 이제 더 이상 유
니스라고 불리지 않는 이 소녀는 놀라서 고개를 저으며 말

했지요. "어르신, 오신 걸 환영해요. 얼마든지 여기 머무르셔도 좋아요. 제 남편을 소개시켜드릴게요. 제가 나뭇가지를 엮어 그 위에 물소 가죽을 둘러서 비바람을 피할 수 있는 집을 지었는데 그 사람이 보여드릴 거예요. 그 집에서 쉬셔도 좋아요. 식사도 하시고요. 하지만 어르신이랑 함께 어디를 간단 말인가요? 여기가 제 집인데요."

몇 달 뒤에 신부는 다시 돌아왔습니다. 그가 찾아올 때마다 그녀는 고열에 시달리는 사람의 말에 귀를 기울이듯 참을성 있게 그의 말을 경청할 뿐 결코 그의 말을 중단시키지 않았어요. 그는 이 젊은 여성의 시간을 끌어모았고, 자기가 다시 붙여준 이름으로 그녀의 귀를 먹먹하게 만들었지요. 유니스, 우리 유니스, 하지만 난 널 알고 있단다. '유니스의 선택'이라는 이 이야기가 1707년에 그녀의 아버지에 의해 출판되었지요. 《되찾은 포로》는 제임스 페니모어 쿠퍼의 《모히칸족의 최후》에 영감을 불어넣었습니다.

또한 당신은 지금도 카나웨이크에 살고 있는 유니스의 후손을 위해서 보고서를 쓰기도 했지요. 그들은 누가 듣기를 원하면, 풀려나기를 거부했던 자기네들의 할머니와 증조할머니, 증대고모의 이야기를 해줍니다. 그녀는 포로가 아니었습니다. 당신은 에필로그도, 드러난 진실도 없는 이야기를 썼습니다. 당신은 예기치 않게 불쑥 나타나는 회색 지대의 곡예사지요. 당신은 비올렌 앞으로 엽서를 보냈고, 저는 그것을 어제 받았습니다. 만일 노샘프턴까지 이동하는 데 동의한다면, 원래 어른들은 당신의 강의를 들을 수 없게 되어 있지만 그녀는 예외로 하겠다는 내용이었습니다.

감사의 말

매사추세츠주 노샘프턴, 2015년 5월.
　　스미스칼리지에, 그리고 니콜 발과 다비드 발, 자니 반
　　피, 엘렌 비상탱, 에마뉘엘 마르샹에게 감사드린다.

일리노이주 시카고, 2015년 10월.
　　시카고대학교에, 그리고 댄 버트쉐와 앨리슨 제임스,
　　파브리스 로지에에게 감사드린다.

캘리포니아주 샌프란시스코, 2016년 11월.
　　에마뉘엘 르브룅-다미엥과 스테판 레, 한나 루에에게
　　감사드린다.

　　베네딕트 드 몽로에게 감사드린다.

빌 에이어스와 버나딘 돈, 릭 에이어스에게, 그리고 그들과 함께 보낸 시간에 감사드린다.

다음 작품들에서 도움을 받았다.
- 크리스토퍼 카스티글리아, 《묶인 자와 단호한 자_Bound and Determined_》, 시카고대학교 출판부
- 윌리엄 그레브너, 《패티, 무기를 들다_Patty's Got a Gun_》, 시카고대학교 출판부
- 샤나 알렉산더, 《아무나의 딸_Anyone's Daughter_》, 바이킹 출판사

상드린 코르네, 리즈 에스테일, 잔 라퐁, 이사벨 라퐁, 올리비에 랑베르, 개 '누가', 루이스 피티오, 마리-카트린 바세 등, 친구들, 어머니, 여동생, 연인, 사랑하는 동물, 소울메이트, 여성 편집자에게 감사드린다.

비올렌들에게.

옮긴이의 말

롤라 라퐁은 《17일》에서 세대가 다른 세 여성의 인생행로를 대조하기 위해 미국 언론 재벌 허스트가의 딸인 퍼트리샤 허스트가 1974년 2월 4일, 혁명을 주장하는 SLA에게 납치되고, 얼마 지나지 않아 이 그룹의 주장에 동조해 미국인들을 충격에 빠뜨린 사건을 다룬다.

프랑스 랑드 지방의 한 소도시에 있는 학교에 1년 동안 영어 강사로 온 미국인 진 네베바는 샌프란시스코에서 얼마 뒤에 열릴 퍼트리샤의 재판 때 담당 변호사가 인용할 보고서를 쓰는 일을 맡게 된다. 네베바는 이 사건에 관한 방대한 자료를 받고, 이 자료를 검토하기 위해 퍼트리샤 허스트와 성별과 나이가 같으며 내성적인 성격의 비올렌을 조수로 채용한다. 네베바는 비올렌에게 퍼트리샤 허스트가 납치범들에게 자발적으로 동조했는지 여부를 새로운 관점으로 꼼꼼히 검토하고 종합하라는 임무를 내린다. 그리고 변호사들이 주장하는 것과는 달리 퍼트리샤 허스트가 세뇌된 희생자가 아닐지도 모른다는 생각을 하게 된다.

이 작품에서 독자들은 비올렌과 네베바라는 두 프리즘을 통해 이 극적인 사건을 추적하게 된다. 몇 주에 걸친 이 보고서 작업은 꼭 이 두 여성이 벌이는 기마창 시합 같다. 한편에는 거식증에 걸린 학생, 비올렌이 있다. 비올렌은 자기가 검토해야 할 기록과 미국의 현실을 전혀 이해하지 못하고 있으며, 지루한 가정에서 벗어나 자유를 얻기를 꿈꾼다. 그녀는 네베바의 강한 개성에 매료되어 있다. 그리고 다른 한편에는 말 잘 듣는 개와 함께 사는 중년 여성 진 네베바가 있다. 풍부한 미국적 교양을 갖추고 있으며 엄격하고 혁명적인 그녀는, 베트남전쟁 반대 시위에 참여했으며 미국의 어두운 면을 격렬하게 비판한다. 네베바는 비올렌에게 부모가 전해준 기억, 즉 미국군이 프랑스를 해방시켰다는 기억을 문제 삼는다.

두 사람은 부잣집 딸이면서도 자신을 납치한 자들의 주장에 동조하여 무기를 둘러매고 나선 퍼트리샤의 메시지를 면밀하게 검토한다. 그러는 와중에 모든 것이 뒤죽박죽되어 의문이 쌓여간다. 곤경에 빠진 듯 보였던 연약한 희생자는 해방된 젊은 여성(타니아)으로 변모하고, 수수께끼에 싸여 있던 SLA는 가난한 사람들을 위한 음식을 퍼트리샤의 몸값으로 요구하는 순간 로빈후드가 된다. 퍼트리샤의 전향은 세뇌의 결과인가, 아니면 진정한 헌신인가?

"만일 제가 세뇌를 당했다면, 그것은 우리 모두가 사회 속에서 한 자리를 차지하고 그 자리를 유지하도록 조건 짓는 세뇌입니다."

실제 퍼트리샤 허스트 사건은 납치, 도발적인 음성메시지, 은행 강도사건, SLA의 은신처에 대한 FBI의 공격, 체포, 마지막으로 퍼트리샤의 재판 등, 1974년 초부터 1976년까지 이어졌다.

이 작품의 시대적 배경은 사람들이 미국이 마르크스주의에 물들까 봐 두려워했던 1970년대 중반이다. 당시 미국에서는 대규모 베트남전쟁 반대 시위가 벌어지고 있었는데, 이 운동이야말로 텔레비전에 비치는 베트남전쟁의 모습과 전쟁에서 돌아온 제대 군인들이 들려주는 실제 경험담이 너무 다르자 깊은 혼란에 빠진 미국 젊은이를 상징했다. FBI는 급진화의 징후들을 목록으로 만들고, 평화운동에 참여한 젊은이의 리스트를 작성했다.

통킹만 사건이 사실 미국이 베트남전쟁에 개입할 구실을 만들기 위해 조작한 것이라는 내용의 펜타곤 문서는 미국의 치부를 그대로 드러냈다. 미국은 동남아시아뿐만 아니라 라틴아메리카에도 자국의 이익을 위해 거리낌 없이 개입했다(1973년 칠레에서 일어난 군부 쿠데타는 그중 하나다). 결국 당시 미국 대통령 리처드 닉슨은 워터게이트 사건으로 1974년 여름 사임하게 된다.

각 대학에서는 학생들이 정부의 징집과 학내 개입에 맞서 격렬하게 투쟁했다. 퍼트리샤 허스트의 납치범들은 자신들의 요구를 통해 미국의 어두운 면이라 할 수 있는 베트남 전쟁뿐만 아니라 미국 내에 엄연히 존재하는 빈곤을 백일하에 드러낸다. 그들은 가난한 사람들에게 식량을 나누어줄 것을 허스트가에 요구했다. 가난한 사람들이 푸드 프로그램으로 배급되는 식량을 받기 위해 몰려들었는데, 이로써 미국의 민낯을 보여준 것이다.

은신처를 발각당한 SLA는 수백 명의 경찰들에게 포위되었다. 공격이 끝나자 "현장에서는 3,000개의 탄피가 굴러다녔고, 집 안으로 들어가 보니 방화수류탄에 검게 탄 시신 여섯 구가 뒹굴고 있었다."('길을 잃은 70년대 병사들', 〈렉스프레스〉) 그런데 SLA의 상당수는 평범하고 비슷비슷한 미국 중산층 출신 여성들로 이루어져 있었다. 그러자 미국 언론은 "세뇌당한 것이 분명한 이 젊은 여성들이 급진화되어가는 징후를 왜 간파해내지 못했을까?"라고 물었다.

퍼트리샤 허스트는 체포당하던 날 미소를 지으며 수갑이 채워진 손을 휘둘렀고, 직업이 뭐냐고 묻자 '도시게릴라'라고 대답했다. 퍼트리샤 허스트는 도대체 왜, 그리고 어떻게 그녀를 위해 준비된 길에서 벗어나게 된 것일까? 어떻게 그녀는 이상적인 희생자였다가 범죄자가 된 것일까?

그녀가 체포될 당시 사람들은 혼란스러워했다. 퍼트리샤 허스트가 누구인지, 즉 마르크스주의를 추종하는 테러리스트인지, 아니면 목표를 잃고 방황하는 대학생인지, 아니면 진정한 혁명가인지, 아니면 엄청난 재산을 상속받지만 삶의 의미를 찾지 못하고 막 살아가는 불쌍한 여성인지, 아니면 극좌파의 신념을 신봉하게 된 평범하다 못해 어딘가 좀 모자란 인물인지, 아니면 조종당한 좀비인지, 그것도 아니면 분노하여 미국이라는 나라를 공격하는 젊은 여성인지.

이 작품에서 패티(퍼트리샤)의 이야기 뒤에는 1704년 디어필드에서 아메리카 원주민들에게 납치당한 머시와 메리의 이야기가 숨어 있다. 이 여성들은 풀려났지만 가족들에게 돌아가기를 거부하여 그들이 태어난 계층의 반감과 분노를 불러일으켰다. 머시는 1690년 당시 17세, 메리는 1753년 당시 15세, 패티는 1974년 당시 19세였다. 그리고 이 여성들의 공통점은 그들을 위해 준비된 편안한 미래를 버리고 자신만의 길을 갔다는 것이다.

도대체 무엇이 서로 다른 시대를 살았던 이 세 여성들로 하여금 그들이 살아온 세계에 등을 돌리고 새로운 삶을 살도록 만든 것일까? 1690년에 마녀로 몰려 비난을 받은 머시 쇼트, 1753년에 자신을 납치한 원주민들과 같이 살기를 선택한 매리 제미선과 함께, 롤라 라퐁은 젊은 여성들이 그들의 가족으로부터 멀리 떨어져 과격화되고, 다른 환경에 동화되어 그들의 꿈에 더 잘 부응하는 또 다른 삶의 방식을 발견하는 과정을 우리에게 보여준다.

아메리카 원주민들과 함께 살기로 결심한 미국 여성들에서부터 퍼트리샤 허스트, 그리고 이슬람 성전을 벌이기 위해 집을 떠난 여성들에 이르기까지 이 모든 여성은 경찰이 SLA를 진압하기 위해 엄청난 무력을 사용하고 부유한 사람들이 배고파서 죽는 사람들의 존재를 무시하는 미국을 거부한다.

《17일》에서 롤라 라퐁은 실제로 일어난 역사적 사실에 근거하지만 그 어떤 해답도 제시하지 않은 채 회의에 사로잡힌 젊은이의 관심을 끄는 카리스마적 목소리에 대해 성찰한다. 그것은 또 다른 관점을 제시하고, 또 다른 정치의 길을 보여주고, 가정이나 국가를 움직이는 권력의 일탈을 비난하고, 때로는 극단적인 급진화로 이어질 수도 있는 목소리다.

이 작품은 매우 복잡한 서사구조를 가지고 있다. 이야기 속의 이야기mise en abîme가 빈번하게 등장하고, 인칭과 시제, 스토리가 뒤얽혀 있어 이야기의 줄기를 따라가기가 쉽지 않다. 하지만 이 같은 독서의 어려움은 이 작품에 쏟아진 찬사를 생각하면 충분히 감수할 만하다.

17일

1판 1쇄 인쇄   2021년 2월 18일
1판 1쇄 발행   2021년 2월 25일
지은이   롤라 라퐁
옮긴이   이재형

펴낸곳   (주)문예출판사
펴낸이   전준배
책임편집   전민지
편집   고우리 김지현 이효미
디자인   김하얀
영업·마케팅   김영수
경영관리   강단아 김영순
출판등록   2004.02.12. 제 2013-000360호
              (1966.12.2. 제 1-134호)

주소   03992 서울시 마포구 월드컵북로 6길 30
전화   393-5681
팩스   393-5685
홈페이지   www.moonye.com
블로그   blog.naver.com/imoonye
페이스북   www.facebook.com/moonyepublishing
이메일   info@moonye.com
ISBN   978-89-310-2199-8 03880

문예출판사 ® 상표등록 제 40-0833187호, 제 41-0200044호